DAS GEHEIMNIS DER SCHRIFTROLLEN

THOMAS SCHULTHEIS

MYSTERY-THRILLER

DAS GEHEIMNIS DER SCHRIFTROLLEN

1. Auflage

Besuchen Sie mich im Internet
unter
www.thomasschultheis.jimdo.com

Lektorat: Benjamin Haller

Copyright: 2013 Thomas Schultheis

Herstellung und Verlag:
BoD – Books on Demand, Norderstedt
ISBN: 9783738605020

Und ich sah ein zweites Tier aufsteigen aus der Erde; das hatte zwei Hörner wie ein Lamm und redete wie ein Drache …

… und es tut große Zeichen, sodass es auch Feuer, Dürre, Hagel, Getier und sonstiges Verderbnis vom Himmel auf die Erde fallen lässt vor den Augen der Menschen …

… und wenn tausende von Jahren vollendet sind, wird der Satan losgelassen werden aus seinem Gefängnis und wird ausziehen, zu verführen die Völker an den vier Enden der Erde

(Offenbarung des Johannes)

KAPITEL I

BLUT UND TRÄNEN

1.

Es war kalt ...
... bitterlich kalt und ...
... es war spät, viel zu spät.
Verdammt, dachte sie, *ich werde wieder richtigen Ärger bekommen, wenn ich heimkomme.*
Sie schaute auf die Uhr und als sie sah, wie spät es schon war, verfluchte sie sich ein weiteres Male.
„Kurz nach Mitternacht, scheiße", sagte sie leise, dann beschleunigte sie ihre Schritte.
Als sie heute Nachmittag das Haus verließ, passte ihr Vater sie ab.
Um 24:00 Uhr bist du Zuhause, ist das klar? sagte er zu ihr und sah sie streng an.
Ja ist schon gut, antwortete sie mürrisch, dann schloss sie die Haustür hinter sich zu, ohne sich zu verabschieden.
Es würde wieder einen Streit geben, das wusste sie. Vor ein paar Wochen war sie schon einmal zu spät nach Hause gekommen und hatte sich dann von ihrem Vater eine Standpauke anhören müssen. Das war aber nicht schlimm. Schlimm war nur, dass sie danach eine Woche lang kein Internet mehr hatte, da der Vater ihr den Laptop wegnahm. Ohne ihn war sie aufgeschmissen, fühlte sich nur wie ein halber Mensch. Keine E-Mails mit ihren Freundinnen, kein Skypen mit ihrem Freund und vor allem kein Surfen im Internet, das war ziemlich hart gewesen. Jetzt würde es wahrscheinlich noch viel schlimmer werden, sie war ja ein Wiederholungstäter, da wird die Strafe, der Entzug des Computers, wohl zwei Wochen dauern.
Sie schüttelte den Kopf, als sie daran dachte und ihr wurde übel.
„Verflucht", zischte sie und ging nochmals schneller.
In ein paar Wochen würde sie 18 werden, also volljährig sein. Dann hoffte sie, dass sich das alles ein wenig entspannte, sie länger wegbleiben konnte und vor allem, dass sie keine Rechenschaft mehr ablegen musste, doch sie glaubte nicht so sehr daran. Wie sagte ihr Vater doch immer, wenn es um dieses Thema ging:
Solange du deine Füße unter meinem Tisch stellst, machst du das, was ich dir sage.
Sie schüttelte erneut den Kopf, als sie tief im Innersten seine

Stimme hörte.
Durfte er das überhaupt? kam ihr in den Sinn.
Wahrscheinlich schon, gab sie sich selbst die Antwort.
Solange sie noch kein Einkommen hatte, musste sie sich fügen, so war es eben und niemand konnte daran etwas ändern.
Sie überquerte die Straße und bog in einen Nebenweg ein. Als sie einige Schritte gelaufen war und dann die letzten Häuser hinter sich gelassen hatte, konnte sie in der Ferne die Straßenbeleuchtung sehen, welche die Siedlung hell erleuchtete, in der sie wohnte. Obwohl ihr Zuhause in Reichweite lag und sie fast schon das Haus sehen konnte, würde sie noch mindestens 20 Minuten brauchen, bis sie da war.
Sie beschleunigte nochmals ihre Schritte, kehrte von der Hauptstraße ab und kam kurz darauf an eine Weggabelung.
Sie hielt an.
Für einen kurzen Moment überlegte sie:
Wenn ich nach links über die Wiesen gehe, bin ich in fünf Minuten da, dachte sie und machte einen Schritt in die Richtung, in der sie gehen wollte, dann blieb sie aber ruckartig stehen. Wieder überlegte sie:
Aber ist es nicht gefährlich, so im Dunkeln, abseits der hell erleuchteten Straßen nach Hause zu gehen?
Sie wusste es nicht. Nur eines wusste sie. Wenn sie nicht schnell an ihr Ziel kam, würde es zuhause unangenehm werden. Vielleicht konnte sie ja, wenn sie nur ein paar Minuten zu spät kam, einen Deal aushandeln, etwas erfinden, was ihr Zuspätkommen rechtfertigte und so dem Super Gau eventuell sogar entrinnen. Sie nickte zustimmend und ging einen Schritt weiter, blieb aber wieder stehen.
Ihr kam ein Gedanke:
Was ist mit dem Killer, der seit einigen Wochen in London mordet? Was ist, wenn er gerade in dieser abgelegenen Gegend ist und mich als nächstes Opfer auserkoren hat?
Sie schüttelte sich, als sie sich für einen kurzen Moment dran dachte, was er mit ihr machen würde, wenn er sie erwischte.
Sie überlegte einige Sekunden, dachte daran, wie leichtfertig sie ihr Leben aufs Spiel setzte und genau in diesem Moment fiel ihr wieder ihr strenger Vater ein.

Aber er wird mir den Laptop wegnehmen, das kann ich nicht ertragen, dachte sie, *und außerdem, müsste es nicht ein schrecklicher Zufall sein, wenn er gerade wirklich hier wäre und mich töten würde.*
Sie atmete tief ein, dann ging sie mit pochendem Herzen nach links. Als sie einige Schritte gelaufen war und in eine dunkle Gasse einbog, machte sie sich selbst Mut.
Es trifft immer einen anderen, nie einen selbst.
Sie nickte wieder und stülpte ihren Kragen hoch. Der Wind peitschte durch ihr Haar, als sie das letzte Haus passierte und an den Zaun kam, der die Wiese von ihr trennte. Es waren vielleicht 200, vielleicht auch 300 Meter, die sie überqueren musste, dann noch den alten Bahndamm überschreiten und fast wäre sie Zuhause. Zuletzt noch die schmale Straße für einige Meter entlang gehen, dann würde sie an ihrem Haus stehen.
Sie schaute wieder auf die Uhr.
„00:07 Uhr", sagte sie leise.
Sie stieg über den Zaun und ließ sich in das nasse, fast schon eisige Gras hinabsinken. Als sie mit beiden Beinen auf dem Boden aufkam, wäre sie fast ausgerutscht und hätte sich überdies noch ihre Kleidung dreckig gemacht, wenn sie sich nicht rechtzeitig mit der Hand abgestützt hätte.
Das hätte noch gefehlt, dachte sie und wischte ihre Hand mit einem Taschentuch ab.
Sie ging langsam weiter. Schritt für Schritt tastete sie sich in der Dunkelheit durch das Gras, während ihre Ohren aufmerksam nach einem für sie ungewöhnlichen Geräusch lauschten, das sie beunruhigen und ihr Angst machen könnte. Aber außer der Stille der Nacht, hörte sie nichts. Sie fühlte sich jetzt besser, ihre Angst, schien völlig unbegründet. Sie hatte fast schon die Hälfte der Wiese überquert, als sie ein Rascheln hörte. Sie blieb ruckartig stehen und horchte in die Nacht hinein.
Nichts.
Für einige Sekunden blieb sie regungslos stehen, doch weil das Rascheln sich nicht wiederholte, ging sie weiter.
Irgendein Tier oder vielleicht der Wind, beruhigte sie sich selbst, dann plötzlich, hörte sie ein Klingeln.
Sie drehte sich ruckartig um, hielt den Atem an und lauschte

erneut.
Sekunden vergingen, in der sie sich nicht bewegte.
Wieder nichts.
Sie hatte jetzt doch Angst.
Nun, die Angst war von Anfang an ihr Begleiter gewesen, seit dem sie die Entscheidung getroffen hatte, den sicheren Weg für eine Abkürzung zu opfern. Zuerst war die Angst nur unterschwellig, verborgen in ihrem Innersten gewesen, jetzt aber bekam sie immer mehr die Oberhand.
Wieder hörte sie das Klingeln.
Sie zuckte zusammen und drehte sich um, da sie dachte, das Geräusch würde von vorne kommen. Sie blieb wieder regungslos stehen und lauschte erneut.
Da, schon wieder, dachte sie, als sie zum wiederholten Male das Geräusch hörte. Sie ging langsam rückwärts, Schritt für Schritt zurück und wollte sich gerade umdrehen, als sie plötzlich ein Hecheln hinter sich vernahm.
„Oh Scheiße", sagte sie leise und nun fing sie an zu zittern. Eine Gänsehaut breitete sich auf ihrem Körper aus und innerlich wünschte sie sich, schon vor einer Stunde von der Geburtstagsparty gegangen zu sein.
Aber diese Chance war vertan.
Sie drehte sich langsam um. In schrecklichen Gedanken malte sie sich aus, was hinter ihr war. Eine riesengroße Bestie, so ähnlich wie der Hund von Baskerville oder vielleicht ein alptraumhaftes Geschöpf, das direkt aus der Hölle zu ihr kam. Mit halb zu gekniffenen Augen blickte sie in die Dunkelheit hinein und hoffte inständig nichts zu sehen und…
… sie sah nichts.
Keine Kreatur, kein riesengroßer Hund und auch keine Bestie mit hervorstechenden rotglühenden Augen.
Sie atmete laut auf und für einen kurzen Moment verließ die Angst sie. Doch nur für wenige Sekunden, denn als sie zum wiederholten Male das Klingeln, diesmal von rechts hörte, kam die Angst in einem neuen, viel bedrohlicheren Gewand zurück.
Sie schaute angestrengt nach rechts, während sie sich langsam nach vorne bewegte, konnte aber wieder nichts erkennen. Aber sie fühlte etwas, was, wusste sie nicht. Nur eines wusste sie, nein,

sie spürte es:
Sie war nicht allein!
In der Ferne, vielleicht 100 Meter von ihr entfernt, konnte sie den Bahndamm erkennen. Sie beschleunigte ihre Schritte und rannte. Ihre Füße peitschten durch das nasse Gras, während Angst Panik wich.

Auf einmal hörte sie das Klingeln auf der anderen Seite, dann plötzlich wieder von links, dann einige Moment später wieder von rechts. So ging es immer weiter und weiter, und Jennifer wünschte sich, dass es endlich aufhören würde. Warum auch immer, wurde ihr Wunsch erhört, denn als sie es schaffte, an den Bahndamm zu gelangen, hörte das Klingeln schlagartig auf. Ohne viel nachzudenken und ohne auf ihre Kleidung zu achten, dazu hatte sie keine Zeit, krabbelte sie auf allen Vieren die Böschung hinauf. Als sie angekommen war, ließ sie sich auf der anderen Seite einfach nach unten fallen. Sie rutschte auf dem eisigen kalten Gras hinab, bis sie in eine Pfütze landete, die mit einer dünnen Eisschicht bedeckt war. Plötzlich begann sie zu weinen.

„Oh, Mann, lass mich doch in Ruhe", heulte sie in die Dunkelheit hinein und klagte jemanden an, der nicht da war. Ihre Hand griff in die matschige Brühe der Pfütze hinein und voller Ekel zog sie sie sofort wieder zurück.

„Igitt", schrie sie angewidert, dann erhob sie sich. Sie schaute nach vorne und erkannte, dass es nicht mehr weit war, bis sie in Sicherheit war. Sie streifte ihre dreckige Hand an ihrer Jacke ab und fing dann an zu laufen. Ihre Haare flatterten im Wind, der nun stärker aufzukommen schien und urplötzlich fing es an zu schneien. Kleine Flocken rieselten auf sie hinab und für einen kurzen Moment empfand sie es, trotz der Panik und der Angst, als wunderschön.

Sie rannte weiter und sah schon in Reichweite die ersten Straßenlampen, als plötzlich ein Schatten vor ihr auftauchte. Sie blieb ruckartig stehen, während das Herz ihr bis an den Hals pochte. Sie wusste nicht, was da vor ihr stand, sie wusste nur eins, es versperrte ihr den Weg aus der Gefahr.

Der Schatten verharrte und bewegte sich nicht, erst als Jennifer nach rechts lief, bewegte sich auch der Schatten in die gleiche Richtung. Sie blieb wieder stehen, während sich Tränen in ihren

Augen bildeten, dann ging sie ruckartig nach links. Der Schatten folgte ihr.

„Lassen sie mich in Ruhe", kreischte sie, während sie wieder nach rechts lief.

Der Schatten folgte ihr.

Sie probierte es ein letztes Mal und lief einige Schritte nach links, doch es war umsonst. Wieder folgte ihr der Schatten und blieb dann genau vor ihr stehen.

„Ich will doch nur nach Haus", klagte sie und diesmal weinte sie. Sie schaute auf den Boden und ging dann in die Knie. Am liebsten hätte sie sich in den Erdboden verkrochen, doch das war leider nicht möglich.

Plötzlich hörte sie wieder das Klingeln. Obwohl sie es nicht wollte, schaute sie auf und als sie auf den Schatten starrte, der nun langsam auf sie zukam, konnte sie etwas erkennen. Er hatte etwas auf dem Kopf, das wie eine Narrenkappe aussah. Plötzlich schüttelte er den Kopf und jetzt wusste Jennifer, woher das Klingeln kam. Sie sprang auf, hetzte an der Gestalt vorbei und schaffte es tatsächlich, an ihm vorbei zu kommen. Auf einmal hörte sie ein Gelächter, dann Schritte. Sie drehte sich um und sah, wie die Gestalt immer näher kam.

„Hilfe", schrie sie, während sie um ihr Leben rannte, dann schaute sie wieder nach vorne.

Nur noch wenige Meter, dachte sie, *dann habe ich es geschafft.*
Sie beschleunigte nochmals ihre Schritte. Sie hetzte über das Gras, sprang dann über einen kniehohen Busch und dann hatte sie es tatsächlich geschafft: sie war aus der Dunkelheit heraus und stand neben einer Straßenlaterne, die ihr gnadenreich Licht spendete.

„Geschafft", keuchte sie. Sie ging in die Knie und atmete laut aus, dann erhob sie sich wieder und drehte sich um. Mit einer Hand hielt sie sich an dem Masten fest, während ihr Blick auf die dunkle Wiese fiel, wo sie vor wenigen Sekunden noch die Gestalt gesehen hatte, doch da war jetzt nichts mehr.

Sie starrte angestrengt in die Düsternis, doch so sehr sie sich auch bemühte, sie sah nichts.

Plötzlich musste sie lachen.

„O weh, was für eine Scheiße, ich dachte schon, ich …".

Plötzlich hielt ihr eine Hand von hinten ihren Mund zu.

zu. Ihre Augen traten hervor und ein Schrecken durchfuhr ihre Glieder. Kurz darauf wurde sie wieder nach vorne in die Dunkelheit gestoßen. Sie fiel auf den Bauch und blieb dort weinend liegen. Auf einmal spürte sie etwas auf ihren Rücken. Zuerst wusste sie nicht, was es war, als dann aber eine Hand sie packte und umdrehte, sah sie es. Ein Messer blitzte, von der Straßenlaterne beschienen, vor ihren Augen auf. Für einen letzten kurzen Moment sah sie den Angreifer ganz genau. Er trug ein mit Flicken übersätes Kostüm, das karoartig rot, gelb und blau war und auf seinem Gesicht trug er eine bemalte Maske. In einem flüchtigen Moment, musste Jennifer schmunzeln, aufgrund der grotesken Bekleidung, die sie vor sich sah, dann jedoch verschwand der Gedanke so schnell wie er gekommen war. Die Gestalt beugte sich über sie, während sie versuchte, ihm robbend zu entkommen, doch es war schon zu spät. Die Gestalt, dieser Harlekin, packte sie, dann setzte er sich auf sie. Sie kreischte, fuchtelte mit ihren Händen, schlug mit ihren Füßen, doch es half nichts. Zenterschwer fühlte sich das Gewicht an, als die Gestalt sich vollständig auf sie hinauf setzte. Aufgrund ihres noch vorhandenen Lebenswillens, schnellten ihre Hände nach oben und rissen ihm die Maske vom Gesicht.
„Oh mein Gott", sagte sie nur, als sie auf sein eigentliches Gesicht starrte, dann raste das Messer auf sie zu. Als der blanke Stahl in ihren Bauch eindrang, spürte sie den Schmerz noch nicht, auch dann nicht, als ein zweiter Stich sie traf. Erst als das Messer wieder aus ihrem Körper gezogen wurde, brach er überfallartig über sie herein. Für einen Bruchteil einer Sekunde, wünschte sie sich, dass ihr Vater jetzt hier wäre, um sie zu retten. Er würde alles von ihr bekommen, sie würde artig sein und seine Fürsorge, sowie auch seine Strenge schätzen und alles machen, was er nur wollte. Sie würde sogar auf Lebenszeit auf ihren Laptop verzichten, Hauptsache, er würde ihr helfen.
Doch er war nicht hier.
Es war niemand hier.
Nur der Harlekin.
In einem letzten Aufbäumen nahm sie ihre Hand und riss dem Harlekin die Narrenkappe vom Kopf. Sie umklammerte sie, während der Tod langsam immer näher kam. Sie spürte die

nächsten Stiche nicht, sondern starrte fassungslos und unentwegt die Kappe an. Auch als jegliches Leben bereits von ihr gewichen war, starrten die toten Augen weiterhin auf die bunte, mit kleinen silbrigen Glöckchen bestückte Kappe an.

2.

Was war eigentlich passiert?
Er wusste es nicht.
Sie hatten sich doch geliebt.
Oder hatte er sich das nur eingebildet?
Es musste wohl so sein, denn wie hätte sie ihn denn sonst so betrügen können? Als er sie erwischte, mit einem anderen Mann im Bett, da traf ihn das wie ein Keulenschlag.
Vor über zwei Jahren hatte er sie kennengelernt. Sie war hübsch und hatte unheimlich schöne Haare. Er kannte sich ja damit aus, denn er hatte viel von seiner Mutter gelernt, die ihr Leben lang als Friseuse in einem Modesalon gearbeitet hatte. Oft hatte er sie nach der Schule besucht und ihr geholfen, die abgeschnittenen Haare, die acht- und nutzlos auf dem Boden herumlagen, aufzukehren. Bevor sie in eine große Plastiktonne geworfen wurden, hatte er sie oft angefasst und sich gewundert, warum sie alle so verschieden waren. Die einen waren dicker und grober, die anderen hingegen feiner und hauchzart. Mehrmals hatte er unbemerkt vor den Blicken seiner Mutter einzelne Haarbüschel in seine Jacke gesteckt und sich dann zu Hause unter dem Mikroskop angeschaut. Eines Tages hatte er wieder einmal ein paar Haare mit nach Hause genommen, sie stammten von einer Blondine, die waren so grazil und geschmeidig, als stammten sie von einem Engel.
Auch Phoebe hatte solche Haare. Als er sie das erste Mal anfassen durfte, da fiel ihm dieser Tag wieder ein. Er nahm seine Finger und umspielte eine Haarlocke, dann bat er sie, ob er sie nicht haben könnte. Sie dachte sich nichts dabei, schließlich hatten sie sich erst kennen gelernt, er würde schon kein Perverser sein, also durfte er sie sich abschneiden. Er steckte die Haare in ein Medaillon, das er sich mit einer Goldkette um den Hals legte und fortan immer trug. Ab sofort nannte er sie nur noch *Angel,*

sein Engel. Sie liebten sich, ja, zu mindestens dachte er es, da sie es ihm auch einmal sagte, doch je länger sie zusammen waren, desto weiter entfernten sie sich. Einmal wollte Phoebe sich von ihm trennen, meinte, *er würde sie erdrücken* und *kontrollieren und überwachen*, aber er überzeugte sie, dass sie im Unrecht wäre, obwohl es eigentlich stimmte, aber das durfte er ihr unter keinen Umständen sagen. Sie konnten daraufhin die Beziehung aufrechterhalten, sie wurde sogar noch etwas besser, hatte so etwas wie ein Zwischenhoch bekommen, das aber ebenso schnell ging, wie es gekommen war. Obwohl er sie liebte und vergötterte, merkte er, dass sie sich mehr und mehr von ihm abwandte. Als sie dann eines Tages, er erinnerte sich noch ganz genau, beiläufig erklärte, sie würde für ein paar Tage zu einer Freundin fahren, da sprach zum ersten Mal die Stimme zu ihm.

„Sie lügt", schrie sie ihn an, doch er schüttelte den Kopf. Nicht seine Angel, jede andere vielleicht, aber nicht sie.

„Dann folge ihr", sagte die Stimme.

Er wollte es nicht.

„Du Schlappschwanz", beleidigte ihn die Stimme.

„Sei ruhig", forderte er sie auf, doch sie verstummte nicht.

„Sie betrügt dich".

„Nein, das tut sie nicht", meinte er, war sich aber nicht sicher.

„Sie ist eine Schlampe, sie fickt mit einem anderen, der besser ist als du", schrie sie verächtlich.

„Halts Maul".

Doch sie schwieg nicht.

„Was bist du nur dumm", sagte sie wieder.

„Nein, das bin ich nicht. Ich will..., ich will es nicht hören, verstehst du?". Er riss an seinen Haaren und fiel auf die Knie. „Du liegst da falsch, glaub mir".

„Dann folge ihr und du wirst es sehen", forderte ihn die Stimme auf.

Er nickte, dann weinte er.

An einem Freitag verabschiedete sie sich von ihm, erklärte ihm nochmals, dass sie ein paar Tage, wahrscheinlich bis Montag bei Lucie bleibe, dann würde sie wieder zurückkehren. Sie gab ihm einen Kuss auf die Wange, dann ging sie. Er wartete noch kurz ab, dann folgte er ihr. Sie nahm ihr Auto und fuhr weg, während er ihr mit einem anderen Auto folgte. Es war nicht seines, er hatte sich für diesen Tag einen Wagen ausgeliehen, so wie die Stimme es ihm gesagt hatte. Sie war schlau, sehr schlau, auf so eine Idee wäre er alleine nicht gekommen.

Als sie die Ausfahrt in Richtung Sutton, ein Londoner Stadtteil nahm, da wusste er, dass die Stimme Recht hatte. Lucie, die Freundin, die sie angeblich besuchen wollte, lebte ganz wo anders. Nach ein paar Minuten Fahrt lenkte sie ihren Wagen auf den Parkplatz eines kleinen Hotels. Er wartete seither am Straßenrand und beobachtete, was passierte. In seinem Innersten hoffte er, dass alles nur ein Missverständnis war, vielleicht hatte sie sich ja verfahren und fragte hier nach dem Weg. Oder hatte er sie falsch verstanden, als sie ihm sagte, sie würde zu Lucie fahren. Vielleicht meinte sie ja jemanden anderen, eine Geschäftskollegin oder jemanden aus der Familie. Ja, das könnte doch sein.

Sie ging in das Hotel hinein, kam aber nicht mehr heraus. Er wartete über eine halbe Stunde, dann ging auch er hinein. Zuerst kam er sich ziemlich blöd vor, als er an der Rezeption nach Phoebe fragte, doch dann antwortete der Portier, dass sie gerade eingecheckt hatte und im Zimmer 103 wohnen würde. Also hatte die Stimme doch richtig gelegen.

„Ich habe Recht", sagte die Stimme.

Er nickte nur.

Er bedankte sich und ging nach oben. Als er die Treppe in den ersten Stock nahm, überlegte er, was er machen sollte, wenn er sie traf. Sie würde überrascht sein und ihn sicherlich fragen, was er denn hier machen würde. Natürlich sie wieder überwachen und kontrollieren, würde sie wahrscheinlich sagen, aber so war es nicht. Nein, er wollte doch nur wissen, warum sie ihn anlog, mehr nicht.

Er stand vor der Tür und sein Herz pochte laut. Er nahm seine Hand und wollte gerade anklopfen, als er stöhnende Geräusche aus dem Zimmer vernahm.

„Na, was hab ich dir gesagt, sie bumst mit einem anderen", sagte die Stimme verächtlich.

„Nein, das ist nicht wahr. Sie ist in Not, ihr geht es bestimmt schlecht. Ich muss ihr helfen".

„Ha Ha Ha", lachte die Stimme, „dann geh hinein und hilf ihr, ja,

geh hinein und überzeuge dich selbst".
Er nickte wieder, dann machte er, ohne anzuklopfen, die Tür auf. Sie war nicht verschlossen und als er in den Flur trat, wurde das Stöhnen lauter. Er hörte ihre Stimme, dann aber auch noch eine andere.
Eine männliche.
Er ballte seine Faust, weil er in diesem Moment wusste, dass alles nur eine Lüge war. Ihre geheuchelte Liebe in den letzten Wochen war alles nur erfunden, in Wirklichkeit hatte sie sich schon längst von ihm abgewandt und sich jemanden anderen gesucht.
Jemanden, mit dem sie glücklicher und zufriedenen war, als sie es mit ihm je sein konnte.
Es tat weh, unheimlich weh und ein Schmerz durchfuhr ihn. Er war so stark, dass er sich krümmte und sich auf den Boden setzen musste.
Noch immer hörte er das Stöhnen und das Heulen aus dem Schlafzimmer, das jetzt immer lauter und schneller wurde. Er konnte es nicht mehr ertragen und weinte.
„Was soll ich denn jetzt tun?", fragte er leise.
„Töte sie, beide", forderte ihn die Stimme auf.
„Nein, das kann ich nicht, ich liebe sie doch".
„Töte sie, sie ist ein Nichts".
„Aber, ich will …".
„TÖTE SIE", unterbrach ihn die Stimme.
„Ich will aber nicht allein sein".
„Wenn du sie getötet hast, helfe ich dir", meinte die Stimme.
„Ja?".
„Bring sie um, dann werde ich dich lehren".
Er nickte und auf einmal ging es ihm besser. Er würde es tun. Komme was wolle.
Er richtete sich wieder auf und ging an die Schlafzimmertür. Kurz bevor er sie aufmachte, kamen ihm nochmals Bedenken, doch als er ihre Stimme hörte, da war es vorbei.
„Ja, Steve, ja gib es mir, oh ist das schön, ja, ja, jaaaaaaaaaa …".
Er riss die Tür auf und trat hinein. Zuerst dachte er, der Anblick würde ihn erzürnen, ihm wehtun, ihn anekeln, aber so war es nicht. Ihm war es gleichgültig, egal und unwichtig. Er spürte nur

ein Gefühl: Mordlust.

Der Mann, Steve, nahm sie von hinten, als er in das Zimmer trat. Zuerst bemerkten sie ihn nicht, als er mitten im Liebesakt und auf dem Höhepunkt ihrer Lust in das Schlafzimmer trat, dann aber, als er kurz aufschrie, da schauten sie beide entgeistert zu ihm hin. Sie ließ sich fallen und unterbrach die Vereinigung, dann kroch sie auf allen vieren an die Bettkante und hob ihm beschwörend ihre Hand hin.

„Das ist alles anders, nicht so wie du denkst", meinte sie, während Steve hastig aufstand und sich dann seine Unterhose anzog.

Er antwortete nicht, sondern ging auf sie zu und gab ihr eine Ohrfeige, dann stieß er sie weg. Einen Moment später drehte er sich um und ging auf Steve zu, der gerade dabei war, sich sein T-Shirt überzuziehen. Er wartete nicht darauf, bis er angezogen war, sondern ballte die Faust und schlug ihn nieder. Steve fiel über einen Sessel und schlug sich dabei den Kopf an der Wand an, dann blieb er ohnmächtig liegen. Für den ersten Moment war er zufrieden. Er drehte sich wieder um und kam zu Phoebe zurück.

„Hure", sagte er nur, dann schlug er wieder zu. Von der Wucht des Schlages fiel sie benommen nach hinten um und landete wieder auf dem Bett, in dem sie vor nicht einmal dreißig Sekunden Wollust und Begierde empfunden hatte. Diese Gefühle wichen nun dem Schmerz und der Angst.

„Jetzt mach ein Ende", sagte die Stimme.

„Ja, das mache ich".

Er nahm das Messer aus seiner Jacke und betrachtete es. Es blitzte und schimmerte und für einen kurzen Moment war er fasziniert. Fasziniert davon, wie ein einfaches Stück Metall so eine magische Anziehungskraft hervor bringen konnte. Er führte das Messer wieder nach unten und stieg auf das Bett, auf dem Phoebe immer noch benommen lag. Er betrachtete sie und er fand sie immer noch hübsch. Plötzlich waren die mordlüsternden Gedanken wie weggeblasen, plötzlich spürte er die Liebe und das Verlangen nach ihr, sie in den Arm zu nehmen und ihr alles zu verzeihen. Er nahm das Messer nach unten und in diesem Moment wurde sie wieder wach.

„Was?", sagte sie noch etwas betäubt von dem Schlag.

„Es ist alles gut", beruhigte er sie und ließ das Messer in seiner Jacke verschwinden. Er kam etwas näher und beugte sich dann zu ihr hinunter.

„Du mieser kleiner Sack", brüllte sie ihn plötzlich an.

Von den Worten getroffen, taumelte er kurz zurück, dann kam er erneut zu ihr.

„Ich verzeihe dir. Und jetzt komm mit".

Er reichte ihr seine Hand, doch mit einem verächtlichen Blick schlug Phoebe sie weg.

„Du elender kleiner impotenter Schlappschwanz", sagte sie, „du ekelst mich an".

Er hörte ihre Worte, verstand sie aber nicht.

„Wir werden das alles wieder hinbekommen, glaube mir", antwortete er.

Dann ging alles ganz schnell.

Er kam jetzt noch näher, während sie sich immer mehr von ihm entfernte. Sie robbte nach hinten und wäre fast aus dem Bett gefallen, wenn sie sich nicht an dem Nachtkästchen festgehalten hätte. In diesem Augenblick stöhnte Steve auf und für einen kurzen Moment war seine Aufmerksamkeit abgelenkt. Er drehte seinen Kopf zu Steve um, während Phoebe die Nachttischlampe in die Hand nahm.

„Achtung, sie hat die Lampe", schrie plötzlich die Stimme und er drehte wieder den Kopf zu ihr hin, doch es war schon zu spät. Er spürte den Schmerz nicht, als das Keramik und die Glühbirne in seinem Gesicht zersprangen. Er schrie auch nicht, als die Scherben tiefe Risse in sein Gesicht schnitten. Er heulte auch nicht auf, als kleine Splitter in sein rechtes Auge eindrangen und ihn blind machten und er machte sich auch keine Gedanken über das viele Blut, das aus den gerade entstandenen Wunden herausfloss.

„Sie liebt dich nicht", schrie die Stimme wieder.

„Ja", sagte er nur, dann nahm er zum wiederholten Male das Messer aus seiner Jacke.

In den darauf folgenden Sekunden, wusste er nicht, was passierte. Nun, er wusste schon, was er tat und vor allem, wie er es tat, aber er fühlte nichts. Er hatte keine Bedenken, noch hatte er Abscheu. Es war mehr wie eine Befriedigung, eine Erlösung.

Sie versuchte zu flüchten, als sie das Messer sah, doch er ließ ihr keine Chance. Als er immer näher kam, das Messer vor sich haltend, rutschte sie weiter nach hinten, um ihm doch noch zu entkommen, aber da war die Wand. Wie eine Maus, die von einer Katze in die Ecke gedrängt wurde, verharrte sie einige Sekunden in einer abwehrenden Haltung, in dem sie ihre Hände nach ihm ausstreckte.

„Ich wollte das nicht", sagte sie weinend zu ihm.

„Ja, ich weiß", antwortete er, dann hob er das Messer.

Mit beiden Händen umklammerte er sein Mordinstrument, dann stieß er auf sie ein. Der erste Hieb trennte ihren Daumen von ihrer linken Hand, dann drang die Klinge in ihre Brust ein.

„Nein, bitte nicht", konnte sie noch schreien, während er aus ihr das Messer wieder herauszog, dann folgte schon der nächste Stich. Diesmal wurde sie in den Bauch getroffen. Blut ergoss sich auf das blütenweiße Bettlaken und für einen Moment, als sie es sah, glaubte sie, dem allem noch zu entrinnen. Doch es war schon zu spät, denn schon traf sie ein weiterer Hieb, der mitten in ihr Herz drang und sie sofort von ihren Leiden erlöste. Die nächsten, unzähligen Einstiche bemerkte sie schon nicht mehr, da sie schon tot war.

Er wusste nicht genau, was passierte. Er wusste auch nicht, wie oft er zugestochen hatte, aber irgendwann, hörte er auf. Als er dann Phoebe ansah, erkannte er sie gar nicht mehr wieder. Was er sah, war eine blutige Masse, die aus unzähligen Wunden blutete und ihren kostbaren Lebenssaft verlor.

Er ließ von ihr ab und stand vom blutgetränkten Bett auf.

„Gut gemacht. Und jetzt noch der Hurensohn", brüllte ihn die Stimme an.

Er nickte, drehte sich um und ging zu Steve, der von dem alles nichts mitbekommen hatte. Er lag immer noch ohnmächtig an der Stelle, wo er ihn KO geschlagen hatte.

„Los, kill ihn", forderte sie ihn auf.

„Ja", sagte er nur, dann ging er zu ihm hin.

Er machte kurzen Prozess. Ein Stich in den Hals und einen, für alle Fälle, mitten ins Herz, das müsste genügen.

Und er tat es.

Kurz heulte, nein, stöhnte Steve auf, als sich die Klinge in seinen Hals bohrte, den Stich in sein Herz bemerkte er gar nicht, denn da war er schon tot.

„Gut gemacht und jetzt geh. Wir haben noch viel vor".

Er nickte und ging, ohne sich noch einmal umzudrehen, aus dem Schlafzimmer hinaus, dann ging er ins Badezimmer. Als er sich im Spiegel sah, kreischte er leise auf. Diese verdammte Hure hatte ihm mit dem Schlag schwer zugesetzt. Fast in seinem ganzen Gesicht verteilt waren kleine, sowie auch einige große und tiefe Risse zu erkennen, aus dem zäh und langsam das Blut in kleinen Rinnsalen heraussickerte. Er ging mit dem Gesicht näher an den Spiegel heran und begutachtete die Schäden.

„Das war knapp", sagte die Stimme plötzlich, „das nächste Mal musst du aufpassen".

„Das werde ich", antwortete er.

Er nahm ein Handtuch und wischte sich, so gut es ging, das Blut aus seinem Gesicht, dann hielt er es unter den Wasserhahn. Als das Handtuch nass genug war, rieb er sich die restlichen Blutspuren aus dem Gesicht. Doch es half nur für eine gewisse Zeit. Sobald er das Handtuch wegnahm, blubberte das Blut schon wieder aus den Wunden heraus.

„Los, jetzt geh schon, bevor du entdeckt wirst".

„Ja", sagte er, „ das mache ich".

Bevor er wieder aus dem Badezimmer hinausging, nahm er ein frisches Handtuch und wickelte es sich um sein Gesicht. Er wollte gerade die Tür öffnen, als die Stimme auf einmal rief:

„Noch nicht, warte, du hast noch etwas vergessen".

„Ja, du hast Recht".

Er grinste. Er hatte tatsächlich etwas vergessen. Er ging wieder zu ihr hin und schaute sie an.

„Ich werde ein Andenken von dir mitnehmen. Ich hoffe, du bist mir nicht böse", sagte er, dann stieg er auf sie drauf. Er holte sein Messer wieder heraus und fing dann an, ihren Kopf vom Körper abzutrennen. Als er die Klinge an ihren Hals ansetzte, meldete sich die Stimme wieder.

„Das machst du gut, weiter so, aber beeile dich. Los".

Er nickte, dann schnitt er ihr den Kopf ab. Blut spritzte heraus und traf ihn mitten ins Gesicht, aber er bemerkte es nicht. Wie ein Metzger ein Stück Fleisch abschnitt, hantierte er an ihr. Nach nicht einmal einer Minute hatte er es geschafft, dann hielt er

triumphierend den Kopf in die Höhe.
„Sehr gut", geiferte die Stimme, „jetzt pack sie ein, wir brauchen sie noch. Aber nicht heute, nein, nicht heute. Wenn der Tag gekommen ist, werde ich es dir sagen", meinte die Stimme.
„Ja", hauchte er, dann packte er den Kopf in eine Plastiktüte und stieg vom Bett wieder herunter.
„Und nun geh", forderte ihn die Stimme auf.
Er ging aus dem Zimmer hinaus und wollte gerade die Tür aufmachen, als ihn die Stimme warnte.
„Noch nicht, warte noch, bis ich es dir sage".
Er wartete und hörte draußen plötzlich Schritte.
„Nur noch ein paar Sekunden, dann kannst du gehen".
Er wartete die Sekunden ab.
„Los, jetzt", sagte sie und er öffnete die Tür. Er ging auf den Gang und sah gerade noch, wie sich am Ende des Flurs eine Zimmertür schloss.
„Danke", sagte er leise.
„Weiter jetzt, wir haben keine Zeit", forderte ihn die Stimme erneut auf.
Er ging den Gang entlang und blieb dann an der Treppe stehen. Kurz bevor er die Stufen hinabging, hörte er sie wieder.
„Der Portier ist nicht da, du kannst gehen, aber schnell".
Er ging …
… und er ging schnell, denn kaum war er an der Rezeption vorbei, da hörte er von hinten plötzlich eine Stimme:
„Haben sie sie gefunden?", fragte der Portier.
Er gab keine Antwort, sondern hob einfach die Hand und ging weiter.
„Einen schönen Tag noch, Sir", meinte der Portier und ging wieder seiner Arbeit nach.
„Wir haben es bald geschafft, mein Freund, nur noch über die Straße, dann sind wir in Sicherheit".
Er ging zum Ausgang hinaus, ohne jemandem zu begegnen, dann überquerte er die Straße. Eine Sekunde später saß er schon in seinem Auto.
„Na also, was hab ich dir gesagt".
„Ja, du hast mich sicher geleitet".
„Und jetzt fahr heim. Wir haben noch viel zu erledigen", sagte

die Stimme.
„Ja, das haben wir", antwortete er, dann startete er den Motor und fuhr los.

3.

Ein Schuss hallte durch das Wohnzimmer. Zuerst wusste er gar nicht, was passiert war. Er war von seiner Arbeit heimgekommen und wollte eigentlich nur kurz seine Familie besuchen, um ihnen mitzuteilen, dass er gleich wieder gehen musste. Ein dringender Auftrag, eine Observation, die er mit seinem ungeliebten Kollegen machen musste, der ihm als Partner zugeteilt war.

Die Kugel drang in seinen Brustkorb ein, zertrümmerte eine Rippe und durchschlug dann seine rechte Lunge, bevor sie unter seinem Schulterplatt wieder aus seinem Rücken herauskam. Der Schmerz kam sofort und er begriff im ersten Moment nicht, was los war. Nur eines wusste er, seine Familie war in Gefahr.

Als er von der Wucht der Kugel gegen die Wand geschleudert wurde, ahnte er noch nicht, dass sein schlimmster Alptraum bald wahr werden würde.

Wie oft hatte ihn seine Frau angefleht, er solle von der Mordkommission in eine andere Abteilung wechseln, da würden er und vor allem auch sie sicherer sein. Schon oft hatten sie, nachdem er den einen oder anderen verhaftet und zur Strecke gebracht hatte, Morddrohungen erhalten. Viele waren ein Jux gewesen, gemacht von Jugendlichen oder kleineren Ganoven, die immer noch sauer auf Gordon waren, weil er sie verhaftet hatte, aber einige waren sehr ernst zu nehmen. Schon einmal musste seine Familie, Mellie und seine kleine Eve, für einige Wochen in Schutzhaft genommen werden, da ein Drogenboss aus der Londoner Unterwelt ein Kopfgeld auf sie ausgesetzt hatte.

Das war vor einigen Monaten gewesen, danach wurde es ruhiger, denn der Drogenboss wurde geschnappt und die Gefahr schien gebannt.

Doch heute holte ihn die Vergangenheit wieder ein.

Er prallte gegen die Wand, dann sackte er zu Boden. Seine Lunge pfiff, als er vergeblich versuchte, Luft zu holen und sein Brustkorb schmerzte. Er griff mit der Hand unter seine

Jacke, dann bemerkte er schon die Nässe. Trotz der Dunkelheit im Wohnzimmer konnte er, nachdem er die Hand wieder hervorgeholt hatte, das Blut daran erkennen.

„Verdammt", zischte er noch, dann sah er einen Schatten vor sich.

„Na, Mr. Strachan, wie geht es ihnen", sagte der Mann.

„Leck mich am Arsch", antwortete Gordon und zeigte ihm den Stinkefinger.

„Na Na Na, wer wird denn so unhöflich sein", meinte der Mann.

Gordon beachtete ihn nicht, sondern versuchte, sich auf zu richten. Es gelang ihm tatsächlich, sich einige Zentimeter zu bewegen, dann sackte er wieder zusammen. Die Schmerzen waren zu groß und aus irgendeinem Grund, hatte die Kugel seine Mobilität so gelähmt, dass er völlig hilflos war.

„Was wollen sie?", giftete Gordon den Schatten an.

„Oh, ich will nicht viel. Nur ihre Familie, nicht mehr", sagte der Mann und kam näher.

Gordon zuckte zusammen.

Nicht meine Familie, du Schwein, dachte er und versuchte erneut, aufzustehen. Aber auch diesmal hatte er kein Glück, es blieb bei einem Versuch.

„Strengen sie sich nicht an, mein Freund. Ich habe so genau getroffen, dass sie kampfunfähig sind und es auch bleiben. Mein Auftraggeber hat mir, was sie betrifft, genauste Anweisungen gegeben. Sie sollen nicht getötet werden, aber von ihrer Familie, hat er ganz andere Vorstellungen. Was mich betrifft, ich hätte sie sehr gern tot gesehen, aber es geht leider nicht nach mir".

„Lassen sie meine Familie in Ruhe", schrie er ihn an.

„Den Gefallen kann ich ihnen leider nicht tun", antwortete der Mann, dann trat er aus der Dunkelheit hervor.

„Sie?", fragte Gordon überrascht, als er das Gesicht erkannte.

„Aber, aber sie müssten doch tot sein, ich habe sie doch …".

„Ja, das dachten sie", unterbrach ihn der Mann, „aber sie haben wohl nicht richtig getroffen".

Gordon schloss die Augen.

Vor einem Jahr hatten sie eine Bande, die Heroin und Kokain vertickte, verhaftet und die meist jugendlichen Tätern danach

verhört. Bald konnten sie herausfinden, dass Elijah Montgomery, ein stadtbekannter Drogenboss seine Finger im Spiel hatte. Dieser Verbrecher, vor dem seine Familie schon einmal in Sicherheit gebracht werden musste. Als sie genügend Beweise gehabt hatten, wurde ein Sonderkommando damit beauftragt, ihn zu verhaften. Es lief von Anfang an alles schief, was man sich nur denken konnte. Unbemerkt und überraschend wollten sie ihn verhaften, aber irgendjemand musste ihm einen Tipp gegeben haben, denn als sie vor seinem Haus standen und eindringen wollten, wurden sie schon von einem wahren Kugelhagel empfangen. Drei Polizisten verloren damals ihr Leben, aber auch fünf Bodyguards, die mehr gedrungene Mörder waren, starben durch die Kugeln der Polizei. Als sie dann endlich das Haus erreichten, explodierte plötzlich eine Handgranate einige Meter neben ihm und hätte ihn fast in Stücke gerissen, wenn er sich nicht durch einen Sprung auf die Seite in Sicherheit gebracht hätte. Er schlug sich den Kopf auf dem harten Steinboden an und wurde für einige Sekunden ohnmächtig. Als er kurze Zeit später wieder erwachte, war seine Gruppe bereits im Haus und versuchte Montgomery zu kriegen. Er wollte ihnen gerade folgen, als er hinter sich plötzlich Stimmen hörte. Er drehte sich um und konnte erkennen, dass einige Personen versuchten, hinter dem Haus zu flüchten.
„Stehenbleiben, sofort, Polizei", rief er noch, dann vielen die ersten Schüsse. Er warf sich zu Boden und erwiderte das Feuer auf die Gruppe. Sofort erkannte er, dass seine Schüsse gut lagen und er eine Person getroffen hatte, die dann zusammen sackte und liegen blieb.
„Oh mein Gott", schrie plötzlich eine Frau. Er wusste nicht, wen er getroffen hatte und es war ihm in diesem Augenblick auch egal. Er stand auf und rannte auf die Gruppe zu, die sich alle um die am Boden liegende Person versammelt hatten.
„Hände hoch", schrie er, doch keiner hörte ihm zu. Auf einmal drehte sich eine Person zu ihm um.
„Sie haben meinen Sohn erschossen", brüllte plötzlich Montgomery, dessen Stimme er sofort erkannte.
Ihm wurde schlecht und für einen Moment senkte er seine Waffe.
Was habe ich nur getan, waren seine ersten Gedanken, dann kehrte in ihm der beinharte und unnachgiebige Polizist zurück.

Er riss die Waffe wieder nach oben.

„Sie sollen die Hände nach oben nehmen", schrie er erneut.

Er kam jetzt näher und dann erkannte Gordon sie alle. Vor ihm stand Montgomery, am Boden weinend liegend seine Frau und einen Meter rechts von ihm, John Phelps, sein Killer.

„Los, nun machen sie schon. Nehmen sie die Hände hoch, los sofort", schrie er ein weiteres Male.

„Sie haben meinen Sohn getötet, sie verdammtes Hurenschwein", sagte Montgomery, dann hob er die Hand. Gordon sah die Pistole und schoss sofort. Die Kugel traf genau in sein Herz. Er war sofort tot.

Seine Frau, die weiterhin am Boden kauerte, bekam davon nichts mit, aber Phelps nutzte die Gelegenheit und sprang, nachdem Gordon auf Montgomery geschossen hatte, auf die Seite und schoss auf ihn. Die Kugel streifte Gordons Schläfe und er konnte danach wochenlang in seinen Alpträumen das pfeifende Geräusch des Projektils hören, wie es nur um Millimeter seinen Kopf verfehlte.

Er duckte sich und schoss zurück. Er wusste nicht, wie lange der Schusswechsel dauerte, auch in den Wochen danach, bei den unzähligen Untersuchungen, die über den Vorfall gemacht wurden, konnte er es nicht sagen und es war ja auch egal. Was er ihnen genau erklären konnte war, wie John Phelps starb.

Nachdem die Kugel ihn verfehlt hatte, folgte er dem Killer. Ein Schuss folgte dem anderen, bis er Phelps in die Enge getrieben hatte. John stand einfach nur da, hinter ihm die Klippen, vor ihm er.

„Lassen sie die Waffe fallen", forderte er ihn auf, doch Phelps lächelte nur.

„Meine letzte Warnung", brüllte Gordon.

„Leck mich", sagte Phelps, dann schoss er.

Das Geschoss traf auf die kugelsichere Weste, oberhalb des Herzens, dann erwiderte er das Feuer. Er konnte noch deutlich sehen, wie John Phelps zweimal zuckte, als die Kugeln trafen, dann kippte er nach hinten und stürzte die Klippen hinunter. Er rannte auf den Abgrund zu und blickte nach unten. Die Wellen brandeten an die Felsen und obwohl er sich anstrengte, konnte ihn Gordon in der aufkommenden Dämmerung nicht entdecken.

Seine Leiche wurde nie gefunden.

Er öffnete die Augen wieder.
„Na, können sie sich wieder erinnern?", fragte ihn Phelps.
Er antwortete nicht, sondern starrte ihn hasserfüllt an.
„Ich sehe, sie können".
Er lachte und drehte sich um.
„Nachdem sie mich getroffen hatten, übrigens sehr gute Treffer, verlor ich das Gleichgewicht und fiel nach unten. Aber das wissen sie ja schon. Nun, aber wie sie und ihre Kollegen wohl angenommen haben, fiel ich nicht ganz nach unten, ich meine die fast hundert Meter. Durch einen für mich glücklichen Zufall landete ich auf einem kleinen schmalen Plateau, auf dem ich von ihnen unentdeckt liegen blieb und dann ohnmächtig wurde. Erst einige Stunden später, nachdem, wie soll ich sagen, sie alle wieder verschwunden waren, kletterte ich mehr schlecht als recht die Böschung nach oben und konnte mich in dem Haus für einige Stunden verbergen. Tja, um die Geschichte abzukürzen. Ich habe ja meine Verbindungen, wie sie sicherlich wissen, da war es kein Problem, meine Wunden zu lecken, sprich mich versorgen zu lassen. Aber jetzt bin ich wieder voll da".
Er stand auf, drehte sich um und ging kurz weg.
Gordon überlegte, was er nur tun könnte. Erneut versuchte er aufzustehen, doch so sehr er sich auch bemühte, die Schmerzen verhinderten es. Er sank, ohne dass er sich auch nur um einen Zentimeter bewegt hatte, wieder in sich zusammen.
„Wer hat sie beauftragt?", fragte Gordon stöhnend.
Phelps kam aus dem Dunkeln wieder zurück.
„Na wer wohl", antwortete er und bückte sich abermals zu ihm hinunter. „Seine Frau natürlich". Er grinste diabolisch, dann breitete er vor ihm einen Koffer aus. Er öffnete ihn und holte ein kleines schmales Messer heraus, das wie ein Skalpell aussah. Er hielt es vor Gordon hin und fuchtelte dann ein zweimal hin und her, dann ließ er es wieder in den Koffer verschwinden.
„Verdammt, wo ist es denn?", fluchte Phelps leise, als er etwas suchte.
„Ach, da haben wir es ja", sagte er und grinste erneut.
Diesmal hatte er ein anderes Instrument hervorgeholt, das wie

eine Schere aussah. Er nahm sie in die Hand und führte sie an Gordons Hand, dann nahm er den Daumen und öffnete die Schere.

Gordon zuckte zusammen und ein leises, kaum hörbares Zischen entkam seinen Lippen.

Phelps drückte die Schere zusammen und kurz bevor die scharfen Zangen seinen Daumen abtrennten, hielt er plötzlich inne.

„Keine Angst, mein Freund, ihnen soll nichts geschehen. Meine Auftraggeberin hat klare Vorstellungen, was passieren soll, also bitte, beruhigen sie sich".

Gordon beruhigte sich nicht, sein Herz raste und sein Puls stieg auf dramatische Weise an.

„Nehmen sie mich, aber lassen sie meine Familie in Ruhe, bitte", sagte er und meinte es ernst.

Phelps nahm die Schere und steckte sie in seine Tasche, dann setzte er sich auf den Boden, so dass er nur wenige Zentimeter von Gordon entfernt war. Er schaute ihn interessiert an.

„Nichts würde ich lieber machen als das, aber das wäre gegen den Auftrag und sie wissen, dass ich da keine Ausnahme mache".

„Bitte", flehte er ihn an, während sich langsam Tränen in seinen Augen bildeten.

Phelps hielt kurz inne und kam nochmals etwas näher. Er schaute ihm tief in die Augen, dann entfernte er sich wieder.

„Sie haben Angst?", fragte er und ohne auf eine Antwort zu warten, sagte er weiter: „Ja, oh Mann, sie haben wirklich Angst".

Gordon antwortete nicht, sondern blickte ihn stumm an.

Phelps stand wieder auf, nahm den Koffer und stellte ihn einige Meter von Gordon entfernt auf einen Tisch, dann kramte er wieder darin herum. Gordon konnte nicht erkennen, was Phelps heraus nahm, aber als er wieder zu ihm zurückkam, erkannte er sofort, was er in der Hand hatte.

„Wissen sie was, Gordon, ich tue ihnen einen Gefallen. Ja, wirklich, irgendwie sind sie mir ans Herz gewachsen, auch wenn sie mir nicht glauben. Eigentlich sollten sie ja dabei sein, wenn ich ihre Familie eliminiere, so wünscht sie sich es, aber ich finde, den Schmerz, den sie zu ertragen haben, wenn sie wieder aufwachen, vor allem für den Rest ihres Lebens, ist schlimm genug. Ich werde sie deshalb in das Land der Träume schicken, damit sie von den

Schreien nichts hören. Na, ist das was?", fragte er und nahm den Gummiknüppel fest in seine Hand.

„Nein, um Gottes Willen, warten sie", bettelte er, doch es war schon zu spät. Bevor er seine Hände zum Schutz nach oben reißen konnte, raste der Gummiknüppel schon auf ihn zu.

„Bitte nicht die Kleine, nicht mein Kind, bitte …".
Phelps traf gut. Kurz darauf sank Gordon auf die Seite und wurde ohnmächtig.

„Ich mache es schnell, mein Freund", sagte Phelps und stand auf, dann nahm er das Skalpell und die Schere und ging in das Schlafzimmer, wo er Gordons Frau und die Tochter eingeschlossen und gefesselt hatte.

„Ganz schnell", sagte er noch, dann öffnete er die Tür.

4.

Er betrachtete sie eingehend. Sie war eigentlich nicht hübsch gewesen, aber sie hatte wunderschöne Haare gehabt. Aber dafür hatte er sie nicht ausgesucht. Warum sie sein Opfer wurde, waren ihre herrlichen Hände. Sie waren so weich, so grazil und so filigran, er hatte selten so schöne Hände gesehen.

Er hatte sie schon einige Tage beobachtet, bis er sich entschlossen hatte; sie oder keine. Als sie vergangene Woche in seine Arbeitsstelle kam, erkannte er sofort, dass sie eine potentielle Kandidatin war, aber so richtig festgelegt, hatte er sich erst vor zwei Tagen. Da kam sie noch einmal in sein Geschäft und da hatte er beschlossen, dass sie die Auserwählte sein durfte.

Er bückte sich nach unten, packte die Leiche von Jennifer und zog sie aus dem angrenzenden Licht der Straßenlaterne in die Dunkelheit zurück. Nach einigen Metern ließ er sie wieder fallen. Er holte aus seiner Tasche das Messer und bückte sich wieder zu ihr hinunter.

„Das wird ihr gefallen", sagte er, während Speichel aus seinen Mundwinkel lief.

Er nahm ihre Hand, dann spreizte er ihre Finger, so dass sie ganz flach auf dem nassen Gras lag.

„Sie ist so schön".
Er streichelte die Hand, dann nahm er das Messer und setzte an.

Die ersten Schnitte glitten durch das Fleisch, dann stieß er auf den Knochen. Mit kräftigen und rhythmischen Bewegungen gelang es ihm fast ohne viel Kraftaufwand, den Knochen zu durchtrennen, dann, einige Sekunden später, war die Hand ganz ab. Er nahm sie und steckte sie in eine Plastiktüte, die er dann mit einem Klipp verschloss. Er wollte schon gehen, als er sie noch einmal anschaute.

„Danke, sie wird sehr zufrieden sein", meinte er, dann kehrte er ihr den Rücken zu und verschwand.

Nach einer halben Stunde war er Zuhause. Er öffnete die Tür und ging in seine Wohnung, obwohl man sie so eigentlich gar nicht nennen durfte. Es war mehr ein Verlies, ein Kellerloch, aber es war geschützt und es konnte keiner sehen, was er dort trieb. Als er in der Wohnung war, die aus zwei Zimmern, einer Küche und einem Bad mit WC bestand, machte er die Deckenlampe an. Dämmriges Licht durchflutete das Wohnzimmer und ein modriger, nach Fäulnis stinkender Geruch kroch in seine Nase hinauf. Er zog es gierig ein.

„Wie sie nur riecht", sagte er leise, dann ging er ins Wohnzimmer.

„Liebling, ich bin hier", schrie er in das Schlafzimmer, doch niemand antwortete ihm.

Er ging an den Tisch, der mitten im Raum stand und holte aus der Schublade, die unten angebracht war, ein Kästchen heraus. Sorgsam stellte er es auf den Tisch. Er drehte sich um, zog seine Jacke aus und legte sie über einen Stuhl, dann holte er die Plastiktüte aus seiner Tasche heraus. Er hob sie in die Höhe und betrachtete dann eingehend den abgetrennten Körperteil.

„Gute Arbeit", sagte plötzlich die Stimme.

„Ja, das stimmt", antwortete er, dann nahm er die Hand aus der Tüte und legte sie neben dem Kästchen hin. Er nahm den Stuhl und setzte sich hin.

„Meinst du, es wird ihr gefallen?", fragte er in den Raum hinein.

„Natürlich", antwortete die Stimme, „sie ist formidabel".

Er nickte zustimmend.

Er öffnete das Kästchen und nahm eine Nadel heraus, die etwas dicker war, dann noch etwas reißfestes Garn. Sorgsam fädelte er den Faden ein, dann stand er auf und ging mit der Hand und der

Nähutensilien auf das Schlafzimmer zu.
„Ich komme mein Schatz", sagte er und öffnete die Tür.
Ein Schwall von Verwesung und Tod empfing ihn, aber es störte ihn nicht.
Es war ihre Art zu riechen, dachte er oft, bald würde es anders werden. Er setzte sich zu ihr auf das Bett und streichelte sanft ihr Bein.
„Ich habe dir etwas mitgebracht", sagte er voller Stolz und zeigte ihr die Hand. „Gefällt sie dir?".
Sie antwortete nicht.
Er schaute sie begehrend an.
„Warte einen Moment", meinte er und verschwand für einige Sekunden aus dem Raum. Kurze Zeit später erschien er wieder, mit ein paar Blumen, die er schon gestern für sie gekauft hatte.
„Die sind für dich", sagte er und reichte sie ihr, doch sie nahm sie nicht entgegen.
„Sind sie nicht schön, gefallen sie dir nicht?", fragte er.
Doch wiederrum bekam er keine Antwort, darum beantwortete er sich seine Frage selbst.
„Ja, sie gefallen dir, ich weiß es".
Er legte die Blumen neben ihrem Körper, dann griff er sich die abgetrennte Hand und nahm die Nadel. Er stach in das Fleisch und machte mit dem Faden einen Rand, so wie er es schon oft zuvor getan hatte, dann nahm er ihren Arm und legte die Hand so hin, dass sie zueinander passten.
„Perfekt", sagte er, „jetzt nur noch ein paar Stiche, dann haben wir es geschafft".
Er nähte in raschen Schritten die abgetrennte Hand fein säuberlich an ihren Unterarm, dann, als er fast schon fertig war, rannte er wieder aus dem Zimmer hinaus. Als er wieder hereinkam, hatte er eine Schere in der Hand.
„Die hatte ich vergessen", sagte er entschuldigend, dann setzte er sich wieder auf das Bett. Er machte die letzten Stiche und als er damit fertig war, nahm er die Schere und trennte den Faden ab.
Dann schaute er sich sein Werk an.
„Schön", sagte er und war mit sich zufrieden.
„Du weißt, was jetzt kommt", sagte auf einmal die Stimme.

„Ja", antwortete er nur, dann stand er auf.

„Du mieser, kleiner Drecksack, du Ausgeburt der Hölle, du impotenter kleiner Feigling", schrie plötzlich die Stimme.

Er krampfte zusammen.

„Nein", schrie er zurück, „nein, das ist nicht wahr".

„Oh doch, deine Angel hat sich immer nach einem wahren Mann gesehnt. Jedes Mal, wenn ihr Sex hattet, hatte sie sich danach gesehnt, endlich einmal einen richtig harten Schwanz in sich zu spüren, nicht so einen Waschlappen, wie es deiner immer war".

Er schluckte. „Nein, der Sex war gut. Sie hat es mir immer gesagt, wie schön er war".

„Sie log", brüllte die Stimme zurück, „sie hat dich immer angelogen, egal was sie gesagt hatte".

„Nein, du lügst", schrie er zurück.

„Weißt du was sie gerade macht?", fragte die Stimme.

„Nein", stammelte er.

„Ich sage es dir, sie treibt es gerade in der Hölle und sie genießt es. Hmmmmm und wie sie es genießt".

„NEEIIIIINNNNNNNN".

In seinen Augen sammelten sich die Tränen und ganz langsam rollte eine davon an seiner Wange hinab.

„Sie ist da", brüllte plötzlich die Stimme, „jetzt schnell, geh zu ihr hin".

Er nickte.

Er setzte sich wieder auf das Bett, nahm sein Gesicht und kam bis auf einige Zentimeter an die frisch angenähte Hand hin. Die Träne rann an seiner Backe hinab, dann blieb sie für einen Moment stehen, um dann kurz darauf, weiter zu fließen. Jetzt war sie fast an seinem Kinn, als ihn plötzlich die Stimme wieder anbrüllte.

„JETZT".

Er presste die Träne an die Nahtstelle, rieb dort einige Male hin und her und löste sich dann wieder von ihr. Zunächst geschah nichts, dann aber, nur Sekunden später, geschah das Wunder. Oft dachte er, es geschah etwas göttliches, etwas, das nicht von dieser Welt war. Wie von Geisterhand erschaffen, erschien plötzlich ein rötliches Licht, dass sich pulsierend um die Wunde legte und dann ihre wundersame Arbeit begann.

„Oh ist das schön", sagte er zitternd, obwohl er es schon so oft gesehen hatte.

Es dauerte nur einige Sekunden, dann verschwand das Licht wieder. Stattdessen fing die Wunde selbst nun an, zu pulsieren. Ganz deutlich konnte man erkennen, wie sich die Haut hob und dann wieder senkte. So ging es eine ganze Weile, bis plötzlich, von jetzt auf nachher, die Fäden sich in Nichts auflösten und die Narbe verschwand. Für einige Sekunden bewegte sich die Hand, dann erschlaffte sie und blieb regungslos liegen.

„Gut gemacht", sagte die Stimme.

„Ja, das habe ich".

Er beugte sich vor und streichelte sanft ihre neue Hand.

„Ich liebe dich", sagte er.

Er bekam keine Antwort, schon wieder nicht, aber er wusste, warum.

Er stand auf und ging aus dem Schlafzimmer hinaus. Kurz bevor er die Tür schloss, schaute er sie noch einmal an.

„Bald meine Liebe, sehr bald, wirst du vollendet sein".

Er blickte sehnsüchtig auf das Kopf- und auf der rechten Seite noch Bein lose Geschöpf, das auf seinem Bett lag.

„Bald", sagte er, dann verließ er das Zimmer.

5.

Wer war sie eigentlich?
Sie wusste es nicht.

Warum hatte sie die Gabe?
Auch das wusste sie nicht.

Sie wusste nur eines: sie musste damit leben.
Und sie lebte damit.

Diese Gabe hatte sie schon, seit sie ein kleines Kind war. Schon damals konnte sie mit den Toten reden, ihnen helfen, ins Jenseits zu kommen, um dort ihren Frieden zu finden. Aber nicht alle wollten dorthin. Sie sträubten sich und wollten noch unter den Lebenden verbleiben, mit ihnen die irdischen Freuden genießen und nicht in die Vergessenheit hinab driften, wo sie ein für alle Male von einer Macht verschluckt wurden, aus dem es kein Entrinnen mehr gab.

Das war aber nicht ihr Problem gewesen.

Ihr Problem war gewesen, mit ihrer Gabe umzugehen, und das war nicht immer leicht. Wie oft schon musste sie sich anhören, was für ein Scharlatan sie war. Zigeunerhure, Ausgeburt der Hölle oder Gehilfin des Satans waren oft noch die harmlosesten Beschimpfungen, die sie von ihren Klienten bekam, wenn es nicht so lief, wie es sich vorgestellt hatten. Erst gestern musste sie sich bei einer Rückführung in das Reich der Toten ein neues Schimpfwort anhören, aber sie nahm es mit Humor. Was sollte sie auch anderes tun. Schließlich lebte sie von diesen Menschen und sie musste Sorge dafür tragen, dass die Kundschaft nicht ausblieb. Trotzdem hatte sie sich schon oft mit den Gedanken getragen, das alles hin zu schmeißen und lieber in einer Fabrik zu arbeiten, als diese Tortur weiterhin mit zu machen. Aber es wurde halt gut bezahlt und meistens waren ihre Auftraggeber ihr auch dankbar für das, was Laura für sie tat; nämlich nochmals mit ihren Liebsten ein letztes, manchmal auch unausgesprochen Wort zu wechseln, bevor die Toten ihre letzten Reise antraten.

Aber sie hatte auch noch andere Gaben. Manchmal konnte sie in die Zukunft sehen, hatte Visionen von dem, was passierte und noch passieren würde und, sie war hellsichtig. So nannte sie es zu mindestens. Andere würden sagen, sie konnte Dinge fühlen und sehen, bevor sie passierten, sie jedoch dachte immer, es waren Eingebungen, die sie, wenn die Stimmung und die Situation es zu ließen, hatte.

Es war schon spät in der Nacht, schon nach 24:00 Uhr und in einigen Minuten würde sie noch eine Sèance abhalten müssen, dann war für heute Schluss. Eine alte Dame, die ihren Jugendfreund im Zweiten Weltkrieg verlor, wollte unter allen Umständen wissen, ob er sie geliebt hatte, bevor er durch einen Granatsplitter in seinem Herzen starb.

Das wird schnell gehen, dachte sie und bereitete schon mal alles vor. Sie nahm eine rote Tischdecke und breitete sie auf den Tisch aus, dann holte sie eine Kristallkugel aus dem Schrank und stellte sie auf einen silbrigen Teller, den sie genau in der Mitte platzierte. Der Raum, in dem sie diese Sèancen abhielt, war in einem dunkelgrünen Farbton gestrichen und an den Fenstern hingen schwere, samtene Vorhänge, die in einem gelben Ton gehalten waren und die bis zum Boden reichten. An den Wänden waren mal kleinere, überwiegend aber größere Engelsbilder aufgemalt, die ein guter Freund von ihr machte, der Künstler war. Eigentlich brauchte sie diesen Schnickschnack nicht, eigentlich brauchte sie gar nichts davon, weder die Kugel, noch den für sie sonderbar und abscheulichen eingerichteten Raum, aber die Kundschaft wollte es so. Das einzige, was sie tatsächlich brauchte, war Ruhe. Sie brauchte dies, um sich zu konzentrieren, denn nur dann konnte sie in das Jenseits schauen und die betreffende Person finden, wonach gesucht wurde.

Sie war gerade mit den Vorbereitungen am Ende, als es an der Tür klingelte. Laura verließ den Raum und öffnete die Tür.

„Ah, Mrs. Clifford, schön sie zu sehen, kommen sie doch bitte herein", sagte sie freundlich und ging auf die Seite.

„Guten Tag, Laura", antwortete die alte Dame, dann ging sie hinein.

„Darf ich um ihren Mantel bitten?", fragte Laura.

„Aber natürlich". Sie zog ihn aus und gab ihn ihr.

„Schönes Wetter hatten wir heute, nicht wahr?", fragte Laura.

„Äh, ja, ja, sie haben Recht", stotterte Mrs. Clifford, dann blickte sie verstohlen auf den Boden.

Laura bemerkte sofort die Gefühlsregung und sie wusste, was es war.

Es war Scham.

„Sie müssen sich keine Gedanken machen, Mrs. Clifford, wenn sie wollen, dürfen sie wieder gehen. Das ist kein Problem", sagte freundlich Laura und war im Begriff, Mrs. Clifford den Mantel wieder zu geben.

Die alte Frau zögerte und wollte gerade danach greifen, dann jedoch zog sie schnell ihre Hand wieder zurück. Sie schnaufte kurz durch.

„Nein, ich will es wissen. Mein ganzes Leben lang wollte ich es schon wissen und ich habe nicht mehr viel Zeit. Also, lassen sie uns anfangen".

Sie lächelte und Laura nahm ihre Hand.

„Ja, ich weiß", sagte Laura nur, dann ließ sie die Hand wieder los.

„Kommen sie, wir werden es heute erfahren", versprach Laura.

„Das wäre schön", antwortete Mrs. Clifford und lächelte

Sie gingen in das Zimmer und setzten sich auf die Stühle.

„Ich erkläre ihnen kurz, wie wir die Séance abhalten, ja?".
„Gut", antwortet Mrs. Clifford.
„Wenn wir beide soweit sind, werde ich während der ganzen Sitzung ihre Hand halten, das ist sozusagen unsere Verbindung. Sie dürfen unter keinen Umständen, egal was auch passiert, den Kontakt unterbrechen und meine Hand loslassen, haben sie das verstanden?"
Mrs. Clifford nickte.
„Schön, ich werde meine Augen schließen und versuchen, ihren Freund zu finden. Das kann auch manchmal etwas länger dauern. Vielleicht ist es aber auch so, dass wir heute gar keinen Erfolg haben, weil ihr Freund nicht mehr im Reich der Toten ist, sondern schon ins Licht gegangen ist. Dann tut es mir leid, Mrs. Clifford, dann kann ich ihnen leider keine Antworten auf ihre Fragen geben".
Mrs. Clifford seufzte auf, als sie die Worte vernahm.
„Manchmal ist es so, Mrs. Clifford, wenn die Toten ihren Frieden gefunden haben, gehen sie und überlassen uns nur noch die Erinnerungen an sie, nicht mehr", erklärte sie und hoffte, dass die Frau verstand.
Die alte Dame nickte.
„Dann soll es halt so sein", meinte sie.
„Schön, sagen sie mir, wie der Mann hieß, der ihr Jugendfreund war", fragte Laura.
„Henry. Henry Mac Fether. Er war Schotte", antwortete sie und als sie den Namen nannte, leuchteten ihre Augen plötzlich.
„Gut", sagte Laura, „wenn sie soweit sind, können wir anfangen".
Mrs. Clifford schnaufte laut durch. Für einen kurzen Moment, man konnte es genau in ihren Augen sehen, zweifelte und zögerte sie noch, dann aber reichte sie Laura ihre Hand.
„Lassen sie uns anfangen. Ich bin neugierig".
Laura nickte nun auch.
„Gut, aber vergessen sie nicht, halten sie meine Hand fest".
Mrs. Clifford nickte erneut.
Laura nahm ihre Hand, dann atmete sie kurz ein und schloss ihre Augen.
Es dauerte nicht lange, dann fiel sie in Trance.

Jede Seánce hatte ihren eigenen Verlauf, wie sie es immer nannte. Manchmal hatte sie sofort die Toten gefunden, manchmal dauerte es etwas länger und nur wenige Male, konnte sie überhaupt nichts machen, weil die Toten einfach nicht mehr da waren. Jetzt war es kein Problem gewesen, sie spürte sofort, dass Laura den Verstorbenen finden würde, da war sie sich sicher.

Sie wurde einmal gefragt, wie es war, wenn sie die Verstorbenen suchte, was sie sah und was sie fühlte?

Sie antwortete immer:

Es ist wie eine Reise, mehr sagte sie nicht.

Und es war auch so.

Als sie in Trance fiel, tauchte sie zuerst in ein dämmriges Licht ein, das so undurchdringlich war, wie ein zäher Nebel. Als sie ihn durchquert hatte, wurde es auf einmal immer heller und heller, bis ein gleißendes Licht sie fast blind machte, dann aber langsam an Intensität abnahm, bis es so hell war, das sie mühelos wieder sehen konnte. Dann fing ihre Reise erst an. Völlig schwerelos hing sie an einem klaren blauen Himmel, bis sie plötzlich davon raste und durch die Dimensionen glitt. Ein Reich nach dem anderen flog an ihr vorbei, bis sie abrupt anhielt und die ersten Toten sah. Schemenhafte Gestalten, die wortlos an ihr vorbeiflogen und die einem erst eine Antwort gaben, wenn man sie ansprach. Laura wusste, dass man sie nicht verärgern durfte. In einer gewissen Weise war sie von ihnen abhängig, denn oft musste sie den einen oder anderen Toten fragen, ob er die auserwählte Person kannte oder vielleicht sogar wusste, wo man ihn finden konnte.

Sie schwebte weiter, weil sie spürte, dass sie noch nicht am Ziel war. Es dauerte einige Sekunden, dann fühlte sie, hier war sie richtig. Sie stoppte und tatsächlich, kurze Zeit später kam ihr ein Mann entgegen.

„Hallo", sagte sie freundlich.

Der Mann gab keine Antwort.

„Bitte sag mir, wo ich diesen Mann finde".

Sie dachte den Namen, denn anders würde sie keine Antwort von ihm bekommen.

„Ich kenne den Mann", sagte plötzlich der Tote, „ er steht dort drüben". Er zeigte auf eine Gruppe Männer, die nicht weit von ihm entfernt standen.

„Dort ist er", sagte er, dann schwebte er an ihr vorbei.
Sie bedankte sich und ging dann auf die Gruppe zu.
„Hallo, meine Freunde. Heißt jemand von ihnen Henry Mac Fether?"
Ein Mann löste sich von der Gruppe und kam auf sie zu.
„Das bin ich", antwortete er.
„Es ist jemand hier, der möchte etwas von ihnen wissen".
„Ja, wirklich".
Sie nickte.
„Ja, es ist Margaret".
„Margaret? Ich kannte mal eine Frau mit diesem Namen, ja, jetzt erinnere ich mich wieder an sie".
„Sie ist hier und möchte mit ihnen sprechen".
„Das ist aber schön. Was möchte sie wissen, fragen sie nur".
Laura kam jetzt etwas näher.
„Sie möchte wissen, ob sie sie geliebt hatten".
Er überlegte nicht lange.
„Natürlich, meine kleine liebe Margaret, natürlich habe ich sie geliebt. Ich liebe sie immer noch. Wenn ich nicht in diesem grausamen Krieg gestorben wäre, hätte ich sie geheiratet. Sagen sie ihr das nur", sagte er und lächelte.
„Ja, das werde ich", antwortete sie und lächelte nun auch.
„Warum sind sie denn noch hier?", fragte sie ihn.
Man sah, wie er überlegte.
„Ich weiß es nicht. Vielleicht habe ich nur auf diesen Moment gewartet. Ja, vielleicht musste ich solange hierbleiben, damit ich diese Worte sagen konnte. Sagen sie ihr, dass ich sie liebe und auch immer lieben werden, egal was auch passiert. Ach und sagen sie ihr, dass ich auf sie warte, ja, machen sie das?".
Sie hatte Tränen in den Augen.
„Ja, das werde ich ihr sagen. Sie wird bald zu ihnen kommen, das verspreche ich ihnen".
Er schaute sie traurig an.
„Wenn es so schnell sein muss, dann soll es so sein".
Er entfernte sich wieder von ihr und glitt an der Gruppe vorbei, dann sah sie auf einmal ein helles Licht, dass sich kurz vor Henry auftat. Er lief genau darauf zu. Für einen kurzen Moment hielt er an, drehte sich um und blickte Laura nochmals an.

„Ich werde auf sie warten", hörte sie ihn nochmals sagen, dann verschwand er in dem Licht.
Sie nickte und machte sie auf, wieder in das irdische Leben zurückzukehren. Sie drehte sich um und schwebte den gleichen Weg wieder zurück, als plötzlich einige Toten sich vor ihr versammelten und ihr den Rückweg versperrten.
„Du musst uns helfen", sagten sie alle zugleich.
Sie stockte kurz, dann blieb sie stehen.
„Wie kann ich euch helfen?", fragte sie.
Sie antworteten nicht, sondern zeigten auf eine junge Frau, die zitternd hinter ihnen stand.
Laura nickte und ging auf die Frau zu.
„Hallo", sagte sie freundlich, doch das Mädchen schaute sie nicht an, sondern blickte verstohlen nach unten.
„Ja, hallo", antwortete sie.
„Was ist mir dir, was kann ich für dich tun?".
„Ich weiß nicht, was mit mir passiert ist?", meinte sie.
Laura wurde es schwer ums Herz. Manchmal wussten die Toten nicht, das sie tot waren und warum und wie sie gestorben waren. *Diese armen Seelen*, dachte sie oft. Ihr blieb dann manchmal nichts anderes übrig, als ihnen zu erklären, dass sie nicht mehr unter den Lebenden weilten, sondern leider verstorben waren. So hart und traurig es war, je früher sie ihr Schicksal anerkannten, desto früher konnten sie in das Licht gehen.
„Mein armes Kind", sagte sie, „ich weiß nicht, wie du gestorben bist, aber du bist leider nicht mehr am Leben".
„Aber warum? Ich bin doch noch so jung und ich habe doch nichts gemacht, warum musste ich sterben?", klagte sie.
Sie tat Laura unheimlich leid, aber sie konnte auf ihre Fragen keine Antworten geben, noch konnte sie wissen, was passiert war.
„Geh in das Licht, wenn du es siehst, dann wird alles wieder in Ordnung sein".
„Aber mein Papa wartete auf mich. Ich sollte schon längst zu Hause sein. Er wird böse auf mich sein, wenn ich nicht sofort heimkomme".
Laura schüttelte den Kopf.
„Nein, meine Kleine, er wird nicht böse sein. Er wird es verstehen, glaube mir".

„NEIN", schrie sie auf einmal und streckte ihre Arme nach ihr aus.

Erst jetzt sah Laura, dass dem Mädchen die rechte Hand fehlte. Schockiert ging sie einen Schritt zurück.

„Hilf mir", sagte das Mädchen und kam auf sie zu.

Laura ging zum wiederholten Male einen Schritt zurück.

„Nein, ich kann dir nicht helfen, gehe in das …", sagte sie, dann packte das Mädchen sie mit ihre noch verbliebenen Hand an der Schulter. Die Finger gruben sich in ihre Haut und plötzlich zuckten Blitze vor ihrem Auge umher. Sie riss ihren Kopf nach hinten, und dann sah sie das, was das Mädchen gesehen hatte. Sie sah und spürte und fühlte die Angst, die Schmerzen und die Scham der Getöteten und als sie in das Gesicht des Mörders starrte, da gefror ihr das Blut in den Adern.

„Nein, nicht, das kann nicht wahr sein", schrie Laura und versuchte sich, aus dem eisernen Griff zu lösen, doch es gelang ihr nicht.

„Hilf mir", schrie das Mädchen wieder.

Laura streckte ihre Hände nach oben, so als ob sie das schon geschehenen, noch verhindern konnte, doch ihre Hände griffen ins Leere.

„Lass mich in Ruhe, ich will noch nicht sterben", schrie Laura so, als ob sie das Mädchen war, das in Todesangst gerade umgebracht wurde.

Plötzlich ließ das Mädchen los und Laura sackte zusammen. Vor Schrecken erstarrt blieb sie am Boden liegen und weinte leise.

„Du armes Ding", sagte sie, nachdem sie sich nach einer Weile wieder beruhigt hatte.

Das Mädchen ging von ihr weg, blieb aber dann, nach einigen Metern, wieder stehen und drehte sich um.

„Ich kann noch nicht gehen", sagte sie, „mein Papa soll wissen, dass ich ihn liebe und das er es nur gut mit mir gemeint hatte, das verstehe ich jetzt. Bitte sag es ihm, ja?".

Laura nickte.

„Wie ist dein Name?".

„Jennifer. Jennifer Lloyd".

„Ich sage deinem Vater Bescheid", versprach Laura ihr.

Das Mädchen nickte und lächelte dann.

„Versprich mir noch etwas", fragte Jennifer.
„Was?"
„Geh zur Polizei und sage, was mit mir geschehen ist. Erzähle es bald, denn ich bin nicht die einzige, die von ihm ermordet wurde".
Sie drehte sich wieder um und zeigte auf einige Frauen, die nicht weit von ihr entfernt standen. Als Laura sie sah, musste sie angeekelt schlucken. Jeder Gestalt fehlte ein Körperteil und sie sahen schrecklich entstellt aus. Laura musste ihr Gesicht wegdrehen, weil sie es nicht mehr ertragen konnte, die unglücklichen Seelen anzusehen.
„Ja, das werde ich tun", versprach sie und nickte.
Jennifer kam nochmals zu ihr.
„Aber schnell, denn es ist noch nicht zu Ende. Wenn er fertig ist, wird großes Unheil über euch alle kommen", sagte sie, dann löste sie sich in nebligen Schwaden vor ihr auf.
Laura drehte sich um und so schnell sie in das Reich der Toten gekommen war, verließ sie es auch wieder. Nur Sekunden später löste sich ihre Trance auf und sie erwachte wieder im irdischen Leben.
Als sie ihre Augen öffnete und Mrs. Clifford sie ängstlich anschaute, wusste Laura im ersten Moment nicht, was passiert war.
„Oh mein Gott, Laura, es war schrecklich", sagte Mrs. Clifford plötzlich und löste ihre Hand von ihr.
Laura stand auf und ging, ohne eine Antwort zu geben, an das Fenster.
Was ist da nur passiert? dachte sie und starrte ängstlich und verloren in die kalte und dunkle Nacht hinaus. *Diese armen Geschöpfe.*
Plötzlich spürte sie auf ihrer Schulter eine Hand. Sie drehte sich ruckartig um und starrte dem Mörder in die Augen.
„Du wirst mich nicht verraten, du Hexe, hast du verstanden?", brüllte er sie an, „sonst wirst du sterben",
„Lass mich in Ruhe, du Scheusal", schrie sie zurück, dann schlug sie die Hand von ihrer Schulter. „Gleich morgen gehe ich zur Polizei, dann werden sie dich bald kriegen, du verdammter Mörder". Sie rannte vom Fenster weg und wollte gerade aus dem Zimmer fliehen, als sie plötzlich hinter sich eine Frauenstimme

hörte.

„Aber Laura, was ist denn nur los?", fragte ängstlich Mrs. Clifford.

Laura blieb stehen und drehte sich um. Sie blickte angestrengt in dem Zimmer umher, doch außer der alten Dame konnte sie niemanden anderen erkennen.

Eine Vision, wenn auch nur eine kleine, dachte sie nüchtern. Sie musste sich jetzt zusammen nehmen, wenn auch nur für ein paar Minuten. Auf jeden Fall solange, bis Mrs. Clifford ihre Antworten hatte und aus dem Haus verschwunden war.

„Oh, Mrs. Clifford, es tut mir leid, ich wusste nicht, dass sie es waren", stotterte sie.

„Meine Liebe, geht es ihnen gut?", fragte die alte Dame.

„Ja, ja, es geht schon wieder. Danke, aber manchmal gibt es in solchen Sitzungen, wie soll ich sagen, unvorhergesehene Zwischenfälle, die nicht so angenehm sind", entschuldigte sich Laura.

Mrs. Clifford schaute sie ratlos an.

Laura sah es und schnell suchte sie nach einer Erklärung.

„Ich meine, manchmal zwängen sich Tote zwischen einem und bedrängen mich. Sie suchen Hilfe, aber sie sind nicht immer freundlich oder zurückhaltend, sondern fordernd. Ja, so etwas ist gerade passiert. Es tut mir Leid, Mrs. Clifford, wenn ich sie mit meinen Reaktionen erschreckt habe", verteidigte sie sich.

„Das ist schon gut", antwortete sie lächelnd, „aber jetzt sagen sie mir schon, haben sie ihn gefunden".

„Ja, das habe ich".

„Und?".

„Ja, er liebte sie und er liebt sie noch heute. Wenn er nicht gestorben wäre, hätte er sie gefragt, ob sie ihn heiraten würden". Mrs. Cliffords Augen füllten sich mit Tränen, als sie das gehört hatte.

Laura kam auf sie zu und nahm ihre Hände in die ihre.

„Er wartet auf sie".

Weinend nickte sie.

„Sie wissen es, oder?", fragte Mrs. Clifford plötzlich.

„Sie meinen, dass sie Krebs haben? Ja, es dauert nicht mehr lange und, es wird schmerzlos sein", meinte Laura.

Ja, Laura wusste es. In dem Moment, als Mrs. Clifford zur Tür hereingekommen war, fühlte Laura die tödliche Krebsgeschwulst in ihrer Lunge. Der Krebs hatte die rechte Lunge schon zerstört, die andere würde er sich in den nächsten Wochen vornehmen und dann würde sie ersticken. Aber sie würde nicht leiden müssen, auch das spürte sie, denn bevor es soweit sein würde, würde sie zuvor in einer nicht allzu fernen Nacht einfach einschlafen und nicht mehr aufwachen. Dann würde sie Henry folgen und auch in das Licht gehen, dann würden sie für immer zusammen sein und eins werden.

„Danke, meine Liebe, sie wissen gar nicht, wie sie mir damit geholfen haben", sagte Mrs. Clifford.

Laura antwortete nicht darauf, sondern nahm sie stillschweigend in den Arm.

Sie drückten sich innig und für einige Sekunden vergaß Laura, was sie Schreckliches gesehen hatte.

Mrs. Clifford löste sich aus der Umarmung und ging aus dem Zimmer in den Flur. Laura folgte ihr und war kurz darauf ebenfalls im Flur angelangt. Sie nahm den Mantel und half Mrs. Clifford, in diesen zu schlüpfen.

Bevor sie das Haus verließ, drehte sich Mrs. Clifford noch einmal um.

„Sie haben etwas Schreckliches gesehen, nicht wahr?", fragte sie.

„Nichts, was ich nicht schon so oft gesehen habe", log Laura sie an.

Sie glaubte ihr nicht und Laura konnte es in ihren Augen sehen.

„Machen sie sich keine Gedanken, bitte", sagte Laura und öffnete die Tür, „sie haben noch einiges zu erledigen, bevor es soweit ist".

Mrs. Clifford nickte.

„Ja, da haben sie wohl recht".

Sie stülpte ihren Wollkragen hoch und ging die Stufen hinab. Laura blickte ihr noch nach, bis sich Mrs. Clifford zu ihr noch einmal umdrehte.

„Danke für alles", sagte sie.

Sie drehte sich wieder um und verschwand dann in der Dunkelheit.

Laura verschloss die Tür. Kaum hatte sie sie zu gemacht, da fiel

sie erschöpft zu Boden.
Wenn du mich bei der Polizei verrätst, dann stirbst du, hörte sie in ihrem Kopf die Stimme brüllen.
„Was soll ich nur tun?", fragte sie sich leise, doch noch wusste sie keine Antwort.

6.

Als er wieder erwachte, kamen sofort die Schmerzen. Unnachgiebig und erbarmungslos fielen sie über ihn ein und eine wirkliche Gegenwehr hatte er nicht. Das einzige, was er machen konnte war, es über sich ergehen zu lassen.

Zuerst wusste er nicht, wo er war und was passiert war, doch innerhalb einem Bruchteil einer Sekunde, kam die Erinnerung wieder zurück.

„Mellie, Eve", hauchte er.

Obwohl es ihm vor ein paar Stunden nicht gelang, auch nur einen Zentimeter sich zu bewegen, schaffte er es jetzt wenigstens, zwar unter großer Anstrengung, sich zu erheben. Er drückte sich mit beiden Händen vom Boden ab und richtete sich mühsam auf. Mit wackeligen Füßen stand er mehr recht als schlecht an der Wand, die ihm die nötige Sicherheit gab. Ihm wurde auf einmal schwarz vor Augen und für einen Moment dachte er, er würde wieder auf den Boden fallen. Aber er schaffte es, sich auf den Beinen zu halten.

Seine Verletzung tat ihm wieder weh. Es fühlte sich so an, als ob ihm jemand einen glühenden Eisenstab ins Fleisch stieß, so schmerzhaft war dieses Gefühl. Er versuchte es zu ignorieren, aber es gelang ihm nicht. Das pochende und ziehende Gefühl blieb, aber das war sein kleinstes Problem.

Sein Blick fiel auf das Schlafzimmer.

„Mellie", seufzte er.

Er begann sich an der Wand entlang zu tasten und schaffte es, innerhalb weniger Sekunden an die Schlafzimmertür zu kommen. Seine Hand griff nach dem Türgriff. Er umklammerte ihn und wollte ihn gerade herunterdrücken, als er plötzlich inne hielt und schlagartig die Hand wieder zurücknahm.

Er hatte Angst.

Angst, dass zu sehen, was John Phelps ihm noch vor wenigen Stunden angedroht hatte.
Er starrte auf den Türgriff, wollte gerade wieder die Hand an den Türgriff führen, als ihm ein Gedanke kam.
Vielleicht hat Phelps mir nur einen Schrecken einjagen wollen, ja, das könnte doch sein, vielleicht war er doch kein so schlechter Kerl, wie ich immer dachte. Wahrscheinlich wollte er mir nur zeigen, dass er mir überlegen ist.
Er überlegte kurz, dann schüttelte er den Kopf.
Nicht Phelps.
Nicht dieser Killer.
Aber Eve, sie ist doch noch so jung. War Phelps wirklich so ein Schwein und würde einem Kind etwas antun? dachte er.
Es gab nur eine Möglichkeit, das herauszufinden, auch wenn es noch so schmerzhaft war.
Er nahm seinen ganzen Mut zusammen und drückte den Türgriff nach unten. Als er ihn nach unten gedrückt hatte, stieß er die Tür auf und schloss seine Augen, warum wusste er nicht. Vielleicht um nicht sofort das Schreckliche sehen zu müssen.
Er ging blind einen Schritt hinein und kaum war er drin, da roch er schon den Tod. Es blieb ihm keine andere Wahl, als der Wahrheit, der unausweichlichen Wahrheit ins Auge zu sehen. Er machte langsam die Augen auf und was er dann sah, hätte er sich in seinen schlimmsten Alpträumen nicht vorstellen können.
Überall waren rote Blutspritzer im ganzen Schlafzimmer verteilt. Auf dem Boden, an der Wand, an den Vorhängen und auf dem Bett, überall waren sie gewesen. Er schaute es sich alles an, so wie ein Tourist sich die Sehenswürdigkeiten genau anschaut und er sah noch etwas, etwas, dass unter der Bettdecke lag.
Er wusste, was da war.
Er wusste, wer da lag.
Er schleppte sich näher, aus seinen Augen kamen die ersten Tränen und setzte sich dann schluchzend auf das Bett.
„Es tut mir leid, ich wollte das nicht", jammerte er.
Er nahm seine Hand und zog die Bettdecke weg und dann blickte er auf das schlimmste und schrecklichste, was er je gesehen hatte. Er wollte wegsehen, wollte nicht, dass er den Verstand verlor, aber aus irgendeinem Grund konnte er es nicht. Seine Augen starrten immer nur auf die blutüberströmten Leichen seiner Frau und

seiner erst vier Jahre alten Tochter.
Phelps hatte furchtbar gewütet.
Er riss seinen Kopf nach hinten.
„NEIIIINNNNNNNN", brüllte er, dann…

… wachte er auf.
Er lag mit dem Kopf auf seinem Schreibtisch, als er zum wiederholten Male diese furchtbaren Erinnerungen gehabt hatte, die immer und immer wieder kamen und ihn fast um den Verstand brachten.
Er wusste, er hatte Schuld an dem Tod seiner Familie. Er war schuld, weil er nichts dagegen unternommen hatte, seine Frau und sein Kind ausreichend zu schützen, und, er hatte sich nicht verändert, obwohl es ihm Mellie oft genug gesagt, nein, ihn sogar angefleht hatte.
Er hasste sich dafür, ja, Abgrund tief hasste er sich dafür, dass er es zugelassen hatte, dass Phelps so schrecklich gewütet hatte und sie beide bis zur Unendlichkeit verstümmelte.
Das war alles vor mehr als einem Jahr gewesen, dennoch kam es ihm so vor, als wäre es erst gestern geschehen. Nach der Trauerfeier kamen viele zu ihm und sagten, *die Zeit heilt alle Wunden*, andere wiederrum meinten, *bald verblasst alles, du wirst sehen*, doch keines stimmte. Nur mit einem hatten sie Recht und dafür hasste er sich noch mehr. Schon kurz nach deren Tod, konnte er sich ihre Gesichter nicht mehr vorstellen, wusste nicht mehr, wie sie aussahen. Das verblasste, so wie die Erinnerungen an einem unwichtigen Ereignis. Aber er wollte das nicht, er machte sich Vorwürfe und suchte nach Erklärungen, die er aber nicht fand.
Dafür hasste er sich.
Er, der sie beide so schrecklich geliebt hatte, konnte sich nicht mehr erinnern.
Das raubte ihm die Kraft.
Kraft, die er ohnehin schon nicht mehr besaß.
Mehr als sechs Wochen dauerte es, bis er seine Verwundung auskuriert hatte, dann kehrte er sofort in den Dienst zurück.
Natürlich machte er sich sofort auf die Suche nach Phelps, aber es schien, als hätte er sich in Luft aufgelöst. Weder seine

Informanten wussten, wo er sich eventuell aufhielt, noch er selbst konnte etwas Vernünftiges herausfinden.

Er verzweifelte fast.

Was war mit seiner Rache?

Blieb dieses Verbrechen ungesühnt?

Es schien so.

Er steckte dennoch seine ihm noch verbliebene Energie in die Verfolgung, bis er von oberster Stelle den Befehl bekam, die Ermittlungen sofort einzustellen.

Natürlich war er entrüstet, natürlich hatte er sich beschwert, natürlich war er erbost, aber sie hörten nicht auf ihn.

Er konnte sich noch genau an die Erklärung von Superintendent Collins erinnern.

„Gordon, die Polizei von London hat anderes im Sinn, als nach einem Verbrecher zu fahnden, der wahrscheinlich schon längst das Land verlassen hat. Es ist nicht ihre private Polizei. Wir haben auch noch etwas anderes zu tun, als uns nur um ihr Problem zu kümmern".

Nur um mein Problem, dachte er oft. *Ein Mörder läuft frei herum und das ist nur mein Problem.*

Als er jetzt gerade wieder daran dachte, schüttelte er vor Zorn wieder den Kopf.

Er lehnte sich auf seinem Stuhl zurück, als plötzlich die Tür aufging und Flynn, sein Kollege hereinkam.

„Du bist noch hier?", fragte er überrascht, „ich habe gedacht, du bist schon gegangen". Er schaute auf seine Uhr.

Gordon schüttelte den Kopf.

„Nein, ich hatte noch was zu erledigen", meinte er und zeigte auf einen Stapel Akten, die unten am Boden lagen.

„Aha", sagte Flynn und lächelte, „wenn du meinst".

Er blieb im Raum stehen und beide blickten sich an.

Gordon beugte sich aus seinem Stuhl nach vorne.

„Ist irgendwas?", fragte er.

„Ach so, ja. Hier", antwortete Flynn und gab ihm einen Zettel. Gordon riss es ihm aus der Hand. Innerhalb weniger Sekunden las er den Inhalt. Plötzlich stand er auf.

„Ist sie sich da sicher?", fragte Gordon ihn.

„Nun, die Streife, die das Opfer, eine junge Frau, gefunden hat,

hatte es so über den Funk durchgegeben".
Er packte den Zettel in seine Tasche, dann holte er aus seiner Schreibtischschublade den Autoschlüssel.
„Kommst du mit?", fragte er Flynn.
„Nein, nicht diesmal. Ich will mir nicht schon wieder ein neues Opfer dieses *Rippers* anschauen", meinte er und schüttelte den Kopf, „nicht heute".
Gordon nickte und ging dann an ihm vorbei.
Wenige Sekunden später saß er schon in seinem Auto. Bevor er losfuhr, holte er nochmals den Zettel heraus.
===Chelsea, Crossroad No. 129===
Sein siebtes Opfer, dachte er, dann fuhr er los.

7.

Pater Lacombe saß an seinem Tisch, als sein Blick auf die Kassette fiel, die ihm gestern Abend ein Arbeiter gebracht hatte.
Er hatte sie ganz vergessen, kein Wunder, bei dem ganzen Trubel, den er heute hatte erleben müssen.
Zuerst war er zu einem Seniorennachmittag gegangen, bei dem er für die älteren Damen und Herren eine kleine Bibelstunde gegeben hatte, dann musste er noch eine Beerdigung machen. Als er wieder gegen Abend in der Kirche war, musste er die Arbeiter anhalten, die Zwischenmauer im Keller noch einzureißen, das schon vor zwei Tagen hätte geschehen sein müssen.
Es war ein Graus mit diesen eigentlich netten jungen Männern, aber von ihrem Handwerk verstanden sie nicht viel. Bevor er sich dem christlichen Glauben verschrieb und Priester wurde, arbeitete er jahrelang als Maurer in seiner französischen Geburtsstadt Lyon. Deshalb kannte er sich so gut aus, aber was diese Männer da trieben? Oft musste er den Kopf schütteln und selbst Hand anlegen, damit die Arbeiten vorankamen.
Als er es dem Vorarbeiter erklärte, ging er wieder in sein Zimmer zurück und war gerade dabei, die Andacht für Sonntag zu schreiben, als plötzlich ein Arbeiter rufend in sein Zimmer stürzte:
„Sie müssen sofort herunterkommen, Pater Lacombe, wir haben da etwas gefunden", rief er aufgeregt.
Lacombe stand auf und ging um seinen Schreibtisch herum auf

den Mann zu. Väterlich legte er seine Hand auf die Schulter des Mannes.
„Ruhig, mein Sohn. Was habt ihr denn gefunden?", wollte er wissen.
„Eine Kassette", sagte immer noch aufgeregt der Mann, „als wie die Wand eingerissen haben, haben wir dahinter eine Mauer gefunden mit einer Nische darin. Da lag dann diese Kassette. Los, kommen sie, ich zeige es ihnen".
Der Mann rannte aus dem Zimmer.
Lacombe schüttelte den Kopf, folgte ihm aber, obwohl er eigentlich anderes zu tun hatte.
Kurze Zeit später war er unten im Keller angekommen. Die Arbeiter standen alle an der Wand und glotzten in die Nische hinein. Er musste sich erst einen Weg bannen, um selbst einen Blick darauf werfen zu können.
„Macht Platz", sagte er zu ihnen und schob schon den ersten auf die Seite. Wenige Sekunden später stand er vor der Nische. Er bückte sich ein wenig, um in das dunkle Loch zu sehen, konnte aber fast nichts erkennen.
„Ich sehe da nichts", sagte er enttäuscht.
Der Mann, der ihm die Nachricht brachte, stellte sich neben ihm hin.
„Hier, Pater, nehmen sie die Lampe".
Er drehte sein Gesicht zu dem Mann um und nahm dann mit einem Kopfnicken die Lampe in seine Hand.
„Danke", sagte Lacombe, dann machte er die Taschenlampe an. Zuerst sah er es nicht, dann blitzte auf einmal etwas auf. Er nahm die Lampe und justierte den Lichtschein so, dass die gesamt Nische beleuchtet wurde, dann sah er sie ganz deutlich. Der Mann hatte tatsächlich Recht gehabt.
„Da ist tatsächlich was", meinte er.
Er drehte sich um und gab die Taschenlampe dem Mann wieder, dann ging er einen Schritt auf die Seite.
„Los, meine Kinder, holt mir das Ding da raus".
Sie nickten alle und nicht einmal eine Minute später, hielt er die Kassette schon in seinen Händen. Es war kein sonderlich schönes oder schmuckes Kästchen, sondern einfach und schlicht. Es war aus Holz gefertigt und hatte dunkle, von Rost zerfressene

Scharniere an den Seiten und auf der Oberseite war etwas eingraviert, das man aber nicht mehr erkennen konnte. Als er es in seinen Händen hielt, fühlte es sich nicht übermäßig schwer an und groß war es auch nicht. Vielleicht, so schätze er, war es 15 cm hoch und etwa 40 cm breit, mehr nicht.

Er nahm die Kassette, bedankte sich kurz bei den Arbeitern und bat dann, dass sie bitte weiter machen sollten. Er selbst ging in sein Zimmer zurück und wollte gerade die Kassette aufmachen, als plötzlich das Telefon klingelte.

Ein Notruf.

Eine alte Dame lag im Sterben und er machte sich auf den Weg, ihr die letzte Ölung zu geben, bevor sie dem Herrn gegenübertrat. Erst spät in der Nacht, die Frau wurde noch ins Krankenhaus eingeliefert, kam er wieder in seiner Kirche an.

Als er in sein Zimmer kam, fiel er erschöpft auf seinen Stuhl. Er faltete seine Hände und betete.

„Gepriesen seist du, oh mein Herr, empfang die Seele der Frau und nimm sie als deine Schwester bei dir auf".

Er bekreuzigte sich und schloss dann seine Augen.

Er blieb noch einige Sekunden so, dachte im Stillen an die Frau und machte dann wieder die Augen auf. Sein Blick fiel auf die Kassette. Ohne viel Nachzudenken nahm er sie und stellte sie vor sich hin.

„Woher kommst du denn?", fragte er, dann machte er sie auf.

Er öffnete den Deckel und sah, dass einige Schriftrollen und ein paar einzelne Briefe in der Kassette waren. Vorsichtig nahm er die Schriftrollen heraus und legte sie auf die Seite, dann nahm er mit der gleichen Sorgfalt die Briefe heraus. Sonst war nichts darin. Er schaute auf die Rollen und stellte fest, dass es insgesamt drei waren. Die Briefe zählte er auch, es waren sechs.

Verwundert schüttelte er den Kopf.

„Was um alles in der Welt ist das?", fragte er und schaute sich die Schriftrollen nochmals genauer an.

Er entrollte eine davon und sah sofort, dass es in einer Sprache geschrieben war, die er schon lange nicht mehr gesehen hatte. Eigentlich gab es diese Sprache schon gar nicht mehr, aber er konnte sich noch an einige Worte und Zeichen erinnern.

Er nahm seinen Finger und deutete auf einige Wörter, dann

machte er die Augen zu und überlegte.
Das eine heißt, glaube ich Jesus und das andere Judas.
Er machte die Augen wieder auf, dann legte er die Schriftrolle beiseite und nahm die nächste. Auch sie war in der gleichen Schrift geschrieben, wie die andere. Als er sie auch durchgesehen hatte und zum wiederholten Male die gleiche Bedeutung für Jesus und Judas gefunden hatte, wurde er auf einmal unruhig. Schnell holte er die letzte Schriftrolle zur Hand und auch auf dieser fand sich nur die gleiche Schrift.

„Sehr merkwürdig", sagte er leise, dann nahm er die Briefe.
Erst jetzt sah er, dass sie alle nummeriert waren. Er sortierte sie und nahm dann den Brief zur Hand, auf dem die römische Zahl I. stand. Behutsam öffnete er ihn, dann entfaltete er das Papier und legte es auf den Tisch.

Er war auf Französisch geschrieben, das stellte er natürlich sofort fest. Im Stillen las er ihn durch und musste mehrmals mit dem Kopf schütteln. Als er ihn fertig gelesen hatte, legte er ihn auf die Seite und nahm den zweiten. Mit der gleichen Sorgfalt öffnete er auch ihn und las ihn durch. Plötzlich wurde Lacombe schneeweiß und mit Entsetzen hielt er sich den Mund zu. Hastig las er weiter, dann, als er fertig war, warf er ihn zu den anderen. Ohne viel nachzudenken riss er den nächsten Brief an sich und überflog den Inhalt, dann, als er auch diesen zu Ende gelesen hatte, nahm er den nächsten und dann den nächsten, bis er zum letzten gekommen war. Mit zittrigen Händen öffnete er ihn, dann fing er an zu lesen. Als er schon fast fertig war, musste er aufhören. Das was dort drin stand, konnte einfach nicht wahr sein. Es war so unfassbar, so unerklärlich, dass er es nicht glauben konnte, doch die Dokumente besagten das Gegenteil.

Wenn das heraus kommt, dann…, dachte er.
Ohne darauf zu achten, wohin er fiel, ließ er den letzten Brief einfach aus seinen Händen fallen.
Sein Herz raste und ihm wurde schlecht.
Das kann doch alles nicht wahr sein, dachte er und ließ sich nach hinten fallen.
Er schloss die Augen und fing an, still zu beten. Als er fertig war und sich ein wenig beruhigt hatte, fiel sein Blick auf das Kreuz, an dem sein Erlöser hing.

„Oh mein Gott, du bist nicht der, der du bist", sagte er leise, dann fing er wieder an zu beten.

KAPITEL II

ERSTE ZEICHEN

1.

In weniger als 20 Minuten war er am Tatort angekommen. Er stellte seinen Wagen hinter den Streifenwagen ab, der wahrscheinlich die Leiche gefunden hatte, dann stieg er aus. Er war kaum einen Meter gelaufen, als Nicolas, ein Kollege von der Spurensicherung auf ihn zukam.
„Hey", begrüßte er Gordon, dann zeigte er auf das Feld, „dort drüben liegt sie".
„Okay", sagte er nur und nickte, dann verließ er Nicolas und ging an einem Streifenbeamten vorbei, der gerade dabei war, den Tatort abzusichern. Er drehte sich kurz um und sah, dass sich bereits einige schaulustige Leute, allesamt Gaffer, schon hinter der notdürftigen Absperrung versammelt hatten und neugierig beäugten, was hier passiert war.
Er verachtete diese Leute.
In seinen Augen waren sie alle Voyeure, pervers und zum kotzen, aber er konnte nichts dagegen tun.
Er seufzte laut auf, dann drehte er sich wieder um und ging weiter in das Feld hinein. Nach wenigen Schritten sah er in der Dunkelheit schon die Leiche. Ein Streifenbeamter und ein weiterer Kollege von der Spurensicherung, dessen Name ihm gerade nicht einfiel, standen um die Tote herum.
„Hallo", sagte Gordon, dann schaute er den Streifenbeamten, der ziemlich jung aussah, an. „Haben sie sie gefunden?", fragte er ihn.
„Ja, ich war das", antwortete er und schaute betreten auf den Boden.
Gordon erkannte sofort, dass dieser Mann noch nie eine Leiche gesehen hatte.
„Ihr erster Toter?".
Er sagte nichts, sondern nickte nur.
Gordon kam auf ihn zu und nahm ihn zur Seite, so dass der Streifenbeamte die Leiche nicht mehr sehen konnte.
„Wie heißen sie?".
„Anthony Clarks, aber alle nennen mich nur Tony", antwortete er und lächelte gequält.
„Gut Tony, also erzählen sie mir genau, wie sie sie gefunden haben, ja".

„Ja, Sir. Also wir haben, also mein Kollege Steve und ich haben unsere Runde gefahren, als wir über Funk einen Anruf bekamen, dass in einem Pub hier ganz in der Nähe eine Prügelei wäre. Wir fuhren also dort hin und konnten die Auseinandersetzung relativ schnell beenden und sind dann hier vorbei gefahren um unsere Runde fertig zu machen. Plötzlich musste Steve …", erzählte er und hörte auf einmal auf.

Gordon schaute ihn fragend an.

„Und weiter".

Tony zögerte und schaute verlegen zu seinem Kollegen Steve, der die Absperrung fast fertig gemacht hatte, dann schaute er Gordon wieder an.

„Sie müssen mir versprechen, dass nicht an die große Glocke zu hängen, ja?".

Gordon verstand nicht und Tony sah es. Er kam einen Schritt näher.

„Na ja, plötzlich sagte Steve zu mir, dass er dringend mal müsste, aber nicht klein, sondern, na sie wissen schon".

Gordon nickte.

„Wie auch immer, er sagte dann, halt da an und lass mich schnell raus, sonst mache ich mir in die Hose", sagte Tony und zeigte auf die Stelle, wo ihr Streifenwagen parkte. „Er war schnell draußen und ging auf das Feld, während ich mir eine Zigarette angezündet habe, dann schrie er auf einmal".

Er hörte kurz auf und schnaufte durch.

„Ja und dann bin ich schnell zu ihm hingerannt und da haben wir sie gefunden".

Wenn es nicht so grausam gewesen wäre, hätte man schmunzeln können, aber so.

Gordon klopfte Tony auf die Schulter.

„Okay, danke, ich werde mir was überlegen, wie ich den Bericht schreibe, ja, aber nun gehen sie zu ihrem Kollegen und sagen sie ihm, dass sie es gut gemacht haben, okay?".

Tony nickte und ging dann weg.

Gordon drehte sich wieder um und schaute den Kollegen der Spurensicherung an, der gerade dabei war, die Fingerabdrücke des Mädchens zu nehmen.

„Und, sind sie bald fertig?", fragte er ihn.

„Fast", antwortete er, „nur noch den Daumen, dann habe ich es". Eine Sekunde später stand er auf, dann schaute er ihn an.

„Hat ja nur eine Hand, ging dann doch schneller", sagte er kühl und ging an ihm vorbei.

Er kniete sich nieder und schaute die Tote an. Für den Bruchteil einer Sekunde sah er wieder seine eigene Leidensgeschichte, sah die toten Augen seiner Frau und die seines Kindes, wie sie gemartert auf dem Bett lagen.

Er schüttelte sich kurz, verbannte die grausamen Gedanken und konzentrierte sich wieder.

Sie war jung.

Zu jung, aber der Ripper machte keine Ausnahmen, das hatten sie in den letzten Wochen schmerzlich erkennen müssen.

Er ging in die Vergangenheit zurück.

Vor vier Monaten wurde die erste Tote entdeckt. Mary Hennings, 23 Jahre alt, erstochen, keine Vergewaltigung, kein Raubmord, keine sonstigen Anzeichen eines Triebtäters. Das einzige, was an diesem Mordfall ungewöhnlich war, war dass der Ermordeten der rechte Fuß fehlte. Und fehlen hieß nicht, das sie keinen hatte, sondern dass er ihr entweder, während sie noch lebte oder spätestens nach ihrem Tode abgenommen wurde. Das machte den Fall einzigartig, aber nur für kurze Zeit.

Drei Wochen später war Emilia Burnton, 47 Jahre alt die Nächste. Wieder die gleichen Merkmale, wieder die gleichen Voraussetzungen, mit dem einen Unterschied, ihr fehlte der rechte Ober- und Unterschenkel, den Fuß hatten er oder sie da gelassen. Wieder zwei Wochen später Nicole Spalder, 36 Jahre alt, diesmal linker Fuß, drei Tage später Collette Marstens, 22 Jahre alt, linker Ober- und Unterschenkel.

Dann wurde es ganz übel.

Vor sechs Wochen wurde Michelle Surgott gefunden, bei ihr war es besonders schlimm. Ihre Arme und Beine waren noch da, auch ihr Kopf, der Rest, der Torso vom Hals bis zum Schambereich war aber weg. Ab diesem Tage bekam diese Mordserie den Namen: *Der Neue Ripper.*

Danach schien es ruhig zu werden, bis vor sechs Tagen Florys Littleton, 54 Jahre alt, gefunden wurde, ihr fehlte der recht Ober-

und Unterarm. Man brauchte kein Hellseher zu sein, um zu erraten, was dieser Leiche fehlte; die rechte Hand.

Gordon hatte seit diesen Morden mehr als nur einmal nach Regelmäßigkeiten gesucht und keine gefunden. Weder mordete er oder sie bei Vollmond, in der Dunkelheit, an irgendwelchen Wochentagen, in gewissen Abständen, das Alter oder sonst nach irgendwas. Das einzige, was sie miteinander verband war, dass sie Frauen waren und ihnen etwas abgeschnitten wurde. Man konnte sofort an Frankenstein denken. Er hatte aber auch schon unschönere Geschichten über die Mordserie auf dem Revier gehört. Von *Wie bastele ich mir die perfekte Frau* über *Hoffentlich holt er von meiner Alten den Kopf, dann muss ich mir ihr dummes Geschwätz nicht mehr anhören*, bis hin zu obszöneren Dingen, an die er gar nicht mehr denken wollte. Er fand die Leute, seine Kollegen, abstoßend. Wussten sie etwa nicht, dass die Frauen alle unschuldig waren und nur zu einer falschen Zeit am falschen Ort waren und dann aus ihrem friedlichen Leben herausgerissen und bestialisch ermorden wurden?

Mehr als einmal hatte er sie zu Recht gestoßen, aber es nützte nichts. Immer mehr Geschichten kamen in den Umlauf und irgendwann hatte er keine Kraft und Lust mehr, den Leuten über das Maul zu fahren und sie zu belehren.

Er kehrte in die Realität zurück.

Sie war jung, ziemlich jung, vielleicht 20, vielleicht aber sogar jünger, aber es war egal. Sie war tot und der Ripper hatte sein nächstes Opfer, sein nächstes Ersatzteil gefunden.

Kurz war er selbst über sich schockiert, als er so über sie dachte, aber er wusste sich langsam nicht mehr zu helfen. Egal, welche Nachforschungen, welche Ermittlungen er führte, sie endeten alle in einer Sackgasse, denn der Killer war gut. Spuren hatte man genügend gefunden, aber keiner führte zu einem Ergebnis, geschweige denn zu einem Verdächtigen.

Er kniete sich zu ihr hinunter, nahm ihren Arm und schaute sich die Verletzung an. Die gleichen Spuren, das gleiche sorgfältige Abtrennen der Gliedmaße, wie in den Fällen zuvor.

War er vielleicht Metzger?

Auch daran hatten sie schon gedacht, aber was sollten sie denn tun? Alle Fleischer und Metzger verhaften, solange bis einer

gesteht oder auch nicht?
 Es waren keine brauchbaren Spuren da, das konnte er sofort erkennen.
 Er legte den Arm sorgsam zu Boden und erhob sich dann wieder.
 „Weiß man schon, wer sie ist und wie sie heißt?", fragte er Nicolas, der sich gerade mit seinem Kollegen unterhielt.
 „Nein, wir haben nichts gefunden. Kein Ausweis, keine Karte oder sonst irgendwas. Einige Beamten gehen gerade los und fragen in der Nachbarschaft, ob sie jemand kennt", antwortete Nicolas, dann drehte er sich wieder zu seinem Kollegen um.
 Gordon nickte und ging einige Meter von der Leiche weg. Er ging auf den Bahndamm zu und plötzlich meinte er, auf dem Boden etwas zu sehen. Er ging weiter und wollte sich gerade bücken, um nachzusehen, was da war, als er plötzlich ein lautes Geschrei von hinten hörte.
 „Lassen sie mich durch, das ist meine Tochter", schrie ein Mann.
 Gordon drehte sich um und rannte auf die Absperrung zu, an der der Mann stand.
 „Verdammt nochmal, ich will zu meiner Tochter", schrie er wieder.
 Die Polizisten hielten ihn fest, während er verzweifelt versuchte, sich von ihnen zu lösen und zu der Toten zu rennen.
 Gordon war fast da, als es dem Mann gelang, Steve auf die Seite zu stoßen und er kurz darauf Tony einen Kinnhaken gab. Dieser fiel getroffen zu Boden, während Steve über die Absperrung in das nasse Gras stürzte.
 „Jennifer, nein, oh mein Gott, bitte nein, das darf nicht wahr sein", brüllte er wieder und lief auf die Leiche zu.
 Steve kam wieder auf die Füße und eilte ihm hinterher. Auch Nicolas und sein Kollege nahmen die Verfolgung auf.
 „Lasst ihn", schrie Gordon ihnen entgegen und auf der Stelle blieben sie stehen.
 Als er zu der Leiche zurückkam, stand der Mann bereits dort und schaute weinend auf den Boden.
 „Jennifer, oh meine kleine Jennifer, was haben sie dir nur angetan", klagte der Mann, dann fiel er auf die Knie.
 Gordon wusste nur allzu gut, was gerade in dem Mann, dem Vater vor sich ging. Er selbst hatte diese schreckliche Erfahrung

am eigenen Leibe mitgemacht, nur jemand, der selbst so etwas einmal erlebt hatte, konnte ahnen, was in ihm vor sich ging.
Gordon ließ ihn gewähren.
Der Vater zog seine Tochter vom Boden hoch und umarmte sie innig, drückte sie fest an sich, so als ob die Körper miteinander verschmolzen, dann begann er erneut zu wehklagen:
„Warum nur, warum nur?", brüllte er und weinte bitterlich.
Es dauerte einige Sekunden, Gordon stand nur einen Meter entfernt, bis es so schien, als hätte der Vater sich ein wenig beruhigt. Nun, Gordon wusste, dass beruhigt der falsche Ausdruck war, aber es war tatsächlich so, dass er den ersten Schock überwunden hatte.
Er nutzte die Gelegenheit.
„Sir, bitte, sagen sie mir, wer sie sind?", fragte er ruhig und fürsorglich.
Er bekam keine Antwort, aber der Mann drehte sich zu ihm um. Seine Augen waren mit Tränen gefüllt und Gordon konnte in ihnen den zügellos wütenden Schmerz erkennen.
„Sir, bitte, es ist sehr wichtig. Bitte, kennen sie sie?".
Er vermied diese schrecklichen Wörter wie *Tote, Ermordete oder Leiche*. Sie hatten etwas Abwertendes und Nichtssagendes, er wollte, dass es menschlich blieb.
Sie war auch ein Mensch.
Keine Tote oder Leiche.
Diese Wörter haben die Menschen erfunden.
Der Mann schaute ihn an.
„Sie ist meine Tochter, sie heißt Jennifer", schluchzte er.
„Und wie ist ihr Name, Sir?".
„Howard Duke".
Gordon nickte zufrieden.
„Gut Sir. Ich werde ihnen erzählen, was wir jetzt machen. In einigen Minuten wird ein Krankenwagen kommen, der ihre Tochter und sie mit ins Krankenhaus nimmt. Dort wird ihre Tochter untersucht, ich werde so schnell ich kann nachkommen, dann werden wir uns unterhalten. Ist das so okay, Sir?".
Howard nickte, während er immer noch weinte.
„Gut, ich lasse sie jetzt allein. Wenn irgendetwas ist, wir sind gleich in der Nähe, ja?".

Gordon ging von ihm weg und lief zum Streifenwagen. Tony hielt sich sein Kinn, während Steve sich seine Hose, die von dem Sturz dreckig geworden war, abputzte.

„Tony, rufen sie über Funk einen Krankenwagen, sagen sie aber, was los ist".

„Aber Sir, sie …", entgegnete Tony.

Gordon unterbrach ihn.

„Ich weiß", antwortete er, „los, rufen sie schon an".

Er wusste, dass eigentlich ein Leichenwagen kommen musste, aber er brach es nicht übers Herz. Die nächsten Tage würden für den Mann, dem Vater noch schlimm genug werden, sollte er wenigstens heute noch das Gefühl haben, dass man sich um ihn sorgt. Das war er ihm schuldig.

Er ging von Tony weg und schaute noch einmal auf den Mann. Weinend und vor sich hin klagend betrauerte er ein ums andere Male den Tod seiner geliebten Tochter.

Er konnte nicht mehr hinsehen und ging zurück an seinen Wagen. Als er dort war, brach es aus ihm heraus. Weinend und brüllend schlug er mit seiner Faust auf die Motorhaube ein.

„Du perverses Schwein, ich schwöre dir, ich werde dich kriegen" Plötzlich hörte er hinter sich lautes Stimmengewirr.

„Was um Gottes Willen ist das?", rief eine Frau, dann Sekunden später, „Seht euch das mal an, was ist das nur?"

Er drehte sich um und sah, wie zwei Frauen fast gleichzeitig mit ihrer Hand in den Himmel zeigten. Er drehte schnell seinen Kopf und sah auf die Stelle, wo sie hindeuteten, dann sah er es. Der gesamte Himmel färbte sich auf einmal rot und Blitze zuckten daraus hervor. Zuerst hörte man nichts, keinen Donner oder ein Grollen, nichts, es war mucksmäuschenstill. Doch auf einmal vernahm man ein leises Grollen, das merklich anschwoll, bis die Erde unter ihnen anfing, zu vibrieren. Es wurde so stark, dass sich Gordon an seinem Auto festhalten musste, um nicht umzufallen. Er starrte weiterhin auf den Horizont und sah immer mehr Blitze zucken, aber es war komisch. Es schien so, als ob sie von unten aus dem Boden kamen. Er wusste zwar, dass man erst einen Blitz sehen konnte, wenn er die Erde schon berührt hatte und dann wieder zurück in den Himmel hinauf fuhr, aber diesmal war es anders. Die Blitze kamen wirklich aus der Erde, ja, da war er sich sicher, denn er konnte von hier aus sehen, wie unter einem Baum ein Blitz herausschoss und der Baum samt Wurzel aus der Erde heraus nach oben katapultiert wurde. Gordon beobachtete, wie der Baum einige Sekunden in der Luft flog, bis er dann schwerfällig und mit einem lauten Krachen, keine 10 Meter von ihm entfernt, wieder auf den Boden aufschlug.

Er drehte sich wieder um und suchte nach Tony. Als er ihn entdeckte, auch er klammerte sich an seinen Streifenwagen, winkte er ihn zu sich her. Schwankend kam Tony auf ihn zu.

„Sir?", fragte er.

„Die Leute müssen sofort weg, nehmen sie ihren Kollegen und treiben sie die Bande nach Hause, sofort", befahl er ihm.

Tony fragte nicht weiter nach, sondern drehte sich um und wollte gerade zu Steve rennen, als plötzlich vor ihm ein Blitz herausschoss und ihn nur um Haaresbreite verfehlte. Für einen Moment konnte Gordon ihn nicht erkennen, denn der Lichtblitz lähmte sein Sehvermögen und er dachte, jetzt hat es ihn erwischt. Als er alles wieder einigermaßen erkennen konnte, sah er Tony, wie er am Boden lag und sich das Gesicht zuhielt. Er rannte auf ihn zu.

„Tony, ist alles in Ordnung?", fragte er ihn, als er bei ihm angekommen war.

Er lag am Boden und hielt sich immer noch beide Hände vor das Gesicht.

Noch sagte er nichts, dann aber schrie er.

Gordon zuckte zusammen, dann bückte er sich zu ihm hinunter. Voller Entsetzen musste er sehen, dass das Gesicht von Tony völlig verbrannt war und er fürchterliche Schmerzen haben musste. Er versuchte ihm zu helfen, ihn hoch zu heben und ihn sofort ins Krankenhaus zu fahren, doch plötzlich fing um ihn herum alles an, zu explodieren.

Von da ab war alles nur noch Chaos gewesen.

Gordon wurde von einer Druckwelle erfasst und einige Meter von Tony weggeschleudert. Unsanft kam er auf den harten und eisigen Boden auf und überschlug sich, dann blieb er für einen kurzen Moment besinnungslos liegen. Als er sich wieder einigermaßen aufgerappelt hatte, sah er, wie 20 oder 30 oder waren es sogar hunderte von Blitze aus dem Boden schossen. Wie in Zeitlupe konnte er sehen, wie einer davon in die Schaulustigen raste und sie auseinander sprengte. Drei Menschen segelten förmlich durch die Luft und Gordon meinte dazwischen einen einzelnen, herrenlosen Kopf gesehen zu haben, dann sah er den Streifenwagen in der Mitte auseinanderbrechen. Mit einem lauten ächzenden Geräusch zerriss es das Metall, dann explodierte auf einmal der hintere Teil, der sofort Feuer fing und brennend in den roten Nachthimmel flog. Mit Entsetzen konnte er sehen, dass er genau auf ihn zukam. Er stand schnell auf, rannte ein paar Schritte und ließ sich dann auf den Boden fallen. Nicht eine Zehntelsekunde zu spät, den kurz darauf krachte das lodernde Heck des Wagens genau dort auf, wo er sich gerade noch befunden hatte. Er wollte gerade darüber nachdenken, als sich vor ihm die Siedlung in ein brennendes Inferno verwandelte. Ein Haus nach dem anderen explodierte entweder oder ging einfach nur in Flammen auf, das Ergebnis war jedoch dasselbe; sie wurden alle zerstört.

Schreie, Getöse, Krach, Hammerschläge und das Zischen und Knistern der Blitze hallten in sein Ohr und er dachte, er würde verrückt werden.

„Aufhören, aufhören", schrie er, dann hielt er sich die Ohren zu und schloss die Augen.

Er konnte es nicht mehr hören.

Er konnte es nicht mehr sehen …

… und er konnte es nicht mehr ertragen.

Doch plötzlich, von jetzt auf nachher, hörte das Ereignis auf. Zuerst registrierte er es nicht, dann aber öffnete er langsam die Augen. Was er dann sah, kam ihm wie ein Alptraum vor. Soweit er auch sah, erblickte er überall nur Chaos, grenzenlose Verwüstung und der lodernde Feuerschein der unzähligen Brände, die überall tobten und das Land förmlich zudeckten.

Er stand langsam auf und erst jetzt bekam er Angst. Angst vor dem, was sonst noch auf sie zukommen würde, denn eines wusste er, dies war nicht das Ende.

2.

Sie wachte erschöpft auf. Die ganze Nacht hatte sie kaum schlafen können, aufgrund der schrecklichen Ereignisse der vergangenen Seánce. Das schreckliche Gewitter, das diese Nacht tobte, gab ihr den Rest.

Sie ging in die Küche und machte sich einen Kaffee, dann machte sie den Fernseher im Wohnzimmer an. Zuerst bemerkte sie gar nicht, was der Reporter im TV sagte, aber als sie dann aus der Küche mit ihrem Kaffee dorthin zurückkehrte, hörte sie genauer hin.

„Die schrecklichen Verwüstungen, die dieses außergewöhnliche Naturphänomen heute Morgen angerichtet hat, erstreckten sich auf der ganzen Welt. Überall erreichen uns Nachrichten, aus jedem Kontinent, aus jedem Land, wo man dieses Ereignis beobachten konnte. Die Schäden gehen in die Milliarden, Todesopfer gibt es in jedem Land, jede Stadt und Dorf zu beklagen. Experten schätzen schon jetzt, dass es weltweit über eine Million Tote gibt, von den Verletzten gar nicht zu sprechen. Naturwissenschaftler können sich bis jetzt keinen Reim darauf machen, können auch keine rationale Erklärung dafür geben, was es eventuell sein könnte..."

Sie hielt sich die Hand vor dem Mund.

Oh, mein Gott, dachte sie, *das war es also und ich dachte, es war nur ein Gewitter gewesen.*

Sie stand auf und ging wieder in die Küche zurück. Ihr wurde auf einmal schlecht und sie musste sich setzen. Aus irgendeinem Grund fühlte sie, dass sie etwas damit zu tun hatte. Nun, sie war nicht daran schuld gewesen, das nicht, aber es war etwas, dass mit ihr zusammenhing.

Aber was?

Sie horchte in sich hinein, hörte auf ihre innere Stimme, aber sie erhielt keine Antwort.

Noch nicht.

Sie versuchte sich abzulenken und dachte nochmals an die Seánce, obwohl die genauso schrecklich war, wie dieses Ereignis, die die ganze Welt getroffen hatte.

Was hatte das Mädchen, Jennifer, nochmals gesagt?

Es ist noch nicht zu Ende.

Was?

Die Morde?
Wahrscheinlich hatte sie das gemeint, doch so sicher war sie sich nicht.
Und was meinte sie mit, es wird großes Unheil über euch alle kommen?
Auch da wusste sie nicht, was Jennifer meinte.
Was sollte sie nur tun?
Eigentlich wusste sie es schon, aber sie verdrängte es.
Sie verließ die Küche und blickte wieder in den Fernseher.
Gerade zeigten sie Aufnahmen aus Deutschland, wo in Berlin der Fernsehturm umgestürzt war und dort mehr als hundert Menschen auf einen Schlag ihr Leben verloren hatten.
Sie schüttelte betroffen den Kopf.
„Die armen Menschen", sagte sie leise, dann durchfuhr es sie. Mit einem Schlag verstand sie, was Jennifer gemeint hatte.
Sie stand auf und ging in ihr Schlafzimmer zurück und zog sich an. Als sie damit fertig war, ging sie nochmals in das Wohnzimmer zurück und schaltete den Fernseher aus, dann drehte sie sich wieder um.
Plötzlich hörte sie jemand etwas sagen:
„Wag es nicht", sagte eine verächtliche und aggressive Stimme.
Sie fuhr herum und schaute ängstlich in dem Zimmer umher, doch da war niemand. Der Fernseher war auch ausgeschaltet und Radio hatte sie auch nicht an.
„Du siehst mich nicht, aber ich dich schon", meinte die Stimme.
Sie fuhr abermals herum, doch wieder konnte sie niemanden sehen.
„HaHaHa, du Schlampe. Du wirst sterben, wenn du zur Polizei gehst", schrie auf einmal die Stimme.
Jetzt erst verstand Laura. Es war die gleiche Stimme, die sie kurz nach der Séance gehört und die ihr da schon gedroht hatte.
„Was willst du?", sagte sie laut in den Raum hinein.
„Gehorche mir".
„Niemals".
„Dann wirst du elendiglich sterben".
„Du machst mir keine Angst", schrie sie, „ich entscheide selbst, was mit meinem Leben passiert".
Sie ging auf die Eingangstür zu und wollte sie gerade aufmachen,

als sich nochmals die Stimme meldete.
„Wenn du nun gehst, bist du die Nächste".
Sie gab keine Antwort, sondern schnaufte kurz durch. Für eine Sekunde überlegte sie doch. Sie hatte Angst, ja, Furcht und Angst, aber sie hatte es versprochen. Sie hatte versprochen, zur Polizei zu gehen und das zu erzählen, was sie erlebt hatte.
„Ich gehe jetzt", sagte sie trotzig, blieb aber stehen. Eigentlich hatte sie erwartet, dass die Stimme sich nochmals meldete, aber es blieb alles ruhig.
Sie nickte zustimmend mit dem Kopf, dann öffnete sie die Tür.
Kurze Zeit später saß sie schon im Auto und fuhr geradewegs zur Polizei.

3.

Als er die Augen öffnete, erkannte er sofort, dass er sich auf einer erhöhten Position befand, denn von hier aus konnte er ungehindert in die weite und flache Ebene sehen, die sich vor ihm auftat. Am Horizont bemerkte er dunkle, schwarze Wolken, die sich ihm bedrohlich näherten und Sekunden später waren sie schon bei ihm. Plötzlich bemerkte er ein Reißen und Zerren in seinen Gliedern. Zuerst wusste er nicht, woher dieses unangenehme Gefühl kam, erst als er kurz nach rechts starrte und den dicken, schwarzen Nagel sah, der durch seine Handfläche getrieben war, da verstand er. Eigentlich nicht ganz, denn warum ihm dies widerfahren war, wusste er nicht, darum schaute er nach links und als er auch dort diesen Nagel sah, da dämmerte es ihm. Um seinen Verdacht zu bestätigen, schaute er noch nach unten. Er sah seine gekreuzten Füße, durch die sich ihm ebenfalls ein Nagel ins Fleisch bohrte.
Jetzt verstand er es endgültig.
Er hing am Kreuz.
Just in diesem Moment, als es sein Verstand begriff, kamen die Schmerzen. Unbarmherzig und gnadenlos fielen sie über ihn ein und raubten ihm fast den Verstand. Er schlug mit seinem Kopf wild hin und her, zerrte mit seinen Händen, um sich aus der tödlichen Situation zu entreißen, doch je mehr er sich bemühte, desto hoffnungsloser wurde sie.

„Hilfe, helft mir doch", schrie er hinaus, doch es war keiner da, der ihm helfen konnte. Er fing an, im Stillen zu beten, als er plötzlich von unten eine Stimme hörte:
„Du hast es nicht anders verdient".
Er neigte seinen Kopf nach unten und erkannte, dass sich 12 Männer in dunklen Kutten um sein Kreuz versammelt hatten.
„Wer hat das gesagt?", fragte er nach unten.
Eine Gestalt löste sich aus der Menge und kam auf ihn zu.
„Ich", sagte er nur und nahm die Kapuze vom Kopf.
Er erkannte den Mann nicht.
„Ich kenne dich nicht, sag mir deinen Namen".
„Du kennst mich wohl. Du kennst uns alle", antwortete er und kurz darauf nahmen alle anderen ebenfalls ihre Kapuze vom Kopf und offenbarten sich.
Er schaute sie alle genau an, doch auch jetzt konnte er nicht erkennen, wer sie waren.
„Wer seid ihr und warum bin ich hier?", fragte er erneut.
Der Mann antwortete nicht auf seine Frage.
„Warum hast du uns nur so getäuscht?", sagte der Mann und schüttelte enttäuscht den Kopf.
„Ich kenne euch nicht. Was habt ihr mit mir gemacht?", schrie er nach unten.
Der Mann kehrte zu seiner Gruppe zurück, dann bekreuzigte er sich. Die anderen taten es ihm nach, dann beteten sie laut.
„Oh Herr, nimm deinen gefallenen Sohn demütig auf und vergib ihm seine Sünden", sagten sie alle im Chor.
„Nein, ich habe nichts Unrechtes getan", schrie er sie an, doch sie hörten ihm nicht zu.
„Lasst mich sofort runter", brüllte er und versuchte sich erneut, aus dieser Situation zu befreien. Er zerrte wieder, riss und schlug wild mit seinem Kopf auf das Holz, aber es war vergebens.
Erschöpft und mutlos gab er auf.
Plötzlich hörte er ein Grollen, gefolgt von einzelnen Donnerschlägen.
„Sie wird dich jetzt holen", sagte der Mann, dann kehrte er ihm mit den anderen den Rücken zu.
„Wer?".
„Die Bestie", sagte der Mann, dann lösten sie sich alle auf einmal

auf und waren kurze Zeit später verschwunden.

„Was?", brüllte er noch, dann spürte er plötzlich ein Vibrieren. Er schaute nach unten und sah, dass sich die Erde vor ihm auftat. Rotglühende Lava und Feuer rasten aus dem Erdinneren an ihm herauf und als er die sengende Hitze auf seiner Haut spürte, da schrie er erneut vor Schmerzen:

„Nein, das kann nicht sein. Ich bin unschuldig, ich habe nichts getan. Nichts", brüllte er.

Er schaute verzweifelt nach oben und sah, wie sich die dunklen schwarzen Wolken in ein tiefrotes blutiges Meer verwandelten, aus dem grelle Blitze herausschossen.

„Oh mein Gott, warum hast du mich verlassen", sagte er, dann senkte er wieder seinen Blick.

In dieser Sekunde verließ ihn sein Lebensmut. Ausgelaugt und von unerträglichen Schmerzen gepeinigt, klappte sein Kinn auf seine Brust und blieb dort liegen. Er sah gar nicht, wie sich aus dem Feuer kleine Gestalten lösten und sich aufmachten, an seinen Füßen hinauf zu klettern. Mit spitzigen und winzigen Dornen an ihren Finger, hangelten sie sich an ihm empor und waren kurze Zeit später an seinem ganzen Körper. Dort blieben sie auf einmal alle ruhig stehen und warteten. Warteten, bis sie einen grellen Schrei hörten, dann fraßen sie sich in sein Fleisch ein.

Von ungeheuren Schmerzen gemartert, schrie er noch einmal auf, dann neigte sich von der ungeheuren Last, das Kreuz nach vorne. In einem letzten Aufflackern sah er noch, wie der feurige Boden immer näher kam, dann tauchte er in die alles verschlingende Lava ein.

Sein letzter Gedanke war, dass er nichts Böses oder Unrechtes getan hatte, dann …

… wachte er schreiend auf.

Lacombe starrte mit pochendem Herzen in die Dunkelheit. Als er merkte, dass nur ein grässlicher Alptraum ihn heimgesucht hatte, beruhigte er sich wieder. Er ließ sich nach hinten fallen und atmete befreit aus.

Es dauerte trotzdem noch einige Sekunden, bis er endgültig begriff, dass er sich das alles nur eingebildet, nur geträumt hatte.

„Oh Jesus Christus", sagte er, dann faltete er die Hände.

Er blieb noch einige Minuten liegen, dachte nochmals an den

Traum und stand dann auf. Er ging ins Badezimmer und machte den Wasserhahn auf, dann benetzte er sich mit kaltem Wasser. Die kühlende Nässe legte sich wohltuend um sein Gesicht und als er es einige Male wiederholte, fühlte er sich besser. Als er damit fertig war, nahm er ein Handtuch und trocknete sich ab.

„Was für ein Traum?", sagte er leise, dann zog er sich an.

Kurze Zeit später ging er in sein Arbeitszimmer und schaute sich die Briefe wieder an. Als er sie gestern das erste Mal in die Hand genommen hatte und flüchtig durchgelesen hatte, war er schockiert und fassungslos gewesen.

Wenn das alles stimmte? dachte er, dann verdrängte er die Gedanken.

Er nahm den ersten Brief und las ihn im Stillen noch einmal durch, diesmal aber ausführlicher.

Jerusalem, 16. Juli, im Jahre des Herrn 1099

Durch Gottes Gnade hatten wir die Ungläubigen geschlagen. Jerusalem gehört wieder uns, gelobt sei Jesus Christus.

Ich habe meinen Männern die wohlverdiente Belohnung gegeben. Alle Ritter und Kämpfer, die für die heilige Sache ihr Leben gefährdet haben, können einen ganzen Tage lang die Stadt plündern. Alles was sie finden, ob es ihnen nun freiwillig gegeben wird oder sie es sich mit Gewalt nehmen, soll ihnen gehören und in ihrem Besitz verbleiben, solange sie leben. Kein Gericht, ob weltlich oder göttlich, soll sie verurteilen, alles was sie machen, ihr gesamtes Tun, soll ihnen verziehen werden.

Ich stand gerade in meinem Ankleideraum, als ich schon Cedric von weitem rufen hörte: ...

„... Mein Herr, mein Herr, schaut, was ich gefunden habe?".

Er, Ritter Phillip de Clerk, von Gottes Gnaden ins ungläubige Land geschickt, drehte sich um. Von weitem schon konnte er seinen Leibdiener Cedric sehen, der ihn auf der ganzen langen Reise ins gelobte Land begleitet hatte, wie er mit einem Sack zu ihm gerann kam.

„Beruhige dich doch", sagte er, doch Cedric ließ sich nicht beruhigen.

„Mein Herr, schaut doch", meinte er und öffnete den Leinensack. Er griff hinein und holte ein längliches Päckchen heraus, dass mit einem Stückchen Leder umhüllt war.

De Clerk schaute es sich an.
„Was hast du da?", fragte er.
„Ich weiß es nicht, aber es muss bestimmt kostbar sein. Als ich den alten Mann erschlug, der dieses Päckchen bei sich trug, wehrte er sich wie ein Löwe. Gott wird seiner Seele gnädig sein", sagte er und bekreuzigte sich dann.
„Das wird er bestimmt", meinte er und machte auch das Kreuz.
„Mach es auf", sagte de Clerk und Cedric nickte.
„Ja, mein Herr".
Er nahm das Päckchen und setzte sich auf den Boden. Schnell hatte er den Lederfetzen mit seinem Messer gelöst, dann fand er unter einem Stück Fell ein hölzernes Kästchen. Er hielt es sich vor die Augen, dann stellte er es auf den Boden.
„Vielleicht ist kostbarer Schmuck oder etwas noch viel wertvolleres darin", sagte er freudig und schaute ihn an.
De Clerk nickte mit dem Kopf.
Mit einer geschickten Bewegung mit der Messerspitze öffnete er es, dann legte er das Messer auf die Seite. Noch machte er das Kästchen nicht auf, er wollte noch warten, doch de Clerk drängte.
„Nun mach schon, Cedric".
„Gut, mein Herr, sofort".
Er machte das Kästchen auf und als er den Inhalt sah, wurde aus seinem Lächeln eine finstere Miene. Er machte das Kästchen wieder zu und warf es enttäuscht und wutentbrannt an die Hauswand.
„Das ist nicht richtig", sagte er erbost, „das ist also mein Lohn?".
De Clerk sah ihn an.
„Was ist darin?", fragte er, doch Cedric schaute beleidigt auf die Seite.
Er schüttelte den Kopf. Das war wieder der Cedric, denn er kannte. Als sie zusammen vor über 15 Monaten Frankreich verließen, war Cedric gerade 14 Jahre alt, also noch ein Kind gewesen, doch in den vergangenen Wochen wurde ein Mann aus ihm. Die unzähligen Schlachten, die blutrünstig und unnachgiebig waren, hatten ihn gestählt und mannhaft gemacht. Doch jetzt kam das Kind wieder zum Vorschein, das er ja eigentlich noch war.
Er beugte sich zu ihm hinunter.
„Mein lieber kleiner Cedric, was hat das Schicksal denn wieder

mit dir gemacht?", wollte er wissen und strich ihm zärtlich über den Kopf.
 Er drehte seinen Kopf und versuchte sich der Liebkosung seines Herrn zu widersetzen, in dem er trotzig sein Gesicht von ihm abwandte.
 „Das ist nicht richtig", wiederholte er sich, „nicht nachdem ich das alles auf mich genommen habe".
 Er stand auf und holte das Kästchen, dann kehrte er zu de Clerk wieder zurück.
 Er öffnete es und zeigte ihm den Inhalt.
 „Das ist mein Lohn?", sagte er entrüstet, dann nahm er den Inhalt und zeigte es ihm.
 „Drei Schriftrollen, mehr nicht. Keine Juwelen, Gold oder sonstiges Geschmeide, nichts, nur diese nutzlose Dinge".
 Als de Clerk es sah, musste er schmunzeln.
 „Cedric, komm her", sagte er und Cedric ging auf ihn zu. Als er bei ihm war, nahm er ihn in den Arm.
 „Ich löse dich aus", sagte de Clerk plötzlich, „was willst du dafür haben?".
 Schlagartig wurde aus der zuvor noch finsteren Miene ein freudenstrahlendes Lächeln.
 „10 Goldstücke", antwortete er ohne viel Nachzudenken.
 De Clerk prustete laut los.
 „Du bist verrückt", sagte er empört, „ich gebe dir drei dafür. Für jede Schriftrolle ein Goldstück, das ist mein Angebot".
 Cedric überlegte.
 „Vielleicht sind sie ja mehr wert. Der alte Mann hat wie wild mit mir gekämpft, wahrscheinlich sind sie sehr bedeutend", meinte Cedric und nahm das Kästchen und verschloss es wieder.
 De Clerk lachte laut auf.
 „Du willst mit mir feilschen", schrie er gespielt empört auf, „vor nicht einmal einer kurzen Weile, hast du dem Inhalt nicht viel Wert zugesprochen". Er drehte sich um.
 „Mein Herr, nein, es ist schon gut. Drei Goldstücke sind schon recht. Ich nehme euer Angebot an", antwortete Cedric verlegen.
 De Clerk drehte sich wieder um und holte dann aus seiner Tasche drei Goldstücke hervor.
 „Hier nimm und weil du nicht denken sollst, dein Herr

übervorteilt dich, erhältst du von mir noch ein Schreiben, dass dir erlaubt, noch einen weiteren Tag zu holen, was deines ist".

Er drehte sich von ihm weg und ging an seinen Tisch, dann holte er ein Stück Papier und schrieb eine Beglaubigung, dass Cedric bemächtigte, noch weiter zu plündern.

„Hier", sagte er und reichte ihm das Dokument.

„Danke, Herr", antwortet er und schob hastig das Papier in seine Tasche, dann drehte er sich um und rannte von ihm weg.

„Ich danke euch Herr, für eure Güte", rief er noch, dann verschwand er aus dem Haus.

De Clerk lachte abermals, dann nahm er das Kästchen und öffnete es. Er nahm eines der Schriftrollen heraus und legte es samt dem Kästchen auf den Tisch, dann nahm er auf einen Stuhl Platz. Cedric hatte Recht gehabt, es sah nicht sonderlich wertvoll aus. An seinen Enden, die aus Elfenbein schienen, hing eine kleine rote Kordel hinab, sonst war nichts Sonderliches daran. Er öffnete die Schriftrolle und entfaltete sie. Als er einen kurzen Blick darauf warf, konnte er sofort erkennen, dass er diese Schrift noch nie gesehen hatte. Sie war weder jüdisch noch muslimisch, noch hatte er je in seinem Leben solch eine Schrift gesehen. Er legte die Schriftrolle beiseite und öffnete die zweite. Auch dort nur die gleichen Schriftzeichen. Enttäuscht von dem bisherigen, hatte er doch etwas anderes erwartet, öffnete er die dritte Rolle, aber auch auf dieser sah er zum wiederholten Male die ihm schon bekannten Zeichen.

„Was für ein schlechter Kauf", sagte er und stand wieder auf. Er nahm die Schriftrollen und legte sie deprimiert in das Kästchen, dann verschloss er es wieder.

Plötzlich kam ihm ein Gedanke.

Vielleicht weiß der alte Rabbi Schimon Meir etwas? dachte er und nickte zustimmend mit dem Kopf.

„Morgen werde ich zu ihm gehen und ihm die Schriftrollen zeigen", sagte er leise.

Er nahm das Kästchen ...

... und ich stellte es zu meinen anderen Sachen. Für heute war genug getan. Gottes Gnade hat uns den Sieg gebracht, Heilig sei sein Name und gepriesen all diejenigen, die in seinem Namen sein Werk vollendeten.

Lacombe legte den Brief auf die Seite, dann nahm er den zweiten zur Hand und las ihn genauso durch, wie den ersten.

Jerusalem, 17. Juli, im Jahre des Herrn 1099

Ich machte mich auf den Weg zum alten Rabbi Schimon Meir, der nur zwei Straßen weiter seine Obhut hatte. Als vor zwei Tagen die Plünderungen und Brandschatzungen begannen, hatte ich meinen Männern genaue Instruktionen gegeben, diesen Straßenzug zu meiden und unbehelligt zu lassen, doch erst jetzt konnte ich sehen, das man meine Befehle missachtet hatte. In nahezu jedem Haus konnte ich das Wehklagen und Jammern der bedauernswerten Menschen hören, die von der Heimsuchung der christlichen Ritter betroffen waren. Vor einigen Häusern konnte ich die halbnackten menschlichen Körper derer sehen, die von meinen Männern ermordet wurden. Abscheu und Ekel befiel mich und ich schämte mich. Die meisten dieser Leute hatten sich nichts zu Schulden kommen lassen, dennoch tobte der Moloch unter ihnen und löschte sie vom Antlitz der Erde. So hatte ich mir die Befreiung von Jerusalem nicht vorgestellt. Erst jetzt machte ich mir Gedanken, ob wir nicht diejenigen waren, die Unheil und Verderben über die Stadt brachten, und nicht wie wir annahmen, die Muslime.
Ich vertrieb die Gedanken und suchte weiter nach dem Haus des Rabbis. Als ich eine alte Frau am Straßenrand sitzen sah, ging ich auf sie zu und fragte sie nach dem Haus. Trotz der begangenen Gräueltaten gab sie mir bereitwillig und freundlich Auskunft und zeigte mir, wo der Rabbi wohnte. Ich gab ihr für ihre Mühe ein Goldstück und versprach, dass sie ab sofort alle in Sicherheit sein würden. Sie bedankte sich, küsste meine Hand und ging wieder dorthin zurück, wo ich sie aufgelesen hatte.
Arme alte Frau, soviel Leid erfahren und dennoch so gütig. Ich würde sie heute Abend in meinem Gebet mit einschließen, das gelobte ich mir. Die Obhut des Rabbis Schimon Meir war ein kleines Steinhaus, das am Ende der Straße lag und scheinbar von den Kämpfen und Plünderungen unversehrt blieb, doch als ich um die Ecke nach hinten schaute, sah ich, dass dort ein großes Loch in der Wand war, aus dem ein Geruch von verbranntem Holz und Kohle herauskam. Wieder gingen meine Gedanken an die armen Menschen, die so viel erleiden mussten und ich schwor mir, unter allen Umständen dieses Unrecht wieder gut zu machen.
Ich ging wieder zurück und wollte gerade Einlass erbitten, als sich die Tür öffnete und ein Mann …

…mir entgegenkam.

„Sind sie der Rabbi Shimon Meir?", fragte de Clerk.

„Ja, der bin ich", antwortete er demütig und verbeugte sich.

„Mein Name ist Phillip de Clerk, Ritter des Ordens der heiligen Maria. Ich habe eine Bitte".

„Tretet ein, mein Ritter, mein Haus ist auch euer Haus", meinte Meir und bat ihn herein.

Wieder bekam de Clerk ein schlechtes Gewissen. Soviel Freundlichkeit und Gastfreundschaft, trotz der schlimmen Behandlung der Christen an seinem Volk, die eigentlich als Befreier gekommen waren, erstaunte ihn erneut.

„Ich danke euch", sagte er und verbeugte sich.

Er trat hinein und nahm auf einen Stuhl Platz, den Meir ihm anbot.

Meir setzte sich auf einen Stuhl, der genau gegenüber de Clerk war, dann stand er schnell wieder auf.

„Verzeihung, ich vergaß", sagte er nur und verbeugte sich wieder.

„Nein, nein, bitte, nehmen sie wieder Platz, bitte, ich bin Gast hier und das ist ihr Heim. Sie sind der Herr hier", meinte de Clerk und erhob sich.

Voller Erstaunen starrte ihn der Rabbi an. Sollte es doch ein paar Ritter, ein paar wenige Christen geben, die nicht so waren, wie dieser Mob, der in den vergangenen Tagen in den Straßen getobt hatte?

„Mein Herr, sie sind mein Gebieter und es ist ihr Haus", meinte er wieder demütig.

De Clerk verstand.

„Bitte nehmt Platz", sagte er und zeigte auf den Stuhl.

„Danke Herr".

Er setzte sich auf den Stuhl und trotz der Freundlichkeit, die scheinbar von diesem Ritter ausging, war er dennoch vorsichtig.

„Was ist euer Begehren?", fragte er.

De Clerk holte aus seiner Ledertasche die Schriftrollen heraus und übergab sie ihm.

„Könnt ihr das lesen und wenn ja, könnte ihr es mir übersetzen?".

Der Rabbi nahm die Schriftrollen und legte sie auf seinen Schoß, dann entrollte er die erste.

Er murmelte etwas, nahm das Papier und führte es ganz vor seinen Augen, um es eine Sekunde später wieder, etwas weiter von sich entfernt, noch einmal genauer anzuschauen. Er murmelte wieder etwas, dass de Clerk nicht verstand, dann legte der Rabbi die Schriftrolle wieder zu den anderen.
„Es ist eine vergessen Sprache", sagte er nur.
„Könnt ihr sie lesen?", fragte de Clerk neugierig.
„Ja, das kann ich, aber es dauert, bis ich sie übersetzt habe. Wenn ihr mir 5 Tage Zeit gebt, dann habe ich sie in eure Sprache übersetzt", versprach er ihm.
„Gut", antwortet de Clerk und erhob sich.
Er ging an die Eingangstür zurück, öffnete sie und ging nach draußen. Der Rabbi folgte ihm und als de Clerk gehen wollte, drehte er sich noch einmal zu ihm um.
„Das alles hier", er zeigte auf die Verwüstungen, „das habe ich nicht gewollt. Ich werde tun, was in meiner Macht steht, damit hier alles wieder aufgebaut wird. Ihr habt mein Wort", sagte er und verbeugte sich leicht.
Meir zollte dem Ritter Demut, in dem er sich auch verbeugte.
„Ich danke euch, mein Herr, ihr seid wohltätig und rein im Gewissen".
„In fünf Tagen komme ich wieder", sagte de Clerk und ging.
Er ging wieder auf die Straße und folgte dem gleichen Weg, auf dem er gekommen war. Als er an den verheerenden Zerstörungen vorbei ging, kam die Trauer und der Seelenschmerz …
…wieder in mir zurück.
Was haben wir nur getan?
Warum haben wir das getan?
Den ganzen Weg, bis ich wieder in meinem Hause war, dachte ich darüber nach, doch ich fand keine Antwort.
Mein Heer, das christliche Heer, sollte doch als Befreier kommen, ich wollte als Befreier kommen und sie erretten, aber ich glaube, wir haben nicht das Richtig getan. Wir haben Schande über uns gebracht und wir werden es noch sühnen müssen.
Ich werde beim Allmächtigen, bei Jesus unserem Erretter und bei dem Heiligen Geist um Verzeihung und Erlösung bitten.

Er legte den zweiten Brief auf den ersten und wollte sich gerade

den dritten nehmen, als plötzlich das Telefon klingelte.
Er zuckte zusammen und starrte das Telefon so an, als ob derjenige, der am anderen Ende der Leitung war wusste, was Lacombe gerade machte.
Er dachte darüber nach, dann schüttelte er den Kopf.
„Das ist Unsinn", sagte er leise, dann nahm er den Hörer ab.
„Lacombe hier".
„Hallo, Pater, hier ist Mrs. Robertson. Wir wollten uns doch heute treffen. Sie wissen schon, wegen dem Wohltätigkeitsbasar", sagte sie und fügte noch hinzu, „Sie haben es doch nicht vergessen, oder?".
„Nein, natürlich nicht", log er, „wann wollten wir uns noch mal treffen?".
„Am besten, ich komme gleich mal bei ihnen vorbei. Ist ihnen in 10 Minuten Recht?", fragte sie.
Eigentlich nicht, dachte er, dann aber fiel es ihm wieder ein. Ja, der Wohltätigkeitsbasar, der alljährlich auf dem Kirchenhof stattfand. Der Erlös würde den Kindern im Armenviertel zukommen, da konnte er nicht nein sagen, obwohl es ihm jetzt gerade natürlich nicht passte.
„Ja, das ist in Ordnung", antwortete er und verabschiedete sich dann.
Er starrte die noch verbliebenen Briefe an, die er sich noch nicht genau durchgelesen hatte. Plötzlich kam dieses Gefühl der Beklommenheit wieder zurück. Genauso hatte er sich gestern Abend gefühlt, als er sich zum ersten Mal die Briefe angeschaut hatte. Er musste sie auf jeden Fall nochmals durchlesen, vielleicht hatte er sie ja gestern falsch verstanden, das könnte ja sein. Sollten sich aber sein Verdacht bestätigen und es würde tatsächlich wahr sein, was dort geschrieben stand, dann... .
Er dachte nicht mehr weiter und verdrängte für eine bestimmte Zeit seine Zweifel. Gleich würde Mrs. Robertson kommen, das hatte jetzt Priorität. Heute Abend würde er noch genug Zeit haben, die Briefe zu lesen. Er verließ sein Arbeitszimmer und ging nach unten. Kaum war im Flur angekommen, da klingelte es schon an seiner Tür.
Mrs. Robertson, dachte er, *sie war schnell.*
Er machte die Tür auf und blickte kurz darauf in ihr Gesicht.

„Guten Morgen", sagte er, aber es war keiner, nicht für ihn. Zu diesem Zeitpunkt wusste er noch nicht, dass sein schlimmster Tag erst noch kommen würde.

4.

Er lag vor ihrem Bett auf einem fleckigen und schmutzigen Teppich, so wie es ein Hund vor dem Bett seines Herrchens tat. Ihm machte das nichts aus. Sicher, er hätte auch zu ihr ins Bett gehen können, aber sie war heilig. Alles an ihr war gesegnet und durfte von ihm nicht beschmutzt werden, das hatte die Stimme von Anfang an zu ihm gesagt. Später, ja, wenn sie vollkommen war, dann durfte er sich ihr nähern und sich mit ihr vereinigen.
Er stand auf und schaute sie wieder einmal ausgiebig an. Ja, sie war noch nicht ganz *fertig*. Anders konnte er es nicht sagen, es ärgerte ihn, dass er kein anderes Wort dafür fand, andererseits war es aber auch zutreffend, sodass er sich damit zufrieden gab.
„Meine Liebe", sagte er säuselnd und seine Hand wollte gerade ihren Arm berühren, als er plötzlich wieder die Stimme hörte:
„Lass sie", brüllte sie fordernd.
„Ich wollte doch nur …"".
„Sie ist noch nicht soweit", unterbrach die Stimme ihn.
Er nahm seine Hand wieder zurück und starrte betreten auf den Boden.
„Du bist ihrer noch nicht würdig", sagte die Stimme wieder und diesmal verstand er es. Er musste noch warten, warten bis sie vollständig, eben fertig war.
„Ich verstehe", antwortete er und ging aus dem Zimmer hinaus.
Er ging in seine kleine Küche und machte sich ein Frühstück. Er briet sich zwei Eier und etwas Speck, dazu nahm er sich ein getoastet Brot und etwas Butter. Als er alles verschlungen hatte, meldete sich die Stimme wieder.
„Wir haben unser nächstes Opfer".
„Jetzt schon?", schrie er auf, „sollten wir nicht noch warten?".
„Nein, sofort. Wenn wir länger warten, kommen sie uns auf die Schliche. Sie sind uns schon auf den Fersen, wir müssen jetzt schnell handeln".
„Aber du hast mir doch gesagt, dass …".

Die Stimme unterbrach ihn wieder.

„NEIN", brüllte sie, dann wiederholte sie es ständig.

„NEIN NEIN NEIN NEIN NEIN NEIN NEIN NEIN".

Er hielt sich die Ohren zu, so grell und wüst war dieses Gebrüll. Er ging auf die Knie und ließ sich vor Schmerz auf den Boden fallen.

„Ja, ja, bitte, ich mache alles, was du willst, nur höre mit dem Brüllen auf".

Augenblicklich hörte es tatsächlich auf, dennoch hielt er sich zur Vorsicht immer noch seine Hände an die Ohren, falls sie wieder losbrüllen würde.

„Steh auf, sofort", sagte die Stimme und er gehorchte.

Eigentlich war die Stimme ihm wohlgesonnen. Sie half ihm und hatte ihm was versprochen. Nach dem ersten Mord an Phoebe hatte sie sich ihm offenbart. Sie hatte ihm erklärt, dass alle Menschen nur das eine wollen; ihn vernichten. Er müsse sich davor wappnen und sie könnte, natürlich nur wenn er wollte, ihm dabei helfen. Er müsse nur das machen, was sie sage, dann würde er mit seiner neuen Freundin die Welt beherrschen.

So wie Adam und Eva, nur ihr beide, hatte sie einmal gesagt, *ihr würdet das Paradies haben, nur für euch.*

Er glaubte ihr.

Er wünschte es sich.

Nur sie und er, ja, das wäre es, was er sich am liebsten wünschte. Sie konnte ihm den Wunsch erfüllen, aber dafür musste er morden. Siebenmal hatte er schon seinen Auftrag erfüllt, nur noch dreimal, dann hatte er es geschafft und seine Liebste würde vollendet sein.

„Tracy Watts", sagte auf einmal die Stimme.

Er nickte nur, dann ging er an seinen Schrank und holte das Messer heraus.

„Nur noch dreimal", sagte er leise, dann lachte er.

5.

Gordon hatte die Nacht auf dem Revier verbracht. Mehr schlecht als recht hatte er in der Ausnüchterungszelle geschlafen und fühlte sich, nachdem er die Augen aufgemacht hatte, völlig gerädert. Seine Glieder schmerzten und in seinem Kopf trommelte es. Er brauchte unbedingt eine Schmerztablette. Er verließ den Raum und ging in sein Arbeitszimmer, dann holte er sich ein Aspirin aus seiner Schublade und schluckte sie.
In einer halben Stunde sind die Kopfschmerzen weg, dachte er.
Es setzte sich auf seinen Stuhl und machte die Augen zu. Nicht unerwartet kamen die Erinnerungen der letzten Nacht wieder hoch.
Was war da nur geschehen?
Nach dem Blitzüberfall, wie er das Naturereignis nannte, hatte er mit seinen Kollegen versucht, das Chaos und das heillose Durcheinander, das daraufhin stattgefunden hatte, zu beseitigen. Es gelang ihnen nur bedingt, was nicht die Schuld der Polizisten und erst recht nicht seine war, aber die Leute waren total außer Rand und Band. Sie liefen schreiend umher, suchten Schutz und rannten ihn mehr als einmal über den Haufen, als er versuchte, die Menschen in Sicherheit zu bringen.
Als der Blitzüberfall langsam an Intensität verlor und kurze Zeit später ganz versiegte, beruhigten sich die Leute wieder. Erst dann gewann er wieder Kontrolle über die Situation.
Es war die Zeit, Bilanz zu ziehen.
Als sie heute Morgen um vier Uhr in das Revier zurückkehrten, hatten sie insgesamt 12 Tote zu beklagen, darunter auch Tony, der Streifenpolizist. Ihm tat er leid, nein, eigentlich taten ihm alle leid, aber er war machtlos gewesen.
Ja, das war er.
Er öffnete die Augen wieder und bemerkte, wie die Tablette schon wirkte. Das Trommeln im Kopf entfernte sich immer mehr und auch die Schmerzen wurden immer dumpfer und dumpfer, bis sie einige Sekunden später fast ganz verschwanden.
Er stand auf und verließ sein Büro, um zu Dave zu gehen. Dessen Büro lag nur drei Zimmer weiter, deshalb war er in wenigen Sekunden bei ihm.

Er klopfte kurz an, dann öffnete er die Tür.
Dave saß an seinem Schreibtisch und schrieb etwas, als Gordon zur Tür hereinkam.
„Morgen", sagte er und nahm auf einem Stuhl, der im Büro war, Platz.
„Guten Morgen", antwortete Dave, „gut geschlafen?".
„Sprich nicht davon. Wie geht es dir?", fragte er.
„Wie soll es mir nach so einer Nacht wohl gehen?", fragte er zurück und er wusste es wirklich nicht. So etwas hatte er, nein, wahrscheinlich hatten alle so etwas in ihrem Leben noch nicht erlebt.
Er stand auf und holte sich einen Kaffee.
„Willst du auch einen?"
„Nein, danke, ich habe gerade eine Tablette genommen. Ich denke, heute lasse ich das Koffein mal sein".
„Gut, ich verstehe".
Er kehrte auf seinen Platz zurück und stellte die Tasse genau vor sich hin, dann schaute er ihn an.
„Wie viel Männer hast du verloren?", fragte er.
„Nur Henry", antwortete er und im gleichen Moment verdammte er sich. Wie konnte er nur?
„Ich meine, Henry Spalsh, ja, wir haben leider Henry verloren".
Dave lachte.
„Ist schon gut, ich weiß, wie du es meinst".
Seine Kopfschmerzen kamen für einige Sekunden wieder zurück, dann gingen sie aber so schnell, wie sie gekommen waren. Er stand auf und ging ein paar Schritte, dann drehte er sich wieder zu ihm um.
„Hast du schon mit der Spurensicherung gesprochen?", fragte Gordon.
„Ja, das habe ich, aber es wird dir nicht gefallen, was ich dir jetzt sage", meinte er.
„Sag schon, nach der Nacht kann mich nichts mehr erschüttern".
„Gut. In dem heillosen Durcheinander hatte Nicolas seinen Koffer mit den Beweisstücken von dem Mädchen in den Streifenwagen gelegt. Tja, den Rest kannst du dir ja denken".
Und wie, dachte Gordon, denn der hintere Teil des Wagens hätte beinahe sein Leben ausgelöscht.

„Ich weiß, eine Sekunde zu spät und ich würde hier nicht mehr sitzen", sagte Gordon mit einem gequälten Lächeln.
„Ist nichts übrig geblieben?", fragte er dennoch.
„Nein, nur Asche", antwortete Dave und schüttelte mit dem Kopf.
„Okay, dann müssen wir noch einmal das Mädchen untersuchen. Ist sie noch im Krankenhaus oder ist sie schon in der Leichenhalle?".
Dave stand plötzlich auf und kam auf ihn zu.
„Sie ist nicht dort eingetroffen", sagte er nur.
Gordon sprang auf.
„Was, aber ...".
„Beruhige dich", sagte Dave und drückte ihn wieder auf den Stuhl zurück.
„Wir haben sie gefunden, wir haben beide gefunden", sagte er nur, dann kehrte er auf seinen Stuhl zurück und setzte sich.
Gordon verstand nicht.
„Es ist nicht viel von ihnen übrig geblieben", meinte er und Gordon verstand immer noch nicht.
„Sag mir jetzt endlich, was du meinst?", fragte er erbost.
„Ein Blitz hat sie beide getroffen", antwortete er.
Jetzt erst begriff er.
„Wo sind sie?".
„Gordon, sie sind fast verdampft oder verbrannt oder pulverisiert worden. Das einzige, was man von ihnen gefunden hatte, waren ein paar Zähne und einen Plastikausweis von ihm, mehr nicht. Den Rest kannst du in einen Brief packen, so wenig haben wir".
Er schlug vor Zorn auf den Tisch.
„Verdammt", brüllte er und plötzlich kamen die Kopfschmerzen wieder.
Wutentbrannt stand er auf und ging an das Fenster. Von hier aus hatte man einen guten Blick auf London, doch jetzt sah man nur Rauchsäulen und Brände, die überall in der Stadt wüteten.
„Wie geht es deiner Frau, Dave, alles in Ordnung?", fragte er fürsorglich, und er meinte es auch so.
„Danke, alles in Ordnung. Ich habe sie mit der Kleinen zu

meinen Eltern aufs Land geschickt. Sicher ist sicher, wer weiß, was noch kommt".

„Ja, du hast richtig gehandelt", gab er ihm Recht, dann stand er auf und verließ das Büro.

Als er auf den Flur trat, hasteten einige Männer aufgeregt an ihm vorbei, doch er beachtete sie gar nicht. Seine Gedanken waren ganz wo anders. Er hatte sich erhofft, dass man an der Leiche des Mädchens Spuren des Mörders fand oder man konnte die Eltern, insbesondere den Vater fragen, ob er etwas wusste. Aber alles löste sich im wahrsten Sinne des Wortes in Luft auf. Er war verzweifelt. Schon sieben Frauen sind dem wahnsinnigen Mörder zum Opfer gefallen, ohne dass sie einen Anhaltspunkt, geschweige denn eine Spur hatten. Sicher, jetzt war gerade etwas anderes in den Vordergrund getreten. Dieses schreckliche Naturereignis überschattete alles und er wusste es, aber trotzdem. Gegen diese Katastrophe, und es war zweifelsohne eine, konnte er nichts mehr machen, sie war geschehen. Auch konnte er gegen die Brände nicht helfen oder die Verwüstungen nicht beseitigen, aber eines konnte er; den Mörder fangen und ihn seiner gerechten Strafe übergeben.

Er ging in sein Büro zurück und trat ans Fenster. Von hier aus konnte er auch die Brände sehen, die in seiner geliebten Stadt wüteten.

So eine verdammte Scheiße, dachte er und ballte seine Hand zu einer Faust.

Er war verzweifelt und …

… er musste wieder von vorne anfangen.

Alles was er in den vergangenen Wochen an Beweisen gesammelt hatte, war jetzt wertlos. Ein Verbrechen ist wie ein kleines Puzzle. Stück für Stück muss aneinander gefügt werden, bis man einen Überblick bekommt und sich dann ein Bild machen kann. Wenn man erst einmal angefangen hat, würde sich das eine oder andere von alleine ergeben.

Wie auch bei diesem Verbrechen.

Was wusste er von dem Mörder?

Er war männlich, zwischen 20 und maximal 40 Jahre und er hatte ein Problem: er war verrückt. Wer sonst würde so pervers sein, den Opfern ein Körperteil abzutrennen und dann mitzunehmen?

Ja, auf jeden Fall hatte er eine Macke, das war klar, aber was war sonst noch so besonders?

Nichts, dachte er.

Auf diese Beschreibung hin hatten sie alle Sexual- und Triebtäter vernommen, denen sie habhaft werden konnten. Leider erwiesen sich aber alle Untersuchungen als nicht sehr ergiebig und schlussendlich mussten sie erkennen, dass kein einziger von denen für die Morde verantwortlich gemacht werden konnte. Gut, alle hatten sie noch nicht überprüft, aber er glaubte nicht mehr daran, dass sie noch einen Tatverdächtigen finden würden.

Er musste sich eingestehen, dass fast die Hälfte der männlichen Bevölkerung in Frage kam, ein potenzieller Mörder zu sein, er mit eingeschlossen.

Er dachte wieder an den Vergleich mit dem Puzzle.

So wie es jetzt aussah, fehlte ein wichtiges Teil. Ohne dies würde das Puzzle nie vollständig sein, also auch nie vollendet werden, und das wusste er.

Er hatte jetzt zwei Möglichkeiten.

Erstens, er würde neue Untersuchungen anstellen und sich alle Akten der Mordfälle noch einmal genauer anschauen. Vielleicht hatte er ja etwas Bestimmtes, eine Kleinigkeit oder etwas Unbedeutendes übersehen, das wäre ja doch möglich gewesen.

Oder zweitens, er wartete einfach ab. Wartete und legte das Puzzle auf die Seite, bis er das Puzzlestück fand, das er zur Vervollständigung noch benötigte.

Glück und Zufall, nannte man das.

Er glaubte nicht daran, aber was blieb ihm denn anderes übrig, als darauf zu hoffen.

Was?

In Gedanken wünschte er sich, dass der Mörder einen Fehler machen würde. Gordon war es egal, was für einen, Hauptsache, er konnte die Ermittlungen in eine neue Richtung lenken, damit sie ihn dort vielleicht ergreifen konnten. Aber Gordon glaubte nicht daran. Der Ripper war gerissen und clever, so einfach würde er es ihm nicht machen und das wusste er.

Sein Blick fiel wieder auf die Stadt und als er über die Häuser streifte, klopfte es plötzlich an seine Tür.

Noch wusste er nicht, dass es das Glück, der Zufall war, welcher gerade anklopfte und …
… es dauerte auch, bis er es akzeptierte.

KAPITEL III

VERGANGENHEIT

1.

Sie wohnte nicht weit von ihm entfernt.
Bevor er das Haus verlassen hatte, hatte die Stimme ihn aufgefordert, das Kostüm wieder anzuziehen. Er wusste nicht, warum er das immer wieder tun musste, aber wenn es sie so wollte, machte er es eben. Nur einmal hatte er gefragt, kurz nach Phoebes Tod, als die Stimme ihm befahl, er solle sich so ein Kostüm kaufen.
Als er es sich dann angezogen hatte, kam er sich reichlich dumm und blöd darin vor, doch der Stimme gefiel es.
„Ja, das ist genau richtig", meinte sie, „so gefällst du mir".
Er schüttelte den Kopf.
„Nein, ich sehe bescheuert aus".
Er wollte es sich gerade wieder ausziehen, als die Stimme ihn wieder einmal anschrie.
„Lass es an, sofort".
„Aber warum, sag es mir?", bat er.
„Weil du wie ein Harlekin bist. Du bist flink und gewandt und ein Meister der Täuschung. Du hast die dämonischen und teuflischen Züge, die Verderbtheit und die fratzenhafte Statur eines wilden Jägers. Du bist trickreich und verschlagen. Das alles, mein Freund, das alles ist vereint in deiner menschlichen Gestalt".
„Ist das wahr?", fragte er interessiert.
„Ja, das alles bist du".
Dennoch kamen ihm Zweifel.
„Aber sie werden mich auslachen, wenn ich so auf die Straße gehe. Ich werde die Leute auf mich aufmerksam machen, das ist doch nicht gut, oder?", fragte er erneut.
„Nein, es wird keinen interessieren. Außerdem bist du geschützt. Glaube mir, mit dem Kostüm ist es so, wie mit einer Tarnkappe. Sobald du es angezogen hast, wirst du unsichtbar werden, es wird dich keiner erkennen", meinte die Stimme.
„Meinst du wirklich?".
„Ja, es ist wie Magie".
Er glaubte es und die Stimme hatte immer Recht.
Bis heute hatte sie ihn beschützt und ihn umsorgt, also warum sollte sie ihm so einen Unsinn erzählen.

Also zog er das Kostüm an und ging damit morden.
Nein, morden wollte er es nicht nennen.
Er holte sich nur das, was ihm die Stimme aufgetragen hatte. Nur das, was er benötigte, um seine Liebste endlich und für immer in die Arme schließen zu können.
Er machte sich fertig, zog seine Maske auf und holte dann das Messer. Jedes Mal, wenn es auf die Jagd ging, schaute er es sich genau an. Irgendetwas zog ihn magisch an, warum, wusste er nicht, aber es war so. Heute jedoch musste er sich beeilen, die Stimme hatte es ihm gesagt, also ließ er es unaufgeregt in seine Tasche verschwinden. Bevor er ging, schaute er noch einmal zu seiner Geliebten hinein.
Sie war wunderschön, aber eben noch nicht vollkommen.
„Nur noch eine Weile", sagte er leise und warf ihr einen Kuss zu.
„Heute bringe ich dir wieder ein Geschenk und dann dauert es nicht mehr lange", sagte er lachend, dann verließ er das Haus.
Er ging die Treppe hinauf und war kurze Zeit später auf der Straße angelangt, dann folgte er ihr. Als er auf dem Gehweg lief, kamen ihm jede Menge Leute entgegen. Alte Menschen, junge und auch Kinder, doch keiner beachtete ihn. Nur ein kleines Mädchen sagte etwas wie: „Schau Mama, ist das ein Clown?", aber die Mutter, die mit dem Mädchen ging, beantwortete ihr die Frage nicht, sondern sagte nur: „Ja ja, jetzt komm", dann gingen sie an ihm vorbei.
Die Stimme hatte Recht gehabt.
Es war wie eine Tarnkappe, ein Zaubermantel, der ihn unsichtbar machte und schützte.
Frohgelaunt und pfeifend ging er weiter, bis er zu der Adresse kam, wo diese Frau lebte. Sie hatte die Ehre, auserwählt worden zu sein.
Er klingelte an der Tür und kurze Zeit später machte ihm eine junge Frau auf.
„Ja, bitte?", fragte sie.
„Sind sie alleine zu Hause?", wollte er wissen und kam gleich zur Sache.
„Wie bitte?", fragte sie entgeistert.
„Ganz einfach, ist ihr Mann oder sonst jemand hier?".
„Ich verstehe nicht. Wollen sie zu meinem Mann?", fragte sie

erneut.

„Ja", antwortete er kurz.

„Nein, er ist noch in der Arbeit", sagte sie und unterschrieb damit ihr Todesurteil.

„Gut", sagte er dämonisch, dann schnellte er nach vorne und stieß sie in die Wohnung hinein.

Sie schrie kurz überrascht auf, dann flüchtete sie.

Er ging in die Wohnung hinein, schloss ruhig die Tür hinter sich zu und machte sich dann an die Verfolgung.

„Wo sind sie?", fragte er säuselnd, dann holte er sein Messer vor.

2.

Sie blieb viel länger, als er angenommen hatte.

Erst hatte er gedacht, alles würde innerhalb einer Stunde besprochen sein, aber nun war sie schon fast zwei Stunden bei ihm und redete immer noch auf ihn ein.

Als sie wieder etwas Neues wusste, gebiet er ihr Einhalt.

„Mrs. Robertson, entschuldigen sie bitte, aber ich habe nachher noch einen Termin", log er notgedrungen, obwohl es eigentlich stimmte.

Fast stimmte.

Er hatte einen Termin mit der Vergangenheit.

Sie schaute ihn betroffen an.

„Oh, Verzeihung, ich wusste nicht. Also ich denke, die Hauptsache haben wir ja besprochen, die anderen winzigen Kleinigkeiten werde ich selbst erledigen. Ist es ihnen so Recht?".

„Aber gerne", sagte er und nickte, „wenn ich sie jetzt bitten dürfte".

Er stand einfach auf und in diesem Augenblick wusste er, dass er ziemlich unhöflich war, aber er hatte nun keine Zeit mehr.

„Ja, natürlich" antwortete sie.

Sie stand auf und ging aus dem Zimmer.

Er begleitete sie und führte sie zu dem Ausgang. Sie wollte gerade gehen, als sie sich noch einmal zu ihm wandte.

„Geht es ihnen gut, Pater, ist alles in Ordnung? Entschuldigen sie bitte, sie sehen so, wie soll ich sagen, aufgekratzt und nervös aus.

Haben sie Schwierigkeiten?", fragte sie und war mehr neugierig, als fürsorglich.

„Aber Mrs. Robertson, was sollte denn ein Pater für Schwierigkeiten haben", antwortete er lachend.

Sie lachte nun auch.

„Was bin ich nur dumm. Ich lasse sie jetzt alleine. Vielen Dank noch einmal für ihre Zeit und ihr Einverständnis zur Abhaltung des Wohltätigkeitsbasares. Die Kinder werden es ihnen danken", sagte sie und diesmal meinte sie es auch so.

Er nickte nur.

Sie kehrte ihm den Rücken zu und ging dann zur Tür hinaus, ohne sich weiter von ihm zu verabschieden.

Kaum war sie auf der Eingangstreppe, schloss er die Tür hinter ihr. Er lehnte sich daran und schloss die Augen, dann atmete er erleichtert auf.

„Danke, Gott", sagte er leise, bevor er die Augen wieder öffnete. Er schloss die Tür ab, dann ging er schnellen Schrittes wieder in sein Arbeitszimmer zurück und holte die Kassette aus seinem Schreibtisch. Er stellte sie auf den Tisch und holte die Briefe wieder hervor.

Zwei Briefe hatte er nun ausführlich gelesen. So Gott will, würde er jetzt die anderen in Ruhe lesen können.

Er nahm sich den dritten Brief und las ihn sich leise durch.

Jerusalem, 22. Juli, im Jahre des Herrn 1099

Ich hatte kurz nach meinem Besuch bei dem Rabbi eine Audienz bei meinem König. Ich schilderte ihm die schrecklichen und unbeschreiblichen Zerstörungen, denen ich begegnet bin und bat um die Erlaubnis, jeden Soldaten für die Instandsetzung und Reparatur der Schäden einzusetzen. Er war nicht abgeneigt, aber sonderlich entzückt schien er auch nicht zu sein. Zuviel Sarazenen hielten sich noch in Jerusalem auf, auch waren nicht alle Kämpfe in der Stadt ausgefochten. Im Osten hielten sich noch kleinere Verbände der Muslime auf, sie mussten erst bekämpft und vernichtet werden, erst dann könne man an einen Aufbau denken, teilte er mir mit. Dennoch gab er mir die Erlaubnis, mit meinen Männern und zumindest nur in meinem Bezirk damit zu beginnen. Ich war dankbar für diesen Auftrag, konnte ich so doch etwas für die leidgeprüfte Bevölkerung tun. Auch hoffe ich, dass sie den

Glauben an uns durch diese edle Tat wieder finden werden.
Ich verließ meinen König und gab, nachdem ich wieder in meinem Heim angelangt war, sofortige Instruktionen, mit dem Aufbau zu beginnen.
Die Zeit der Kämpfe war vorbei, der Frieden sollte einkehren.
Ich war so mit dem Aufbau beschäftigt, dass ich vergaß, den Rabbi zu besuchen. Als ich mich wieder entsann, kam er mir zuvor. Ein Wächter kam in mein Arbeitszimmer und erklärte mir, dass ein Shimon Meir mich sprechen wollte. Ich gab ihm Anweisung, den Rabbi in mein Gemach zu führen und ihn zu bitten, dort auf mich zu warten.
Geraume Zeit später hatte ich meine Anweisungen an meine Leute erledigt, sodass ich mich voll auf Rabbi Meir konzentrieren konnte. Ich ging in mein Gemach und als er mich erblickte, sah er mich besorgt an.
Ich fragte ihn, ob ihn etwas bedrückte und er …
… nickte mit dem Kopf.
„Ja, Herr", sagte er nur.
„Dann sag es", forderte de Clerk ihn auf.
„Es ist nicht leicht, es euch zu sagen, aber ihr müsst es wissen", meinte er plötzlich.
„Gibt es Schwierigkeiten mit dem Aufbau?", fragte er.
„Nein, Herr, es ist alles zu unserer Zufriedenheit, dank Gott und eurer Hilfe", antwortete er, dann fügte er noch hinzu, „es ist wegen den Schriftrollen".
De Clerk schaute ihn neugierig an.
„Was?", fragte er nur kurz.
„Es ist nicht einfach, aber ich, ich glaube, dass …", sagte er und hörte mitten im Satz auf.
„So sprecht doch endlich", sagte de Clerk etwas erzürnt.
„Ja, Herr".
Meir kam auf ihn zu und übergab ihm die Schriftrollen, dann holte er aus seinem Leinenbeutel ebenfalls drei Briefe heraus, die zusammengerollt waren und jeweils mit einer kleinen Schnur umschlossen waren.
„Das ist die Übersetzung, nach der ihr gebetet habt", sagte er und überreichte sie ihm.
„Und, was könnt ihr mir sagen, mein Freund. So wie es aussieht, habt ihr es übersetzen können, nicht wahr?".
De Clerk nahm auf einen Stuhl Platz und legte die Rollen auf den Tisch, dann nahm er die erste und löste die Schnur. Er entrollte sie

und wollte gerade anfangen zu lesen, als der Rabbi unerwartet aufschrie:

„Haltet ein, mein Herr, wartet noch einen Moment".

De Clerk zuckte zusammen.

„In Gottes Namen, was habt ihr denn nur? Warum tut ihr so geheimnisvoll?".

Erst jetzt sah er, dass der Rabbi schwitzte und völlig verworren aussah. So hatte er ihn noch nie gesehen.

„So beruhigt euch doch endlich, euch wird nichts geschehen", teilte er ihm mit.

Meir nickte.

„Herr, bevor ihr es lest, überlegt euch, ob ihr es überhaupt wissen wollt? Manchmal gibt es Dinge, die nicht gut sind und die verschlossen bleiben sollten", sagte er geheimnisvoll, dann kam er auf ihn zu und nahm seine Hand.

„Herr, lasst es und lest es nicht. Es ist schlimm genug, dass ich es weiß", sagte er, dann kniete er sich vor ihm nieder.

„Es ist böse und niederträchtig, so voller Abscheu und Ekel, sodass ich nicht weiß, wie ich mit dieser Erkenntnis noch weiter leben kann. Ich flehe euch an, Herr, belastet eure Seele nicht mit diesem Teufelswerk".

Er fing an zu weinen.

De Clerk schaute ihn mitleidig an, dann löste er seine Hand vom Rabbi und half ihm auf.

„Mein guter Freund, was ist nur mit euch los? So kenne ich euch gar nicht".

Er schaute ihm eindringlich in die Augen.

„Jetzt sagt mir, was euch solche Angst bereitet".

Meir sagte nichts, sondern zeigte auf die Schriftrollen.

De Clerk schaute ebenfalls auf die Rollen, dann nahm er die schon halb geöffnete und entrollte sie vollends.

„Nun will ich es wissen", sagte er nur.

Plötzlich fing der Rabbi an zu beten:

„Gott der Allmächtige, verzeihe uns armen Sündern und bestrafe diejenigen, die an dir zweifeln".

De Clerk fing gerade an zu lesen, als plötzlich ein Soldat in sein Gemach kam.

„Mein Herr, der König schickt mich. Die Kämpfe im Osten

weiten sich aus, es wird nach euch verlangt", sagte er besorgt.
De Clerk nahm die Schriftrolle und legte sie zu den anderen, dann stand er auf und ging zu ihm hin.
„Sag dem König, meine Männer werden sofort aufbrechen. Sag ihm, Ritter de Clerk wird ihm zu Hilfe kommen".
Der Soldat verbeugte sich und ging, ohne sich zu verabschieden.
De Clerk drehte sich zu Meir um und schaute ihn bemitleidenswert an.
„Es tut mir Leid für dich, guter Freund, aber wir müssen ein anderes Mal unsere Unterhaltung fortsetzen. Geht jetzt heim und bringt euch in Sicherheit, solange es noch hell ist".
Er drehte sich um und wollte gerade gehen, als der Rabbi zum wiederholten Male seine Hand packte.
„Ich beschwöre euch, mein Herr, verbrennt sie, bevor es Schaden nehmen kann. In Gottes Namen, vernichtet sie", sagte er und verließ das Gemach.
De Clerk schaute ihm noch nach, wie er das Zimmer verließ, dann fiel sein Blick noch einmal auf die Schriftrollen.
Was steht da nur drin? dachte er, dann lenkte er seinen Blick auf das geöffnete Fenster.
Undeutlich konnte er Schlachtenlärm hören und auf einmal fiel ihm wieder der Befehl ...

... meines Königs ein. Ich verließ mein Gemach und rief nach meinen Kriegern. Schnell hatte ich meine Befehle erteilt und schickte nach Cedric, der kurze Zeit später zu mir kam. Ich erteilte ihm den Auftrag, mein Pferd zu satteln und alles bereit zu stellen, damit ich in den Kampf ziehen konnte. So Gott will, wird heute Nacht der letzte Kampf gefochten sein und endlich Frieden einkehren. Ich bat um Gottes Gnade und um seinen Schutz, dann ging ich und machte mich bereit.

Der Brief endete hier. Er legte ihn zu den anderen beiden und dachte dann einen Moment nach.
Ihr macht mir keine Sorgen, aber die anderen.
Er wusste, dass diese ersten Briefe nur die Einleitung, der Auftakt zu einer Geschichte war, die vielleicht eine wahre Begebenheit schilderte.
Und davor grauste es ihm.
Wenn es stimmte, wäre die christliche Lehre, ja, das ganze

Christentum auf einer Lüge, einer Täuschung aufgebaut. Dies würde der Untergang seiner Religion bedeuten, da war er sich sicher. Alles, seit dem er sich dem Glauben verschworen hatte, würde sich von heute auf morgen als Fälschung und als Trugschluss erweisen.
Auf einmal wurde ihm übel.
Was sollte er nun tun?
Er hatte verschiedene Möglichkeiten. Er könnte alles vernichten, so wie es der Rabbi Shimon Meir dem Ritter de Clerk vorgeschlagen hatte, nein, ihn angefleht hatte. Ja, er könnte das tun, aber diese Aufzeichnungen waren von einem unbezahlbaren und geschichtlichen Wert, auch wenn es bedeutete, dass der christliche Glaube damit sein Ende fand.
Die andere Möglichkeit war, er ging damit an die Öffentlichkeit. Natürlich erst dann, wenn die Echtheit der Schriftrollen von Fachleuten untersucht worden war. Auch mussten Ärzte die Dokumente lesen, damit sie sich ein Urteil bilden und einen Krankenbericht schreiben konnten. Das war notwendig, denn nur so, dachte er, könnte seine Religion überhaupt noch weiter existieren. Alles andere würde, wie er es schon einmal gedacht hatte, das Ende sein.
Bevor er eine Entscheidung treffen konnte, musste er sich aber erst noch die anderen Briefe anschauen, die die Übersetzungen der drei Schriftrollen waren. Sie enthielten das, was ihm Angst machte.
Mit zittrigen Händen nahm er die erste Übersetzung in seine Hand und wollte gerade anfangen zu lesen, als es plötzlich unten an der Tür klingelte.
„Verdammt noch mal", fluchte er und erschrak. Sofort wurde es ihm bewusst, doch da war es schon zu spät.
„Das bringt mich noch um den Verstand", sagte er leise, dann legte er das Schriftstück wieder zurück.
Er ging nach unten und schloss die Tür auf, dann machte er auf. Malcolm Scotts, ein Kirchenratsmitglied, stand grinsend vor seiner Tür.
„Hallo Pater Lacombe", begrüßte er ihn freundlich.
„Mr. Scotts, was führt sie hierher?", fragte er ein wenig gereizt.
Scotts sah ihn überrascht an.
„Der Bittgottesdienst heute Abend?".

Lacombe schlug sich mit der flachen Hand auf die Stirn.
Natürlich, der Bittgottesdienst, dachte er, *den habe ich total vergessen.*
„Ja, kommen sie rein", sagte er und trat zur Seite.
Scotts ging hinein und stellte sich neben ihn, dann schaute er den Pfarrer an.
„Geht es ihnen nicht gut?", fragte er besorgt.
„Doch doch, alles in Ordnung. Ich bin nur etwas überarbeitet. Mrs. Robertson war heute auch schon da und dann noch die Arbeiten im Keller. Sie wissen ja, wenn etwas kommt, dann gleich alles auf einmal", versuchte er zu erklären.
„Ich verstehe, Mrs. Robertson ist eine nette Frau, aber sie kann einen schon auf Trab halten, wenn sie sich etwas in den Kopf gesetzt hat", meinte Scotts und lachte.
„Sie haben Recht. Gut, dann lassen sie uns anfangen, viel Zeit haben wir nicht mehr, oder?".
„Nun ich denke, wenn wir uns beeilen, haben wir die Andacht in ein paar Stunden geschrieben. Also noch rechtzeitig, bevor der Gottesdienst beginnt".
Lacombe nickte.
„Dann lassen sie uns anfangen", meinte er und führte Scotts in sein Arbeitszimmer.
Als sie dort ankamen, sah Malcolm die Schriftrollen und nahm eine davon neugierig in die Hand.
„Was haben sie da?", fragte er.
Lacombe zuckte zusammen.
„Nichts Besonderes", log er und nahm Scotts die Schriftrolle wieder aus der Hand. Er nahm die Briefe und die restlichen Papiere und legte sie alle zurück in die Kassette, dann stellte er sie in seinen Schrank und verschloss ihn.
„Wirklich nichts Besonderes", wiederholte er.
Sekunden später fingen sie an, die Andacht zu schreiben.

3.

Er erwachte aus der Lethargie, die ihn in den letzten Minuten gefangen gehalten hatte.
Gordon hatte das Klopfen ganz weit entfernt in seinen Ohren gehört, aber nicht wirklich registriert, erst als es ein zweites Mal

klopfte, diesmal etwas lauter, drangen die Laute endgültig zu ihm hindurch.

„Ja", schrie er.

Ein Polizeibeamter stand an der Tür und sprach ihn an.

„Inspektor Strachan, eine Frau möchte sie sprechen".

„Ich habe keine Zeit", sagte er nur, ohne sich umzudrehen.

„Aber sie meint, sie könnte ihnen helfen".

„Sie soll morgen wieder kommen", sagte er gereizt.

Der Polizeibeamte kam jetzt ganz herein und trat neben ihn.

„Sie ist wegen dem Ripper hier", sagte er leise.

Plötzlich drehte er sich um und schaute ihn entgeistert an.

„Sie soll sofort hereinkommen, schnell, holen sie sie", sagte er und schickte ihn hinaus.

War sie vielleicht das Puzzleteil, nachdem er so dringend gesucht hatte?

„Sie können jetzt hinein", hörte er den Polizeibeamten leise sagen.

Bange Sekunden vergingen, dann kam eine Frau zu ihm in sein Büro hinein. Sie war hübsch, hatte blondes Haar und eine verdammt gute Figur. Er schätzte sie vielleicht auf 30, allerhöchstens 35 Jahre und sie sah sehr attraktiv aus.

Er ging auf sie zu und reichte ihr seine Hand.

„Mein Name ist Inspektor Strachan, Gordon Strachan", begrüßte er sie.

„Laura Finnigan", antwortete sie und drückte seine Hand.

Er führte sie an seinen Schreibtisch und bat sie, sich zu setzen.

„Bitte, nehmen sie Platz. Darf ich ihnen etwas bringen. Kaffee oder einen Tee vielleicht, oder möchten sie ein Wasser oder eine Cola haben", fragte er sie aufgeregt.

Sie schüttelte den Kopf.

„Nein Danke", antwortete sie und setzte sich bequem auf den Stuhl zurecht.

„Gut", antwortete Gordon und ging um sie herum, dann nahm er hinter dem Schreibtisch auf seinem Sessel Platz.

„Mein Kollege hat gesagt, dass sie etwas über den Ripper wissen".

Er kam gleich zur Sache, das imponierte ihr.

„Ja, ich habe ihn gesehen", antwortete sie.

Gordons Augen weiteten sich.
In Gedanken spielte er das Szenario durch. Er hatte endlich eine Zeugin gefunden, die den Ripper gesehen hatte. Bald würden sie eine Phantomzeichnung haben, damit der Schrecken endlich ein Gesicht bekam, dann würden sie nach und nach die Mechanismen einer Fahndung in Gang setzen. Schnell, so hoffte er, würden sie erste Hinweise aus der Bevölkerung erlangen. Sie würden diesen nachgehen und die Schlinge würde sich enger und enger ziehen, solange, bis sie ihn da hatten, wo er ihnen nicht mehr entwischen konnte.

„Warten sie", sagte er nur, dann nahm er den Hörer ab und tippte eine Nummer auf der Wähltaste ein.

„Einen kleinen Moment noch", meinte er und hob ihr einen Finger zu.

Sie wusste nicht, was er meinte, blieb aber ruhig sitzen.

„Ja, hier Strachan. Du, Phil, wie heißt dieser Phantomzeichner, der letzte Woche den Kollegen von der Vierten geholfen hatte, der so genau und detailliert zeichnen kann?".

Er wartete einige Sekunden, dann sprach er weiter.

„Ja, genau der. Stanley, der soll sofort hier runterkommen".

Er machte wieder eine Pause, dann schüttelte er den Kopf.

„Nein, sofort, ich brauche ihn hier dringend. Sag ihm das".

Er legte auf und atmete tief durch.

„Der Phantomzeichner wird gleich hier sein", sagte er erleichtert.

„Mrs. Finnigan, Laura, ich darf doch Laura sagen?", fragte er.

Sie nickte.

„Aber natürlich, Inspektor".

„Schön, wo haben sie ihn gesehen?", fragte er aufgeregt und nahm seinen Notizblock und seinen Kugelschreiber zur Hand.

Da waren sie nun, diese Fragen, dachte sie, *hoffentlich glaubt er mir*.

Sie faltete ihre Hände und atmete tief durch.

„Bei mir zu Hause", antwortete sie.

Gordon sah sie erstaunt an.

„Sind sie sicher?", hakte er nach.

Nein, sicher war sie sich nicht, aber sie wusste, dass dieser Mann in dem Harlekinkostüm, als sie kurz eine Vision hatte, etwas mit dem Morden zu tun hatte. Dann war ja auch noch die Stimme, die sie bedrohte und warnte. Das alles sprach dafür, dass er es wahrscheinlich war, aber wie sollte sie dem Inspektor das alles erzählen, ohne dass er sie für verrückt erklärte.

Plötzlich kamen ihr Bedenken und für einen Moment verfluchte sie sich, überhaupt hergekommen zu sein. Ihr fielen auf einmal wieder die vielen Beschimpfungen ein, die sie sich schon so oft hatte anhören lassen müssen und die sie so schmerzlich trafen. Sie hatte noch Zeit. Sie konnte einfach aufstehen und gehen, sagen, dass sie sich getäuscht hatte und sich für das Versehen entschuldigen.

Gordon unterbrach sie in ihren Gedanken.

„Laura, sind sie sich da ganz sicher?", wiederholte er.

Nochmals atmete sie kräftig durch.

„Ja, da bin ich mir sicher", sagte sie bestimmt und jetzt wollte sie reden, auch wenn er es nicht verstehen würde.

„Ja, ganz sicher".

„Dann erzählen sie mal".

„Es war heute Morgen", sagte sie, „da habe ich ihn genau gesehen. Er hatte ein Kostüm an, das wie ein Harlekin aussah und er trug eine Maske. Als er sie abnahm, sah ich sein vernarbtes Gesicht, dass mehr wie eine Fratze aussah, dann verschwand er wieder".

Er murmelte etwas, während er sich alles notierte, dann als er fertig war, blickte er sie an.

„Hat er sie angegriffen oder verletzt?", fragte er.

„Nein, das konnte er nicht", antwortete sie und schüttelte den Kopf.

„Sie konnten fliehen, oder?", meinte er und schrieb weiter.

„Nein, sie verstehen nicht. Er konnte mich nicht verletzen, denn ich war nie in Gefahr".

Nein, er verstand nicht.

Fragend schaute er sie an.

„Was genau ist passiert?".

„Nichts", antwortete sie, „ich habe ihn nur kurz gesehen, dann verschwand er wieder".

„In ihrer Wohnung", bestätigte er.

„Ja, aber nochmals, ich habe ihn nur flüchtig gesehen, nichts weiter. Für ein paar Sekunden habe ich in sein Gesicht geblickt, dann war es auch schon vorbei", meinte sie und lehnte sich auf

ihren Stuhl zurück.
„Laura, ich verstehe nicht ganz, was sie mir sagen wollen. Was war dann vorbei?".
Sie musste mit der ganzen Wahrheit herausrücken, sonst machte die ganze Unterredung keinen Sinn.
„Warten sie einen Moment", bat sie ihn, dann kramte sie in ihrer Handtasche.
Sie holte ihre Visitenkarte heraus und reichte sie ihm.
„Hier, lesen sie, dann können wir weiter reden".
Er nahm sie entgegen.

Laura Finnigan
Medium
Hellseherin
Mittlerin

Als er die wenigen Zeilen las, erschrak er. Was um alles in der Welt sollte das?
Er blickte sie ernsthaft an.
„Ich verstehe nicht, was bedeutet das, Laura?", fragte er und wies auf die Karte.
„Nun", sagte sie, „in der Nacht hatte ich eine Seánce mit einer meiner Kundin, die ihren verstorbenen Freund noch einmal etwas fragen wollte. Nachdem ich den Auftrag erledigen konnte, hatte ich noch ein Gespräch mit einem erst vor kurzem verstorbenen Mädchen, das mir aufgetragen hatte, sie zu besuchen und ihnen mitzuteilen, dass es noch nicht zu Ende ist. Als ich aus dem Reich der Toten zurückgekehrt war, hatte ich eine kurze Vision und habe dort dann den Mann gesehen".
Sie war erleichtert.
Gordon starrte sie fassungslos an.
Er wusste nicht, was er sagen sollte. Ihm kam das alles wie eine Farce, ein böses Spiel vor.
„Das ist ein Witz, oder?", meinte er und fing an zu lachen. „Sie wollen mich auf den Arm nehmen, nicht wahr?"
„Nein", antwortete sie und schüttelte den Kopf, „genauso ist es gewesen".
Als er die Antwort gehört hatte, lehnte er sich in seinen Sessel

zurück und war für Sekunden sprachlos. Vor ein paar Minuten noch, war er hoffnungsvoll gestimmt, hatte in Gedanken den Mörder schon gefasst, aber nun? Alles brach wie ein wackeliges Kartenhaus in sich zusammen und die Chance, den Mörder zu fangen, war wieder so weit weg, wie schon vor der Unterredung. Er stand enttäuscht auf und ging an das Fenster, dann schaute er wieder auf die Silhouette von London.
Laura saß immer noch auf ihrem Stuhl und wusste nicht, was sie sagen sollte. Sie hatte diese Situationen schon dutzendfach erlebt, hatte die Enttäuschung in sich gespürt und jedes Mal fühlte es sich scheußlich und schmerzhaft an. Wieder einmal bewahrheiteten sich ihre Befürchtungen, dass man ihr nicht glaubte. Ja, man hielt sie schlimmstenfalls für verrückt und bestenfalls für eine Spinnerin, die besser in einer geschlossenen Abteilung der Psychiatrie aufgehoben wäre, als frei herumzulaufen und solch einen Blödsinn zu erzählen.
Nun stand auch sie auf.
„Inspektor, ich werde jetzt wohl besser gehen", sagte sie, „sollten sie mich noch benötigen, dann wissen sie ja, wo sie mich finden".
Sie drehte sich um und war gerade im Begriff zu gehen, als sie ihn plötzlich hörte:
„Wie können sie es wagen, mir so einen Unsinn zu erzählen. Wissen sie nicht, das es strafbar ist, der Polizei falsche Informationen mitzuteilen", brüllte er sie erbost an.
Sie sagte nichts, sondern ging weiter auf die Tür zu.
Er drehte sich vom Fenster weg.
„Halt, bleiben sie sofort hier", schrie er sie an.
Sie blieb stehen und drehte sich zu ihm um. Sie konnte ihn eigentlich verstehen. Nicht viele, eigentlich fast keiner, glaubte ihr, warum sollte er eine Ausnahme sein.
„Was erlauben sie sich eigentlich, hä? Während ich hier meine Zeit mit ihrem Scheißdreck vergeude, läuft der Mörder weiterhin da draußen herum. Vielleicht tötet er gerade in diesem Moment eine weitere Frau und verstümmelt sie, sowie die anderen. Haben sie das gewollt? Ich frage sie, sind sie so pervers und wollen sie uns davon abhalten, den Mörder zu fangen?".
Er redete sich in Rage, sein Kopf schwoll rot an und fast hätte er sie tätlich angegriffen, doch er konnte sich gerade noch

beherrschen.
Sie schaute ihn mitleidig und demutsvoll an.
„Ich verstehe sie, Inspektor, aber es ist die Wahrheit".
„Humbug", schrie er und sie zuckte zusammen.
„Was sind sie nur für eine bemitleidenswerte Person, sie Mauerblümchen, sie. Wahrscheinlich wollten sie nur einmal in ihrem verdammten Leben im Mittelpunkt stehen, nicht wahr, sonst hätten sie sich so eine Geschichte nicht ausgedacht. Hab ich nicht Recht?".
Jetzt hatte sie genug. Dass er kein Verständnis hatte, war das eine, aber beleidigen lassen musste sie sich dennoch nicht.
„Inspektor, sie kennen mich nicht, also passen sie auf, bevor sie sich ein Bild von einem Menschen machen, insbesondere dann, wenn diejenige ihnen helfen will", meinte sie und diesmal wurde auch sie lauter.
Er schlug seine Faust auf den Tisch.
„Auf ihre Hilfe kann ich verzichten", sagte er, dann kam er auf sie zu. Er packte sie an ihrem Arm und zerrte sie in Richtung Tür. Seine Hand umklammerte ihren Arm fest und hart, und schmerzhaft bohrten sich seine Finger in ihr Fleisch.
„Sie tun mir weh", schrie sie ihn an, während sie gleichzeitig versuchte, sich von ihm zu lösen. Sie nahm ihre Hand und führte sie an die seine, um sich aus dem Griff zu befreien, da passierte es. Genau in dem Bruchteil der Sekunde, als ihre Finger seine Haut berührte, war sie schon auf einer neuerlichen Reise in das Reich der Toten. Sie schwebte wieder einmal in den wolkenlosen Himmel, flog an den schattenhaften Gestalten der ruhelosen Toten vorbei, bis sie plötzlich stoppte. Vor ihr erschien auf einmal ein kleines Mädchen, das sie strahlend anblickte.
Laura bückte sich zu ihr nieder.
„Hallo, meine Kleine", begrüßte Laura sie freundlich.
„Hallo", antwortete sie, dann sprang sie weg.
Laura sah ihr nach und beobachtete, wie aus der Ferne ein Schatten auf sie zukam. Nach wenigen Sekunden erkannte Laura, dass es eine Frau war. Sie war hübsch und hatte braunes Haar. Das Mädchen lief zu ihr hin, dann zeigte es mit seiner Hand auf sie. Erst jetzt erkannte Laura mit Schrecken, dass das Kind keine Finger mehr hatte. Ihre Augen wurden feucht.

Oh mein Gott, dachte sie nur.
Was für ein armes Geschöpf. Was hatte sie nur getan, damit sie so leiden musste?, waren ihre Gedanken, dann kamen die zwei auf sie zu.
„Mama, schau, ein Engel", sagte das kleine Mädchen und zeigte auf Laura.
„Ja", sagte die Frau, „ja, sie ist ein Engel".
Laura wusste nicht, was sie sagen sollte. Sie hatte schon viele Erlebnisse im Reich der Toten erlebt, aber so emotional und berührend wie jetzt, war es noch nie gewesen.
Sie trat auf die Frau zu und plötzlich wusste Laura, wer sie war.
„Sie sind seine Frau, nicht wahr?", fragte sie, obwohl sie die Antwort schon wusste.
„Ja, mein Name ist Mellie Strachan und das ist unsere kleine Tochter Eve", sagte sie und lächelte.
„Was machen sie denn noch hier? Wollen sie nicht in das Licht gehen?", fragte sie neugierig.
„Ich weiß es nicht, irgendetwas hält mich noch hier, aber ich kann nicht sagen, warum. Es fühlt sich so an, als ob ich noch gebraucht werden würde", meinte sie und kam einen Schritt näher. Sie wollte Laura ihre Hand geben, doch mit ihrer Geisterhand konnte sie es nicht.
„Bitte sagen sie ihm, dass wir nicht böse auf ihn sind. Es war nicht seine Schuld, ja. Es war einfach Schicksal und er soll wieder glücklich werden. Bitte, können sie ihm das so sagen?".
„Ja, das werde ich", meinte Laura und nickte.
Plötzlich kam das Mädchen auf sie zu und schaute sie lächelnd an.
„Bitte sag meinem Papa, der Kuschelbär zu meinem Geburtstag war sehr schön. Aber ich habe ihn leider nicht hier. Kannst du ihn fragen, ob er ihn mir bringen kann?".
Laura bückte sich wieder zu ihr hinunter.
„Ich werde ihn fragen, dass verspreche ich dir, aber du musst jetzt mit deiner Mutter gehen. Dort wo du hingehst, da gibt es kleine und große Kuschelbären und noch viele andere Sachen, mit denen du spielen und kuscheln kannst, glaub mir. Es wird dir gefallen", sagte Laura und diesmal weinte sie ein wenig.
Sie erhob sich wieder und schaute Mellie an.
„Wird es wirklich so sein?", fragte sie.
Ohne zu zögern, antwortete Laura.

„Ja, das wird es".
Ja, Laura glaubte daran, weil sie es schon so oft gehört hatte. Jenseits dieses Lebens, jenseits dieser Schranke wird es ein Leben geben, das sorgenfrei und unbeschwert ist. Ja, sie glaubte daran und sie hoffte, dass das Licht bald bei ihnen war und sie aufnahm. Mellie nickte, dann nahm sie Eve an die Hand.
„Komm, mein kleiner Schatz, noch ist es nicht soweit, aber bald, werden wir zu deinem Kuschelbär gehen", sagte sie, dann verschwanden sie zusammen.
Sie blieb noch einige Sekunden, bis das Reich der Toten sie aufforderte, es wieder zu verlassen. Sie schwebte davon und war wenige Augenblicke später, in die Realität zurückgekehrt.
Es dauerte noch einen Moment, bis sie verstand, dass sie wieder unter den Lebenden war.
Und sie spürte sofort den Schmerz, den Gordon mit seiner Hand auf ihren Arm ausübte.
„Sie ungehobelter Klotz", schrie sie ihn an, „lassen sie mich sofort los".
Er hörte nicht auf sie, sondern schob sie weiter aus seinem Zimmer, bis er es geschafft hatte, sie auf den Flur zu ziehen, wo er von ihr ab ließ.
„Und jetzt machen sie, dass sie abhauen, bevor ich sie einsperren lasse".
Er blickte sie funkelnd an, dann drehte er sich von ihr weg und ging in sein Büro zurück. Laut krachend ließ er die Tür zufallen.
Sie nahm ihre Hand und knete die wunde Stelle, die sein eisenharter Griff an ihrem Arm verursacht hatte.
So ein grober Kerl, dachte sie, dann ging sie an seine Tür.
„Sie ist ihnen nicht böse", schrie sie ihm durch die geschlossene Tür zu. „Sie sagt, dass es ihr Job war und sie nichts dafür können. Es war Schicksal und sie sollen wieder glücklich werden".
Er vernahm zwar ihre Worte, glaubte ihr aber nicht. Sie wusste nichts von ihm, gar nichts. Weder wusste sie, ob er verheiratet war, noch ob er eine Familie hatte. Sie war eine Spinnerin, ja, das war sie und wahrscheinlich gehörte sie wirklich eingesperrt.
Er trat wieder an das Fenster und starrte zum wiederholten Male hinaus, dann hörte er sie erneut.
„Ich soll ihnen von Eve etwas ausrichten. Der Kuschelbär, denn

sie ihr zum Geburtstag schenkten, vermisst sie sehr und sie wünscht sich, dass sie ihn ihr bringen".
Sie lauschte, doch sie vernahm keinen Laut. Wie konnte sie auch, denn als Gordon diese Sätze hörte, begann er, hemmungslos zu weinen.
Erst wollte sie hineingehen, dann aber ließ sie es. Sie ging, weil sie dachte, es wäre besser so und in diesem Moment war es das richtige.
Sie ging aus dem Polizeirevier hinaus und konnte aus allen möglichen Himmelsrichtungen das Sirenengeheul der Feuerwehr hören, die unermüdlich versuchte, die unzähligen Brände zu löschen. In dieser Sekunde fühlte sie, dass ihnen das Schlimmste noch bevorstand.

4.

Die Wohnung war groß, womöglich 4 oder sogar 5 Zimmer, aber er würde sie bald finden, da war er sich sicher. Er holte sein Messer heraus und ging den Flur entlang. Links von ihm tat sich das erste Zimmer auf, dort würde er seine Suche beginnen. Er hatte keine Eile, dennoch wollte er es schnell hinter sich bringen. So unglaublich es sich nach den vielen Morden auch anhörte, die er schon begangen hatte, er hatte keinen Gefallen daran gefunden, diese Frauen zu töten. Aber er musste seine ihm gestellten Aufgaben erledigen, so schlimm und verabscheuungswürdig sie auch sein mochten.
Er ging in das Zimmer hinein, das Messer von sich gestreckt, und schaute nach links, doch er konnte sie dort nicht sehen. Also ging er wieder in den Flur zurück und ging in das andere Zimmer, das links von ihm lag. Es war das Wohnzimmer. Er ging langsam zur Couch und schaute dahinter, dann als er sie dort nicht fand, ging er zur Tür und schaute, ob sie sich vielleicht dahinter versteckt hatte. Aber auch hier konnte er sie nicht entdecken.
Sie war schlau, dachte er und ging abermals in den Flur. Ein weiteres Zimmer, die Küche, war sein nächstes Ziel. Bevor er die Tür aufmachte, hörte er plötzlich eine Stimme, die leise sprach:
„Bitte, schnell kommen sie sofort, ein Irrer ist hier und will mich umbringen".

Verdammt, dachte er, dann stieß er die Tür auf.
Er sah, wie sie hinter dem Küchentisch stand und ihn mit aufgerissenen Augen anstarrte, dann ließ sie vor Schreck das Handy fallen.
„Hallo", sagte er freundlich, obwohl er wusste, dass sie seine zuvorkommende und vornehme Art wohl nicht zu schätzen wusste.
Wer konnte ihr es auch verdenken, dachte er und schritt auf sie zu.
Sie griff nach hinten und holte eine Pfanne aus der Spüle heraus, die sie abwehrend vor ihn hielt.
„Hauen sie ab, sofort, die Polizei wird gleich kommen", schrie sie ihn an, dann holte sie aus und warf die Pfanne nach ihm.
Er duckte sich und das Wurfgeschoß verfehlte ihn nur um ein paar Zentimeter.
Sie ist zäh, das ist gut, dachte er, dann ging er um den Tisch herum und näherte sich ihr.
„Was wollen sie von mir, lassen sie mich in Ruhe", brüllte sie und plötzlich fing sie zu weinen an.
„Lassen sie mich bitte in Ruhe", flehte sie jetzt, doch diesen Wunsch konnte er ihr nicht erfüllen.
Er war fast nur noch zwei Meter von ihr entfernt, als sie auf einmal einen Kochtopf nahm, der auf dem Tisch stand. Sie nahm ihn in die Hand und schlug dann damit nach ihm. Der erste Schlag verfehlte ihn, dann aber traf sie ihn am Kopf. Für einen Moment wurde ihm schwarz vor Augen. Er hielt sich den Kopf, während sie versuchte, einen weiteren Schlag auf ihn abzugeben, doch er ahnte die Situation. Blitzschnell drehte er seinen Körper und der Schlag ging ins Leere.
„Ich will nur ihr Bein", sagte er, „mehr nicht".
Sie starrte ihn angsterfüllt und von einer Todesahnung befallen an, dann flüchtete sie aus der Küche.
Sie hastete an ihm vorbei und er blickte ihr hinterher, dann machte er sich erneut an ihre Verfolgung. Kurze Zeit später fand er sie im Wohnzimmer wieder. Sie stand mit dem Rücken zu ihm hinter der Couch und versuchte das Fenster auf zumachen. Jetzt musste er schnell handeln, denn wenn sie es erst geschafft hatte, es zu öffnen und einen Hilfeschrei abzugeben, dann war er es, der flüchten musste.

Er sprang an dem Couchtisch vorbei und packte sie dann an ihrer Bluse, dann riss er sie nach hinten. Sie flog über die Couch und landete dann unsanft auf dem Boden, während er sich gerade noch halten konnte, um nicht ebenfalls auf den Boden zu fallen. Jetzt ging alles ganz schnell, denn er musste sich beeilen. So wie es aussah, das Handy und ihre Worte bestätigten es, würde die Polizei in weniger als 10 Minuten hier sein. Er ging auf sie zu, sie lag stöhnend auf dem Teppich und setzte sich dann auf sie. Sie riss ihre Augen auf und starrte das völlig absurde Kostüm eines Harlekins an, dann schrie sie wieder:

„Hilfe, Hilfe".

Er beachtete sie gar nicht, sondern nahm sein Messer und nahm es in beide Hände, dann hielt er es sich über den Kopf und holte aus. Die kleinen Glöckchen an seiner Narrenkappe klingelten auf einmal, als er den Kopf schnell nach rechts, dann nach links schwenkte, dann stach er zu.

Bevor das Messer in den Unterleib der Frau gerammt wurde, schnellten ihre Hände nach oben, so als ob sie den tödlichen Stich damit abwehrend konnte, doch es war bereits zu spät. Die scharfe Klinge bohrte sich in das Fleisch und stöhnend schrie sie erneut auf. Doch es waren keine Worte, die aus ihrem Mund kamen, eher ein Röcheln. Er wusste warum. Ein Messerstich in den Bauch war das Schlimmste, was man sich nur vorstellen konnte. Sofort drang das Blut in die Lungen und von dort aus wanderte es nach oben; in ihren Mund. Kurze Zeit später spuckte sie schon Blut, aber es war noch nicht vorbei. Immer noch, obwohl die Verletzung schon tödlich war, hatte sie ihren Lebensmut nicht verloren. Sie grabschte mit ihren Händen nach ihm, riss an seiner Kleidung und an seiner Maske, aber ihre Hände glitten immer an ihm ab. Doch plötzlich hatten sie etwas gefunden, an dem sie sich festhalten konnten.

Sein Medaillon.

Er bemerkte es nicht, denn er war gerade dabei, das Messer wieder aus ihr zu ziehen um den finalen, endgültigen Stoß zu führen. Er holte ein weiteres Mal aus, während sie an dem glitzernden Medaillon zog, dann sauste das Messer ein zweites Mal auf sie zu. Diesmal traf er genau zwischen ihre Brüste. Auch hier bohrte sich das Messer mühelos hinein, durchbrach das Fleisch und zerschmetterte einige ihrer Brustwirbel. Von diesem Schmerz bekam sie schon nicht mehr viel mit.

Der Engel des Todes hatte schon längst Besitz von ihr ergriffen. Ihre Hände zappelten noch und in einer letzten Kraftanstrengung rissen sie das Medaillon von seinem Hals, dann, als die Hände kraftlos zu Boden sanken, wurde es unter die Couch geworfen.

Von all dem bekam er nichts mit, denn er war so im Blutrausch, dass er alles was um ihn herum geschah, nicht registrierte.

Als sie ihren letzten Atemzug nahm, sah er ihr in ihrem Todeskampf zu, dann, einen Moment später, war es vorbei.

„Tapferes Mädchen", sagte er und stieg von ihr herunter. Er nahm die Plastiktüte aus seiner Jackentasche, öffnete sie und legte sie auf die Seite, dann schnitt er ihr rechtes Hosenbein auf.

„Ah, da haben wir es ja", sagte er leise, dann fing er an zu schneiden.

Er brauchte nicht lange. Er nahm das abgetrennte Bein und schnitt noch den Fuß ab, dann war er fertig.

Er nahm den blutigen Stumpf, packte ihn in die Plastiktüte und stand auf.

Plötzlich befiel ihn ein komisches Gefühl. Irgendetwas stimmte nicht.

„Dein Medaillon", schrie auf einmal die Stimme.

Seine Augen weiteten sich und er fasste sich mit der Hand an den Hals.

„Es ist weg", sagte er leise.

Fieberhaft begann er unter seinem Kostüm zu suchen, doch es war nicht da. Erst da begriff er, dass er es hier verloren haben musste.

„Sie hat es dir abgerissen, du Schwachkopf. Los, such es", forderte ihn die Stimme auf.

Er ließ sich auf den Boden fallen und hektisch fing er an zu suchen, doch er fand nichts. Er schaute unter dem Leichnam nach, fand aber auch dort nichts. Er stand schnell auf und raste in die Küche um es zu suchen, weil er dachte, er hätte es vielleicht dort verloren, doch er fand es auch hier nicht.

„Hilf mir", schrie er zu der Stimme.

„Ins Wohnzimmer, schnell", sagte sie und er rannte wieder zurück.

Als er dort angekommen war, hörte er plötzlich Sirenengeheul, das sich ziemlich nah anhörte und langsam immer lauter wurde.

„Wo?", schrie er, doch die Stimme antwortete ihm nicht.

Er war jetzt verzweifelt.

Sein Medaillon.

Sein ein und alles. Sein Heilsbringer und Seelentröster war verschwunden.

„Du musst jetzt gehen", brüllte die Stimme.

Er hörte sie nicht. In diesem Moment wollte er nicht gehen. Er wollte bleiben und solange nach seinem Medaillon suchen, bis er es gefunden hatte. Ohne, hätte dies alles keinen Sinn mehr.

„Wir werden es noch kriegen, das verspreche ich dir. Aber jetzt geh, sonst ist alles verloren", sagte die Stimme.

Ein Hoffnungsschimmer keimte in ihm auf.

„Kannst du es mir wiederbringen?", fragte er die Stimme.

„Ja, aber nicht heute, aber ja, ich werde es dir wiederbringen".

Er nickte, dann packte er das Bein und ging in den Flur zurück. Dort angelangt, hörte er, wie ein Auto mit quietschenden Reifen vor dem Haus bremste. Kurz darauf hörte er, wie die Autotüren aufgehen.

„Sie sind schon da", sagte er leise, „was soll ich jetzt tun?".

„Bleib da stehen und warte, bis ich es dir sage", befahl ihm die Stimme und er gehorchte.

Die Polizisten rannten in das Haus und sprangen dann an der Haustür vorbei. Als der Notruf einging, hörte Francis, die Telefonistin nur halbherzig hin. Erst vor kurzem hatte ihr Freund sie betrogen, deshalb war sie mit ihren Gedanken nicht ganz bei der Sache. Wohl schrieb sie die richtige Adresse auf, Carlington Street No. 5, nur das Apartment, anstatt 7 schrieb sie 8, das hatte sie falsch notiert. Die zwei Polizeibeamten sprangen an der Tür, hinter der er lauschend stand, vorbei und klingelten an der Haustür mit der Nummer 8. Als keiner aufmachte, brachen sie die Tür auf und drangen mit gezogener Pistole ein.

„Jetzt", schrie die Stimme.

Als er die Tür öffnete, sah er, wie der zweite Polizist gerade in die neben ihm liegende Wohnung hinein huschte. Als er darin verschwunden war, ging er langsam den Hausgang entlang, bis er die Ausgangstür erreicht hatte.

„Du kannst jetzt ohne Gefahr weitergehen", sagte die Stimme.
Er machte die Tür auf, als ihm plötzlich ein Mann entgegenkam.
„Wissen sie, was da los ist?", fragte der Mann.
Er blieb kurz stehen und schüttelte den Kopf, dann ging er weiter.
Der Mann schaute ihm noch nach, dann wandte der Mann sein Gesicht wieder dem Haus zu und wartete ab, was passierte.
„Na, was habe ich dir gesagt", sagte die Stimme auf einmal.
„Ja, du hast mal wieder Recht gehabt".
Sekunden später war er mit seiner Plastiktasche schon über die Straße gelaufen und ging seelenruhig nach Hause.
Er hatte noch was vor und das musste er schnell erledigen.

5.

Lacombe war mitten in der Predigt, als er ein weit entferntes dumpfes Geräusch hörte, dem Sekunden später ein zweites folgte. Er hielt einen Moment inne und lauschte, als er nichts mehr hörte, machte er weiter.
„Doch all die Sünder, die von ihm gebrandmarkt wurden, versammelten sich …".
Er wurde von einer heftigen Explosion unterbrochen, die nicht weit entfernt stattfand. Die Kirchenfenster zitterten und die Leute, die in der Kirche waren, zuckten zusammen.
Was in Gottes Namen war das? dachte er, dann folgte eine weitere Explosion. Er konnte den Feuerschein durch das Fenster sehen und nicht nur er. Panik brach aus. Die Leute strömten aus der Kirche hinaus, wobei sie sich fast gegenseitig umrannten, doch Gott sei Dank passierte nichts Schlimmeres.
Er stieg von seiner Kanzel herab und folgte den Besuchern, die alle auf den Ausgang zuliefen. Als er kurze Zeit später bei ihnen war und mit ihnen ins Freie lief, wusste er noch nicht, was die Explosionen verursacht hatte.
Er trat in die hell beleuchtete Nacht hinaus und sah, dass nur zwanzig Meter von seiner Kirche entfernt ein Haus brannte. Die Flammen schlugen aus den Fenstern und dort, wo das Dach hätte sein müssen, quoll dicker schwarzer Rauch empor. Lacombe konnte es sich nicht erklären, was dort passiert war, er hatte auch

keine Zeit, denn plötzlich explodierte hinter ihm wieder ein Haus. Er zuckte zusammen und instinktiv duckte er sich, dann drehte er sich um und sah auch dort ein flammendes Inferno.

Was passiert da nur? dachte er.

Die Leute um ihn herum starrten betreten und fassungslos auf das ungeheuerliche Geschehen, dann hörte er abermals eine Explosion, nur kurz darauf eine weitere und dann noch eine. Er hatte keine Ahnung, was los war, deshalb beschloss er, wieder in die Kirche zurück zu kehren und auf den Turm zu gehen, um von dort eine bessere Sicht zu erhalten. Vielleicht konnte er ja dort erkennen, was die Ursache der Explosionen war.

Er rannte wieder in die Kirche, raste die Stufen zum Glockenturm hoch und schloss die schwere Eisentür auf. Als er sie geöffnet hatte und an das Fenster trat, konnte er seinen Augen nicht trauen, bei dem, was er sah. Überall in der Stadt brannte es lichterloh. Egal wohin er auch schaute, konnte er in Flammen stehende Häuser erkennen. Es schien fast so, als ob London ein einziges Flammenmeer war, so riesig war das wütende Feuer. Manchmal sah er noch einen Lichtblitz in der Ferne, das Zeichen einer weiteren Explosion und manchmal hörte er auch das dumpfe Grollen, das es verursachte.

Er wusste nicht, wie lange er da oben stand, aber irgendwann, fing er an zu beten.

„Vater im Himmel, geheiligt sei dein Name …".

Plötzlich spürte er eine Erschütterung und kurz darauf schwankte die Kirche. Er musste sich an der Steinwand festhalten, damit er nicht umflog, dann folgte die nächste. Wieder wackelte die Kirche und er musste sich erneut festhalten, bis plötzlich Ruhe einkehrte. Er rappelte sich auf und öffnete das Fenster. Als er nach unten schaute, sah er, dass die Flammen bereits aus dem Altarraum herausschlugen.

„Oh mein Gott", sagte er leise, dann überkam ihn die Angst. Er drehte sich vom Fenster weg und rannte, so schnell er konnte, wieder nach unten. Als er die Tür zum Altarraum öffnete, erkannte er sofort, dass er durch diesen Raum nicht ins Freie kommen konnte. Überall brannte es und er sah, dass das Feuer schon die Kirchenbänke erfasst hatte. Hier konnte er nicht durch, er musste sich einen anderen Weg suchen. Als er seine

Möglichkeiten sondierte, fiel ihm auf einmal die Kassette ein. „Ich muss sie sofort holen", sagte er leise, dann raste er vom Altarraum weg, ohne weiter an die Gefahr zu denken, in sein Arbeitszimmer. Er schloss schnell die Tür auf und nahm die Kassette aus seinem Schreibtisch, drehte sich wieder um und raste aus dem Zimmer in den Flur. Dort angelangt, hörte er plötzlich ein Knirschen. Es schien genau über ihn zu sein und als er den Kopf nach oben nahm und auf die Decke sah, gefror ihm der Atem. Ein mehrere Meter langer Riss durchzog die Decke und als er noch nachdachte, was er nun machen sollte, fing die Decke an, langsam nach unten zu fallen. Zuerst kamen nur kleinere Gesteinsbrocken, dann immer größer werdende Stücke, bis ein größeres Teil kurz vor ihm auf den Boden aufschlug und zerbrach.

Ich muss hier sofort raus, dachte er, *bevor die Kirche über mir zusammenbricht und mich lebendig begräbt.*

Noch war es nicht soweit, aber er musste sich beeilen. Er überlegte kurz, wo er hingehen sollte, um nicht hier zu sterben, als ihm der Keller einfiel. Die Arbeiter hatten vor zwei Tagen, genau an dem Tag, als die Kassette gefunden wurde, die Wand zum Pfarrhaus eingerissen. Somit war ein direkter Durchgang zum nebenliegenden Haus geschaffen worden. Wenn er sich beeilte, könnte er es tatsächlich noch schaffen.

Er schaute wieder an die Decke. Es knirschte und ächzte, aber noch hielt die Decke. Er klemmte sich die Kassette unter den Arm und rannte den Gang entlang, bis er zur Küche kam. Von dort konnte er direkt über seinen Ankleideraum in den Keller gelangen. Ja, das war sein Plan.

Er rannte los, nicht zu spät, denn kurz darauf knallte die gesamte Decke auf den Boden und zerplatze in tausenden von Stücken. Er drehte nochmals seinen Kopf und sah, dass über der nun nicht mehr vorhandenen Decke das Feuer wütete. Flammen schlugen in den Gang ein und verbrannten sofort alles, was ihnen in den Weg kam. Der Feuerball fing an, ihn zu verfolgen und hätte ihn beinahe erwischt, wenn er sich nicht auf den Boden geschmissen hätte. Das Feuer raste über ihn hinweg und auf einmal spürte er die sengende Hitze schmerzlich an seinem Kopf, wie sie versuchte, ihn zu töten. Er kroch weiter und war wenige Sekunden später an der Tür zur Küche angelangt. Schwer atmend stieß er die

Küchentür auf und rollte sich dann in das Zimmer hinein. Auch jetzt hatte er Glück gehabt, denn plötzlich fing das Feuer an, seine tödlichen Krallen in alle möglichen Himmelsrichtungen nach ihm auszubreiten. Er kroch in das Zimmer, dann drehte er sich blitzschnell um und trat die Tür mit dem Fuß zu. Für einige, wenige Sekunden war er hier in Sicherheit, aber er musste sich weiter hin sputen. Mühsam und von Verbrennungen an seinem Kopf geplagt, richtete er sich auf. Er drehte sich um und machte die Tür auf, die zum Keller führte. Als er sie aufgemacht hatte, hörte er hinter sich plötzlich ein Jaulen und Heulen, dann einen fürchterlichen Knall. Erst wusste er gar nicht, was passiert war, doch urplötzlich flogen ihm kleine Holzsplitter um die Ohren. Er drehte sich abermals um und erkannte, dass die Tür zur Küche an die gegenüberliegende Wand gekracht war und sich dort in kleine, lebensgefährliche Geschosse verwandelt hatte. Gott sei Dank traf ihn keines, aber er hatte auch keine Zeit, sich zu untersuchen, ob ihn nicht doch ein kleines Teil verletzt hatte. Er blickte auf den Flur und erkannte, dass das Feuer sich langsam, aber stetig auch in die Küche breitmachte und ihn bald erreichen würde, wenn er nicht schnell davon machte. Er machte die Tür zum Keller auf, ging auf die Treppe und schloss schnell hinter sich die Tür zu, dann rannte er die Stufen hinab. Als er unten angekommen war, machte er das Licht an. Dumpfes Licht erhellte nur notdürftig die zwei kleineren Räume, die der Keller beinhaltete, aber für das, was er sehen musste, war es hell genug. Er rannte in den kleineren Raum und sprang über einige Zementsäcke und Werkzeuge, dann ging er nach links in den größeren Raum. Als er dort angekommen war, sah er schon den Durchbruch an der gemeinsamen Wand der Kirche und des Pfarrhauses.

„Gott im Himmel, ich danke dir", sagte er leise, dann bekreuzigte er sich. Er zwängte sich durch das Loch und kam auf der anderen Seite wieder heraus. Dort angekommen, ruhte er sich kurz aus und atmete langsam tief ein und aus. Erst jetzt hatte er Zeit, sich Gedanken zu machen.

„Was um Himmelswillen ist denn hier nur los?", sagte er kopfschüttelnd, dann hörte er plötzlich, wie etwas einstürzte. Er würde dieses Geräusch sein Leben lang nicht vergessen, dann raste eine Staubwolke durch den Keller direkt auf ihn zu. Er sah sie kommen und mit einem Sprung auf die Seite konnte er dem gröbsten aus dem Weg gehen. Er fiel an die gegenüberliegende Wand und prallte dort hart auf, dann sank er zu Boden. Asche, Staub und Dreck fingen an, den Raum zu füllen und sich auf seine Kleidung zu legen. Er musste husten, als Ausläufer der grauen Wolke ihn doch noch erfasste und ihm das Atmen erschwerte.

„Ich muss hier raus", sagte er leise, dann erhob er sich. Er ging fast blind durch den Keller des Pfarrhauses, da der Staub fast die gesamte Helligkeit des Raumes verzehrte. Tastend ging er weiter, bis er die Tür nach oben fand. Er hangelte sich an dem Geländer hoch und einige Sekunden später hatte er es tatsächlich geschafft. Er war in Sicherheit.

Das dachte er zu mindestens.

Ohne jede Vorwarnung krachte vor ihm auf einmal ein dicker Gesteinsbrocken in den Boden ein, dann Sekunden später ein zweiter.

Jetzt erst verstand er.

Die Kirche stürzte ein.

Er rannte weiter, schlängelte sich an den Steinbrocken vorbei in Richtung der Haustüre, dann hatte er es geschafft. Er riss die Tür auf und sprang ins Freie, dort hastete er, ohne weiter nachzudenken, in Richtung der Straße. Erst als er angekommen war, blieb er schwer atmend stehen.

Hechelnd und nach Luft ringend stand er regungslos da. Als hinter ihm die Welt unterzugehen schien, drehte er sich um. Weinend musste er mit ansehen, wie seine Kirche zusammenfiel und alles unter sich begrub. Mit einem letzten Blick sah er, wie der Glockenturm, wo er noch vor ein paar Minuten gewesen war, ebenfalls einstürzte und mit einem Krachen auf die Trümmer des Haupthauses flog.

Dann wurde es auf einmal ganz still.

Von allem bekam er nichts mehr mit, denn plötzlich sackten seine Beine weg und er fiel zu Boden. Bevor er ohnmächtig wurde, dachte er, der Teufel würde kommen und sie alle töten. Dass er damit nicht falschlag, wusste er zu diesem Zeitpunkt nicht, aber er wusste, dass irgendetwas nach oben wollte.

Etwas Böses und Niederträchtiges.

Es wollte sie alle verschlingen.

Es hatte nur einen Gedanken.
 Von unten an die Erdoberfläche kommen, um sie alle zu vernichten.

KAPITEL IV

SPUREN

1.

Er starrte weiterhin durch das Fenster auf die Stadt und sah die Zerstörungen, doch seine Gedanken waren woanders.
Es waren noch keine fünf Minuten vergangen, seit Laura ihm diese Geschichte erzählte.
Die Botschaft von seiner Frau und seiner kleinen Tochter.
Konnte er sie tatsächlich glauben?
Konnte er überhaupt an etwas glauben?
Ja, dachte er, *das kann ich.*
Aber an was?
Für ihn waren viele Dinge möglich, aber das?
Er glaubte an alle möglichen Sachen. Er glaubte an Gott, er glaubte, das das Rechtssystem seines Staates gerecht war, er glaubte an die Wissenschaft, ja er glaubte sogar an Ufos, an die grünen Männchen und wenn notwendig sogar an Besuche auf der Erde.
Aber konnte er glauben, dass ein Mensch in das Reich der Toten gehen konnte und dort mit den Verstorbenen redete?
Er überlegte, wie sie es hätte erfahren können.
Dass er verheiratet war, hätte sie bestimmt herausfinden können, auch dass er eine Tochter gehabt hatte, konnte sie in Erfahrung bringen. Aber was war mit dem Tod der beiden? Wie hätte sie das herausfinden können? Es hatte keine Todesanzeigen in der Zeitung gegeben, noch war es anders in den Medien publik gemacht worden, dass sie ermordet wurden. Woher wusste sie es also?
Aber, dachte er, *es gibt immer Wege und Ziele so etwas herauszufinden.*
Es gab genug Schwatzbasen auf seinem Revier, die sich hier und da mal verplapperten oder ihr Maul einfach nicht halten konnten. Oder sie hatte es über einen anderen Kanal, welchen auch immer, erfahren.
Aber eines konnte sie auf keinen Fall wissen.
Das mit dem Teddybären seiner Tochter.
Er hatte es keinem erzählt, was er Eve letztes Jahr zum Geburtstag geschenkt hatte und vor allem wusste nur er und Mellie, wie Eve den Teddy nannte:
Ihren Kuschelbären.

Das war der Beweis, dass sie es tatsächlich konnte. So schwer es zu verstehen war, geschweige denn zu akzeptieren, sie konnte es und das zu glauben war beinahe fast unmöglich.

Er drehte sich vom Fenster weg, als er plötzlich von weitem eine Explosion hörte. Schlagartig drehte er sich wieder zum Fenster und sah nicht weit von ihm entfernt eine Flammensäule, die aus einem Haus zu kommen schien, dann rechts davon wieder eine. Plötzlich spürte er eine Erschütterung, gefolgt von einer weiteren Explosion, die ebenfalls eine Erschütterung auslöste. So ging es eine ganze Weile weiter, bis auf einmal seine Tür aufging. Er drehte sich wieder um und sah, dass Colin hereinkam.

„Was ist hier nur los?", schrie er.

„Ich habe keine Ahnung", antwortete Gordon und er wusste es wirklich nicht.

Sie hörten weitere Explosionen die, so schien es, immer näher kamen. Bei jeder Explosion folgte eine Erschütterung und diese wurden immer heftiger, je öfter sie stattfanden. Auf einmal vibrierte das ganze Gebäude und beide mussten sich am Schreibtisch festhalten, damit sie nicht zu Boden stürzten.

„Es ist glaube ich besser, wenn wir von hier abhauen, oder?", meinte Colin und Gordon nickte.

„Aber schnell, bevor die Bude zusammenbricht".

Auch Colin nickte, dann rannten sie aus dem Zimmer.

Scheinbar hatten auch die anderen die gleiche Idee gehabt wie sie, denn plötzlich strömten aus allen Zimmern die Kollegen heraus und rannten auf den Ausgang zu. Wieder hörten sie weitere dumpfe Explosionen, dann wieder die Erschütterungen.

„Los, schnell, lauft", schrie Gordon und spornte die anderen an. Kurze Zeit später waren sie fast alle aus dem Gebäude draußen und versammelten sich auf dem Parkplatz vor dem Revier. Als sie auf die umliegenden Häusern blickten, konnten sie die Brände und Verwüstungen erkennen, die die Explosionen verursacht hatten.

Gordon schüttelte verzweifelt den Kopf.

„Verdammte Scheiße", sagte er leise, dann kam Spencer, der Revierleiter zu ihm.

„Hallo Gordon".

„Hallo. Weißt du, was hier los ist?", fragte er ihn, doch auch er schüttelte den Kopf.

„Nein, keine Ahnung", sagte er und starrte bestürzt auf die Zerstörungen.
Gordon ging einen Schritt von ihm weg, als Spencer nochmals zu ihm kam.
„Ach Gordon".
„Ja?".
„Der Ripper hat wieder zugeschlagen", sagte er nur, dann gab er ihm ein Papier. „Ich habe es vor ein paar Minuten bekommen, hier, nimm".
Er nahm das Papier entgegen, auf dem die Adresse des Opfers stand.
„So schnell", sagte er leise, dann stürzte er los.
Er rannte zu seinem Auto und obwohl es wahrscheinlich schwierig werden würde, zum Tatort zu kommen, fühlte er, dass er keine Zeit verlieren durfte. Er startete den Motor und raste über den Parkplatz, dann fuhr er geradewegs zum Ort des Geschehens.
„Tracy Watts", sagte er leise, dann trat er nochmals auf das Gas.

2.

Es war wie immer Magie.
Wie ein Mysterium.
Wie Zauberei.
Er hatte das Bein an den Stumpf gelegt und dann fein säuberlich angenäht, dann hatte ihn die Stimme wieder soweit erregt, dass eine Träne auf die Narbe fiel.
Dann passierte es wieder.
Das Wunder.
Es dauerte nur kurz, dann war es auch schon wieder vorbei.
Als er das Schlafzimmer verließ, hörte er kurz darauf die Explosionen, gefolgt von einigen Erschütterungen, aber er machte sich nichts daraus. Er war es schon gewohnt, dass ständig etwas passierte, wenn er die *Vereinigung* praktizierte, aber es war ihm egal.
Das einzige was ihn interessierte, war seine Liebste und die wurde immer perfekter und vollständiger.
„Nur noch ein paar Mal, dann ist es soweit", sagte er erregt und begann sich sein Kostüm auszuziehen.

„Nein, lass es an. Du musst gleich wieder los", schrie ihn die Stimme an.

„Aber ich habe doch erst gerade …".

„Die Zeit drängt", unterbrach ihn die Stimme, „wir haben nicht mehr lange".

Er wollte gerade etwas sagen, ließ es dann aber sein. Er wollte nicht schon wieder, wie so oft, angeschrien werden, also fügte er sich.

„Wen?", fragte er.

„Egal, suche dir eine aus. Es ist einerlei, aber es muss noch heute passieren, also los", sagte die Stimme, jetzt etwas leiser.

Er nickte und zog seine Maske wieder auf, die er vor ein paar Sekunden vom Gesicht genommen hatte, dann ging er zur Tür.

„Ich darf mir also eine aussuchen, egal wer es ist?".

„Ja, aber jetzt geh, sofort".

„Gut, dann geh ich mal auf die Suche", meinte er und öffnete die Tür.

Sekunden später ging er auf die Straße und sah die Brände und Rauchsäulen über der Stadt aufsteigen. Im Flackern des Feuers sah seine Maske noch viel grauenvoller aus, als sie es ohnehin schon war, dann lachte er laut auf:

„Ich darf mir eine aussuchen", sagte er lachend, dann machte er sich erneut auf die Jagd.

3.

Gordon war nur unter Mühen durch die Stadt gekommen und war vor dem Haus angekommen, wo wahrscheinlich das achte Opfer des Rippers lag. Er stellte den Wagen ab und konnte mit Zufriedenheit erkennen, dass das Haus nicht zerstört war.

„Gott sei Dank, vielleicht finden wir ja hier Beweise", sagte er leise und er hoffte es inständig.

Er rannte die Treppe hoch und war fast an der Eingangstür angekommen, als ein bulliger Officer ihm den Weg versperrte.

„Halt", sagte er barsch.

Gordon hielt an und holte seinen Ausweis heraus.

„Inspektor Gordon Strachan, Mordkommission", sagte er ernst.

„Oh Entschuldigung, Sir, dass wusste ich nicht".

„Schon okay. Was haben wir?", fragte er.

„Eine Frau, Tracy Watts, 45 Jahre alt und ihr fehlt das Bein. Es sieht scheußlich aus, Sir", meinte der Officer angeekelt.

Gordon nickte.

„Ich weiß", sagte er nur kurz, dann ging er an ihm vorbei in die Wohnung hinein.

Der süßliche Geruch geronnen Blutes stieg ihm sofort in die Nase und obwohl er nicht wusste, wo sie ermordet worden war, fand er den Weg alleine. Er ging den Flur entlang, als ein weiterer Polizeibeamter ihm den Weg zum Tatort versperrte.

Wieder holte er seinen Ausweis heraus. Er hoffte, dass es heute das letzte Mal sein würde.

Der Polizist schaute sich ihn kurz an, dann nickte er mit dem Kopf und zeigte in das Wohnzimmer.

„Dort", sagte er nur.

Gordon ging hinein und sah die Frau auf dem Boden liegen. Zuerst machte er sich von dem Gesamten ein Bild, dann ging er im Zimmer umher und schaute sich den Tatort an. Nach was er suchte, wusste er nie, aber es half ihm, besser nachdenken zu können. Als er sich alles angeschaut hatte, bückte er sich zu der Leiche hin. Sie war recht hübsch gewesen und in diesem Moment tat sie ihm furchtbar leid. Nicht weil sie ermordet wurde, gut, das wahrscheinlich auch, aber viel schlimmer für ihn war, dass das Schicksal sie so brutal und unverhofft aus ihrem blühenden Leben gerissen hatte, ohne dass sie davon wusste. Sie hatte keine Chance gehabt, sich zu verabschieden oder noch ein paar Dinge ins Lot zu bringen, die ihr am Herzen lagen und das betrübte ihn. Er dachte aber auch weiter, was wäre geschehen, wenn?

Er hatte keine Ahnung, was sie heute gemacht hatte, aber er überlegte oft, wie ein paar Sekunden oder Minuten das Leben hätten verändern können, wenn man sich für den einen oder anderen Weg entschieden hätte. Vielleicht war sie ja einkaufen gewesen und an eine Kasse gekommen, wo wenig los war. Sie war deshalb schneller fertig und dann zu Hause, als der Mörder klingelte. Was aber wäre gewesen, wenn es genau anders herum gekommen wäre? Was wäre gewesen, wenn sie an einer Kasse gekommen wäre, wo eine ziemlich lange Schlange war oder die Kassiererin sehr langsam mit dem Tippen der Preise war, was wäre

dann passiert?
Sie wäre später gekommen und der Mörder hätte umsonst bei ihr geklingelt, dann wäre sie noch am Leben.
Oder es hätte sich ein anderes Szenario abgespielt.
Es gibt so viele Eventualitäten, so viele Unregelmäßigkeiten, Zufälle, Irrtümer und was sonst noch in einem Leben, und jede kann über Leben und Tod entscheiden.
So war es wahrscheinlich auch hier.
Er vertrieb die Gedanken und machte sich an die Arbeit. Ohne viel zu untersuchen, war ihm klar, dass hier der Ripper am Werke gewesen war. Wer sonst wäre so verrückt und pervers gewesen, dem Opfer ein Körperteil abzutrennen. Gut, es gab hier und da bei verschiedenen Verbrechen sogenannte *Nachahmungstäter*, aber sein jahrelanger erworbener Spürsinn sagte ihm, dass er es gewesen sein musste.
Er beugte sich über sie und schaute dann in ihre halb geöffneten Augen, dann kam ihm ein aberwitziger Gedanke.
Wenn man nur die Augen untersuchen könnte und zwar das, was sie zu Letzt gesehen hatten, dann würden fast alle Verbrechen aufgeklärt werden.
Er nickte, aber er musste sich natürlich eingestehen, dass das nicht möglich war.
Gordon beugte sich noch tiefer zu ihr hinab und untersuchte sie ausgiebig, doch er fand leider nichts, was auf den Mörder schließen konnte.
Gar nichts.
Er wollte gerade wieder aufstehen, als er plötzlich Geschrei und tumultartige Geräusche vom Eingang hörte. Er drehte seinen Blick nach rechts und sah, wie der bullige Officer einen anderen Mann daran hinderte, ins Wohnzimmer zu stürzen.
„Nein, Tracy, nein, das ist nicht wahr", schrie er, und da verstand Gordon, wer der Mann war.
Der Ehemann.
Gordon stand auf und eilte auf ihn zu.
„Sie sind der Ehemann, nicht wahr?", fragte er ihn.
Er sagte nichts, sondern schluchzte nur.
Der bullige Officer hielt ihn immer noch fest, dann jedoch lockerte er den Griff, als Gordon ihm unmissverständlich zu nickte und dadurch zeigte, ihn los zu lassen.

„Hören sie zu, Sir, es ist wichtig, das sie mir jetzt sagen, was sie wissen", sagte er zu dem Mann.

„Ich weiß gar nichts", schrie der Mann ihn an, „ich bin gerade von der Arbeit gekommen. Wir haben ja alle freibekommen, wegen den Explosionen. Es war zu gefährlich, deshalb bin ich auch schon hier", erklärte er aufgeregt.

„Gut, Sir, wir müssen ihre Aussage aufnehmen, damit wir sicher gehen können, dass sie nichts mit dem Mord zu tun haben, verstehen sie?".

Er starrte ihn ungläubig an.

„Sie denken doch nicht etwa, ich hätte damit etwas zu tun?", fragte er Gordon und zeigte auf seine Frau. „Ich habe meine Frau geliebt. Ich hätte ihr nie etwas antun können. Welches Scheusal macht den so was?"

„Sir, wir wissen so wenig wie sie, was hier passiert ist", meinte er und schaute ihn in die Augen, „aber wir werden es heraus finden, das verspreche ich ihnen".

„Darf ich, darf ich zu ihr", fragte er.

Gordon überlegte kurz, dann nickte er.

„Ja, gehen sie".

Er ließ ihn vorbei.

„Aber Inspektor, die Spurensicherung ist noch nicht da", sagte der bullige Officer.

„Es gibt hier keine Beweise", antwortete Gordon resigniert und drehte sich um.

Der Ehemann ging zu seiner Frau und kniete sich nieder. Zuerst wusste er gar nicht was er tun sollte. Er erhob seine Hände, um sie in der gleichen Sekunde wieder zu senken, dann wiederholte er das Spiel von vorne.

Armer Mann, dachte Gordon, weil er das Gefühl kannte. Auch er wusste damals nicht, was er machen sollte, als er die Leichen seiner Familie entdeckt hatte. Jeder musste selbst wissen, was er in dieser Situation tat. Er umarmte damals seine Frau, dann küsste er seine kleine Tochter, erst danach rief er bei seinen Kollegen an. Der Mann machte gar nichts. Wahrscheinlich traute er sich nicht, wollte seine Frau nicht in ihrer Todesruhe stören oder er hatte einen anderen Grund, warum er sie nicht berührte. Er trauerte so. Gordon wartete noch einige Sekunden, dann ging er auf den Mann zu. Er legte ihm seine Hand auf die Schulter und ging ebenfalls auf die Knie. Der Mann schaute ihn fragend und hilflos an und Gordon erkannte sofort, was in ihm vorging.

„Sir, es ist gut so", sagte er einfühlsam zu ihm.

Plötzlich drehte sich der Mann zu ihm um und fiel ihm weinend um den Hals.

„Wer macht denn so was? Wer ist denn so ein Schwein?", schrie er und schluchzte dabei.

Gordon drückte ihn, dann tätschelte er ihm wohlwollend immer wieder den Rücken.

„Ich weiß es nicht", antwortete er, „ich weiß es wirklich nicht", wiederholte er.

Sie blieben noch einige Sekunden in dieser Haltung am Boden, bis sich der Mann von ihm löste. Er wischte sich die Tränen mit dem Ärmel ab, dann stand er langsam auf. Gordon folgte ihm und stand ebenfalls auf.

„Geht es ihnen etwas besser?", fragte Gordon, obwohl er wusste, dass dies eine dämliche Frage war, aber was Besseres fiel ihm gerade nicht ein.

Der Mann nickte nur und wischte sich erneut die Tränen vom Gesicht.

„Sir, kommen sie, nehmen sie auf der Couch Platz und ruhen sie sich einen Moment aus", schlug er ihm vor.

Der Mann gehorchte und setzte sich niedergeschlagen auf die Couch, während Gordon zu dem Officer ging.

„Rufen sie im Revier an, die sollen, wenn möglich noch jemanden von der Spurensicherung hier herschicken, vielleicht finden die ja noch etwas, dass wir übersehen haben".

Der Officer nickte und holte aus seiner Tasche ein Handy heraus. Kurz darauf hatte er schon jemand in der Leitung.

Gordon hörte noch kurz zu, was der Officer sagte, dann drehte er sich wieder um und sah, dass der Mann gerade etwas vom Boden aufhob und komisch anstarrte.

So als ob er es noch nie gesehen hatte.

Interessiert wartete er ab, was nun geschah.

Der Mann hob das Ding hoch und hielt es sich vor die Augen, dann schaute er den Inspektor unsicher an.

In diesem Moment wusste Gordon, das etwas dort war, das hier

nicht hingehörte. Etwas, das nicht von hier stammte und weder von ihm, noch von seiner Frau war.
 Gordon ging langsam auf ihn zu und als er näher kam, erkannte er, was der Mann in der Hand hielt.
 Ein silbriges Medaillon.
 Als er bei ihm war, ging er in die Knie und starrte das Schmuckstück an.
 Sollte es tatsächlich wahr sein, dachte er. *War ihnen einmal das Glück hold?*
 Er lenkte seinen Blick auf den Mann, der ihn nun ebenfalls anblickte.
 „Kennen sie es?", fragte Gordon und zeigte darauf.
 „Nein", antwortete er sofort, „ich habe es noch nie gesehen".
 Ein Schauer durchfuhr Gordon. Ein freudiger und hoffnungsvoller Schauer.
 Er nahm es vorsichtig in seine Hand, dann schaute er es sich genauer an.
 Es war kein außergewöhnlich schönes Schmuckstück gewesen, wahrscheinlich nicht einmal aus Silber, aber ein wichtiges Beweisstück. Es hätte aus Gold, Platin oder was sonst noch sein können, das war ihm egal, Hauptsache, er hatte endlich etwas, dass er verwenden konnte. Er drehte das Medaillon um, das ungefähr 3 cm im Durchmesser groß war und hoffte auf der Rückseite eine Gravur zu finden, doch er wurde enttäuscht.
 „Scheiße", fluchte er, dann drehte er es wieder um.
 Auch auf der Vorderseite konnte er nichts erkennen, dass auf den Besitzer oder jemanden anderen schließen ließ, erst als er es etwas in die Höhe hob, sah er plötzlich eine winzigen Öse, die an der Seite angebracht war. Er nahm seinen Finger und fummelte vorsichtig daran herum, dann plötzlich klappte das Medaillon ein Stück auf.
 Er war ganz aufgeregt. Insgeheim hoffte er im Inneren etwas zu finden. Nur etwas kleines, ein Bild oder eine Inschrift, ein Datum oder irgendetwas anderes, Hauptsache, sie hatten eine Spur.
 Mit zittrigen Händen machte er es ganz auf und dann entdeckte er es. Eine kleine, winzige Haarlocke, mehr nicht.
 Er wusste nicht, ob er enttäuscht oder glücklich sein sollte. Vor wenigen Momenten hätte er noch alles genommen, jeden kleinen

Hinweis hätte er mit Gold aufgewogen und sich gefreut, endlich ein Indiz in Händen zu halten, aber was sollte er mit einer Haarlocke anfangen? Sie konnte jedem gehören, wirklich jedem. Gut, die Spurensicherung würde vielleicht etwas herausfinden. Ob sie zum Beispiel männlich oder weiblich war, ja vielleicht konnte man sogar die DNA entschlüsseln und in die Datenbank eingeben. Vielleicht war die Person ja einmal straffällig geworden und wurde irgendwo in einem Strafregister geführt, ja, dann hätten sie eine Spur.
Aber nur dann.
Er überlegte weiter, als der bullige Officer plötzlich zu ihm kam.
„Sir", sagte er mit entsetztem Gesicht, „Sir, die Spurensicherung ist, … sie ist …".
Er beendete den Satz, dann begann er zu weinen.
Gordon verstand nicht.
„He Mann, was ist los? Jetzt sprechen sie schon", forderte er ihn auf.
„Ja, Sir, die Spurensicherung, das Gebäude, sie haben es mir gerade gesagt, sie…, es gibt sie nicht mehr", antwortete er schluchzend.
„Was?".
„Ja, verdammt, das ganze Gebäude ist explodiert und wie ein Kartenhaus zusammen gebrochen. Sie sind gerade dabei, in den Trümmern nach Verletzten zu suchen, aber…".
Er schüttelte den Kopf, dann stand er auf und verließ das Zimmer.
Gordon schaute ihm nach.
Warum hatte sich nur alles gegen sie verschworen, warum nur? dachte er resigniert.
Er setzte sich neben dem Mann hin, der immer noch regungslos da hockte und starr vor sich hin schaute.
Plötzlich kam ihm ein Gedanke.
Es war einen Versuch wert.
Ja, dachte er, *vielleicht kann sie helfen.*
Er stand einfach auf und ging. Erst als er draußen war, fiel ihm der Ehemann wieder ein, der alleine mit seiner toten Frau im Wohnzimmer saß. Erst wollte er zurückgehen und ihn mitnehmen, dann aber beließ er es.

Als er auf die Straße trat und zu seinem Auto ging, hoffte er inständig, dass sie damit etwas anfangen konnte.
Bevor er einstieg und zu Laura fahren wollte, schaute er sich das Medaillon noch einmal an.
„Ja, ich bin mir sicher, dass sie helfen kann", sagte er leise, dann stieg er ein und fuhr kurze Zeit später zu ihr.

4.

Er machte die Augen auf und wusste im ersten Moment nicht, wo er war. Erst als er in Scotts Gesicht blickte, ahnte er, wo er sich befand.
„Was ist passiert?", fragte er leise und richtete sich dann auf. Plötzlich spürte er, wie sein Kopf schmerzte und er musste laut aufschreien.
„Argh, Scheiße verflucht".
Scotts verdrehte die Augen.
„Aber Herr Pfarrer, ich bitte sie", entrüstete er sich, doch Lacombe beachtete ihn gar nicht.
„Wo bin ich?".
„Bei mir. Nachdem sie ohnmächtig geworden sind, haben wir sie sofort zu mir gebracht. Ein Arzt hat sie untersucht. Sie haben nur leichte Verbrennungen, sonst nichts. Sie haben nochmal Glück gehabt. Gott hat sie beschützt", erklärte Scotts und bekreuzigte sich.
Ja, das habe ich, dachte Lacombe und nach und nach fiel ihm alles wieder ein.
Die Explosionen, die Erschütterungen, die Flucht und die einstürzende Kirche. Alle Erinnerungen der letzten Stunden brachen über ihn ein und Scotts hatte Recht; Gott hatte ihn beschützt und ihm geholfen, aus der brennenden Falle zu entfliehen.
Aber wie sollte es jetzt weiter gehen?
Er richtete sich auf und wollte aufstehen, doch es gelang ihm nicht. Er war zu schwach. Die letzten Stunden hatten viel Kraft gekostet und plötzlich wurde ihm schwarz vor Augen. Er legte sich wieder hin und wartete ab, bis dieses Gefühl wieder vorüber

ging, dann versuchte er es ein zweites Mal. Diesmal gelang es ihm wenigstens, sich aufrecht hinzusetzen, dann hob er die Hand und fühlte an seinen Kopf. Er erkannte sofort den Verband, den ihm wahrscheinlich der Arzt verabreicht hatte.

„Die Verbrennungen sind nicht schlimm", meinte Scotts und zeigte auf Lacombes Kopf.

„Sie haben die Schmerzen ja nicht", echauffierte er sich, „es tut höllisch weh".

Wieder traten die Augen aus Scotts heraus und diesmal sah er es.

„Hören sie auf, ständig mit ihren Augen zu rollen? Ich bin auch nur ein Mensch, verdammt nochmal", fuhr er ihn an, dann beruhigte er sich wieder.

„Ich glaube, ich lasse sie jetzt mal in Ruhe", sagte Scotts, drehte sich um und ging.

Plötzlich hielt er inne und schaute ihn an.

„Ist das alles Teufelswerk?", fragte er.

Lacombe überlegte.

Nein, das nicht, dachte er, aber irgendetwas stimmte nicht. Die vielen Naturereignisse in den letzten Wochen, die so gnadenlos auf die Menschheit hereingebrochen waren, waren an sich nichts außergewöhnliches, nur die Häufigkeit und das es weltweit diese Katastrophen gab, das war seltsam und beunruhigend.

„Nein, mein lieber Scotts, kein Teufelswerk. Nur Zufälle, nichts weiter", versicherte er ihm und versuchte ihn, damit zu beruhigen.

Er schien es geschafft zu haben, denn Scotts nickte ihm erleichtert zu.

„Danke für die Tröstung, Pfarrer und nun lasse ich sie in Ruhe", sagte er und fügte dann noch hinzu. „Ach übrigens, da ist ihre Kassette. Wir haben sie ihnen hier hergestellt", teilte er mit und zeigte auf den kleinen Tisch, der vor dem Fenster stand.

Die Kassette, natürlich, dachte Lacombe, *die habe ich total vergessen.*

„Ach Scotts, eine letzte Bitte, können sie mir die Kassette bringen, ich möchte noch kurz nachschauen, ob alles unversehrt ist", bat er.

„Aber natürlich", antwortete Scotts und brachte sie ihm.

Er überreichte sie ihm und verließ dann das Zimmer, ohne noch etwas zu sagen.

Lacombe nahm die Kassette und stellte sie neben sich, dann

öffnete er sie. Erleichtert erkannte er sofort, dass alles noch da war und keines der Dokumente einen Schaden genommen hatte. Er nahm die Schriftrollen heraus und legte sie auf das Bett, dann begann er die erste Übersetzung zu lesen.

Übersetzung der ersten Schriftrolle:

Die Geschichte über unseren Meister

Dies was hier geschrieben, fand statt in einer Nacht
Die finster und gottlos war
Es ist eine Geschichte von Grauen und Zorn
Von Wut und Ingrimm
Und von den Lebenden und den Toten
Es ist seine Geschichte und sie ist namenlos

Doch wir, die wir dabei waren
Konnten ihn nicht davon abhalten
Nein, wir halfen auch noch
Gott wird uns strafen und wird uns verdammen
Sie war schrecklich und sie erzürnte ihn
Doch er ließ uns gewähren und hielt uns nicht davon ab

Wir kamen vom Berg und gingen zu ihm
Wir alle, ohne Argwohn und Zweifel
Um seine Lehren zu hören und uns zu bereichern.
Was wir dann sahen, erschütterte unser Herz
Unsere Augen sie weinten, kaum glauben, was sie da sahen
Doch er stand nur da und …

… drückte immer weiter zu. Wir konnten nicht verstehen, was er da machte, dann aber begriff Paulus es als erster.
 „Haltet ein, mein Meister", rief er ihm zu, doch er hörte ihn nicht.
 Immer stärker drückten seine Hände Maria Magdalena den Hals zu, deren Gesicht schon blau angelaufen war. Sie riss ihre Arme nach oben und versuchten ihn davon abzuhalten, sie zu erwürgen, doch ihre Kraft war schon fast am Ende. Ein röchelndes

Geräusch entkam ihren Lippen und ihre Hände gruben sich in sein Gesicht.

„Du Hure", schrie er, als ihre Fingernägel sein Gesicht zerkratzten, dann drückte er nochmals zu.

Diesmal noch stärker.

Schweiß stand auf seiner Stirn und die Haare hingen ihm wirr ins Gesicht.

„Mein Herr, im Namen Gottes, haltet ein", schrie Paulus wieder, doch auch diesmal nahm er von ihm keine Notiz.

„Stirb jetzt endlich, du untreue Frau", brüllte er sie an.

In ihren Augen sah man Furcht und Angst.

Todesangst.

Sie krächzte etwas, das man nicht verstand, dann versuchte sie den Kopf zu schütteln, doch es gelang ihr nicht.

Er kam mit seinem Gesicht ganz nah zu ihr heran.

„Ja, schau mir in die Augen und sieh deinen Tod".

Er ging mit dem Gesicht wieder zurück und drückte weiter zu, während sie verzweifelt wieder versuchte, mit dem Kopf zu schütteln.

Dann plötzlich sagte sie etwas:

„Bitte, nicht".

Mehr nicht.

Ihre Hände hoben sich noch einmal in die Höhe und griffen an seine Arme, dann glitten sie langsam und kraftlos hinunter. Kurz zuckten sie noch einmal, dann war Stille.

Dennoch drückte er weiter und fing an, sie zu schütteln.

„Das ist dein Lohn für deine Untreue, du undankbares Weib", brüllte er, dann ließ er von ihr ab.

Sie fiel wie ein nasses Bündel zu Boden und blieb regungslos liegen.

Keiner sagte etwas und keiner tat etwas.

Stille.

Plötzlich drehte er sich zu ihnen um und starrte sie an.

„Was ist?", schrie er sie alle an.

Sie zuckten zusammen, dann starrten sie fast alle auf den Boden.

Er kam näher.

„Sie hatte es nicht anders verdient", meinte er und fing an zu lachen. „Sie hatte mich betrogen, ich weiß es. Gott hat es mir gesagt".

Sie schauten ihn immer noch nicht an, erst als er zu Paulus kam und ihn direkt anschaute, da erhob Paulus seinen Blick.

„Ihr habt sie getötet", sagte er nur und blickte ihm direkt in die Augen.

„Ja, das habe ich", antwortete er, „aber es war nur der Lohn der Untreue, den sie empfangen hat, mehr nicht".

Er drehte ihnen wieder den Rücken zu und ging zur Leiche, dann bückte er sich zu ihr nieder.

„Warum hast du mich nur betrogen?", fragte er sie, dann strich er ihr eine Haarsträhne aus dem Gesicht. „Warum nur, du hattest doch alles".

Er schüttelte den Kopf und stand dann wieder auf.

„Herr, sie hat euch nichts getan", sagte Jakobus plötzlich und ging auf ihn zu. Er faltete seine Hände, dann zeigte er auf die Frau.

„Sie war euch immer treu, warum habt ihr sie getötet?".

Sein Blick war fragend und gleichzeitig auch bettelnd.

„Warum nur?", wiederholte er und kniete sich dann nieder.

Alle anderen knieten nun auch und beteten.

„Gott, nimm sie auf und führe sie in dein Reich und …".

„Seid ruhig, alle miteinander", schrie er auf einmal.

Sie verstummten augenblicklich.

Er starrte sie verachtend an, dann erhob er sich und kam ein paar Schritte auf sie zu.

„Wenn mein Vater nicht gewesen wäre, hätte ich von dem Treuebruch nichts erfahren, aber er hat es mir gesagt. Seine Stimme war klar und deutlich", brüllte er, dann ging seine Hand nach oben. „Gott, mein Vater hat zu mir gesprochen und dann habe ich es gesehen".

„Aber sie hat nichts getan", widersprach Jakobus, dann stand er auf.

„Was habt ihr nur getan?", fragte er.

„Nichts. Ich habe sie nur bestraft, so wie Gott, seine Stimme es mir befohlen hatte", antwortete er und ging auf Jakobus zu.

„Bist du derjenige, der mich beschuldigt?", fragte er.

Jakobus senkte seinen Kopf wieder und ging einen Schritt zurück.

Er lächelte dämonisch, dann ging er zu den anderen.

„Ist jemand hier, der mich des Mordes anklagt?", rief er ihnen zu.

Sie blickten alle auf den Boden und keiner sagte etwas.
„Dann seid allesamt ruhig und gebt keine Widerworte", meinte er und ging wieder zu der Leiche zurück.
Er schaute sie lange an, dann fiel er wieder auf seine Knie und fing plötzlich an zu weinen.
„Oh mein liebes Weib, was habe ich nur getan?", wehklagte er auf einmal.
Er drehte sein Gesicht zu ihnen und rief ihnen zu:
„Meine Brüder, was soll ich jetzt nur tun?".
Sie schauten sich gegenseitig an, dann erhoben sie sich fast alle gleichzeitig.
„Mein Herr, wir finden einen Weg", sagte Jesus und war als erster bei ihm.
Er kniete sich neben ihm nieder und legte ihm seine Hand auf die Schulter.
„Ja, Herr, wir werden einen Weg finden".
Jesus winkte seine Brüder zu sich und alle versammelten sich um ihn.
„Ja mein Meister, wir werden uns darum kümmern", sagte Matthäus und legte ebenfalls seine Hand auf ihn.
„Wir werden euch trösten", meinte Simon und auch er berührte ihn und ließ seine Hand auf ihm ruhen.
Alle anderen knieten sich daneben und berührten ihn, dann beteten sie.
„Gott, der Allmächtige, befreie dein Kind von den Nöten und Sorgen, die es befallen haben. Erlöse ihn von der Pein und gebe ihm Frieden. Amen".
Er riss seinen Kopf nach hinten und brüllte seine Ohnmacht hinaus.
„Gott, erhöre mich und vergib mir meine Schuld".
Sie blieben noch einige Sekunden, dann führte Simon ihn von der Leiche weg. Zusammen gingen sie nach draußen, während die anderen immer noch in der Hütte blieben.
„Was sollen wir nun tun?", fragte Paulus und zeigte auf die Leiche.
„Ich werde mich darum kümmern", antwortete Jesus plötzlich.
„Es ist meine Aufgabe und ich werde sie erledigen".

Er nickte mit dem Kopf, dann ging er zur Leiche. Er nahm ihre Hände und legte sie auf ihren Bauch, dann richtete er sie so aus, dass sie genau gerade auf dem Boden lag.

„Gebt mir die Leinensäcke", rief er seinen Brüdern zu.

Paulus, Jakobus und Philippus erhoben sich und holten aus der Ecke der Hütte drei Leinensäcke, dann gingen sie wieder zu ihm zurück.

„Legt sie auf den Boden", gab er ihnen Anweisung, dann holte er sein Messer heraus.

Er schnitt sie fein säuberlich auseinander, dann legte er sie auf den Boden.

„Helft mir", bat er.

Sie kamen alle auf ihn zu, dann nahmen sie die Leiche von Maria Magdalena und legte sie auf die auseinandergeschnittenen Leinensäcke.

„Gut", meinte Jesus, „und jetzt helft mir, sie einzuhüllen".

Sie bedeckten sie so, so dass nur noch das gemarterte Gesicht nach außen schaute, dann, als Paulus ein letztes Gebet für sie sprach, verhüllten sie auch dieses.

„Jetzt geht", sagte Jesus, „den Rest müsst ihr euch nicht antun".

Er schickte sie zu ihm nach draußen.

Sie verließen die Hütte und gesellten sich zu ihm, dann schaute der Meister sie weinend an.

„Ihr habt Großes für mich getan. Euch allen wird das Himmelsreich offen stehen und ihr sollt empfangen werden, wie Könige", prophezeite er.

„Kniet nieder".

Sie gehorchten und versammelten sich wieder um ihn.

Er nahm seine Hände und legte sie ihnen abwechselnd auf ihre Köpfe.

„Gesegnet seid ihr und heilig sind eure Namen".

„Und gesegnet bist du, Sohn des allmächtigen Gottes", antworteten sie ihm.

„Und nun, lasst uns gehen", sagte er dann.

Sie erhoben sich alle und folgten ihm, während Jesus seine grauenvolle Aufgabe alleine bewältigen musste.

Er trug den Leichnam auf seiner Schulter und ging im Schutze der Dunkelheit auf das angrenzende Feld. Als er dort angekommen war, grub er hastig in der noch vom Winter hart gefrorenen Erde mühsam ein Grab. Es dauerte einige Zeit, bis er damit fertig war. *Was hatte er nur getan?* fragte er sich oft, während er das Loch grub, doch er fand keine Antwort.

Als er einige Zeit später das Grab ausgehoben hatte, legte er den Leichnam behutsam hinein. Für einen Moment glitt der Leinensack hinab und entblößte das Gesicht von Maria Magdalena, dann bedeckte er es schnell wieder.

„Friede sei mit dir", sagte er leise, dann begann er, die Erde auf den Leichnam zu werfen.

Er brauchte nicht lange und als er fertig war, fiel er auf seine Knie und fing an zu beten.

„Oh allmächtiger Gott, gib uns die Kraft, dies alles zu meistern und lasse uns nicht allein, mit dieser schweren Bürde. Sorge für deinen Sohn und führe ihn nicht mehr in Versuchung, sondern erlöse ihn von den teuflischen Begierden, die nach ihm trachten".

Er blieb noch einige Sekunden, dann stand er auf und ging. Kurze Zeit später hatte er das Feld überquert und war an der Hütte angelangt, wo sich seine Brüder um ihn versammelt hatten. Er gesellte sich zu ihnen und lauschte seinen Worten.

„Und wisset, dass was ihr heute für mich getan habt, dass habt ihr auch für ihn getan. Und dass, was ihr noch für mich tun werdet, dass macht ihr in seinem Namen".

Sie falteten ihre Hände und begannen zu beten ...

Dein Wort ist heilsam und wirkungsvoll
Dein Schwert ist mächtig und hart
Deine Worte sind Balsam für meine Seele
Und deine Feinde sollen wehklagen und jammern
Wenn sie sich gegen dich erheben
Zerschmettert sollen sie werden

Trösten sollen deine Worte
Heilig und geehrt sollst du sein
Dein Wissen und deine Allmacht
Wirkt in meinem Herzen wider
Sie stärken mich und meinen Glauben
An das allmächtige und den Herrn

Frohlocket und stimmet mit ein
Lobpreiset und singet vereint
Gottes Sohn ist auf die Erde gesandt
Um uns den Frieden zu bringen
Auf das wir ihn achten und hegen
Bis in alle Ewigkeit.

Die Übersetzung endete hier.
Lacombe legte den Brief auf die Seite und atmete tief durch.
Wenn das alles stimmte, dann war sein Erlöser nicht … .
Er dachte nicht mehr weiter, sondern nahm die zweite Übersetzung zur Hand.
Plötzlich kam Scotts in sein Zimmer gestürmt.
„Pater, sie müssten sofort kommen", schrie er ihn aufgeregt an.
Seine Augen schienen, so wie er ihn anblickte, etwas Furchtbares gesehen zu haben.
„Was ist?", fragte Lacombe.
„Kommen sie, bitte", flehte er ihn an, dann verschwand er wieder.
Lacombe wollte gerade aufstehen, als ihm plötzlich wieder schwarz vor Augen wurde. Er taumelte kurz und musste sich an der Bettkante festhalten, um nicht wieder nach hinten zu fallen. Sekunden später verebbte das Gefühl wieder und diesmal schaffte er es, auf die Beine zu kommen. Trotzdem ging er langsam, Schritt für Schritt, hinter Scotts her, der im Flur auf ihn gewartet hatte.
„Das haben sie noch nie gesehen", sagte er und ging wieder voran. „Los, beeilen sie sich".
„Ja, ja, schon gut", antwortete er ein wenig gereizt.
Er war immer noch geschwächt und seine Kopfschmerzen waren noch nicht ganz verschwunden, trotzdem fühlte er sich etwas besser.
Er lief Scotts hinterher, der bereits an der Haustüre war und sie gerade öffnete. Ein rötlich braunes Licht durchflutete auf einmal den Gang und Lacombe musste sich die Augen zu halten, so grell war es.
„In Gottes Namen, was ist das?", hauchte er, dann trat er neben ihn.
Scotts nahm seine Hand und zeigte in den Himmel.

Lacombe sah es und schüttelte entsetzt den Kopf.
„Gott sei uns gnädig", sagte er nur, dann überkam ihn das kalte Grausen.

5.

Er war trotz dem Chaos, das auf den Straßen herrschte, ziemlich schnell bei ihr gewesen. Er bog an den rauchenden und teilweise immer noch brennenden Trümmern der Häuser in die Straße ein, wo sie wohnte. Kurz bevor er ihr Haus sah, hoffte er, nein, wünschte er sich, das es verschont geblieben war und tatsächlich, es hatte keinen Schaden genommen. Auch die Häuser links und rechts davon waren alle völlig unbeschädigt, nur aus einem Haus, dass ungefähr 5 Häuser weiter links lag, brannte es lichterloh. Er parkte sein Auto direkt vor ihrem Haus, dann stieg er aus und ging darauf zu. Plötzlich blieb er stehen.

Was mache ich eigentlich hier? fragte er sich selbst und schlagartig wurde ihm wieder bewusst, was er hier wollte.

Ich habe hier Beweismittel in einem Mordfall und gehe jetzt zu einer Hellseherin, beantwortete er sich selbst die Frage. Als er sich die Antwort nochmals durch den Kopf gehen ließ, drehte er sich wieder um und war im Begriff wieder zu gehen.

Absurd, dachte er nur, dann ging er wieder zu seinem Auto zurück.

Er wollte gerade wieder einsteigen, als er plötzlich ganz hinten in seinem Bewusstsein, eine kleine, junge weibliche Stimme hörte, die ihm zurief:

„*Kuschelbär*".

Er blieb sofort stehen, dann begann er zu weinen.

„Ja, meine kleine Eve, ich habe dich gehört".

Trotzdem blieb er noch einige Sekunden stehen, wägte das Für und Wider ab und drehte sich dann abermals um.

Er hatte keine andere Wahl, als zu ihr zu gehen und es wenigstens zu versuchen, auch wenn es keinen Sinn machte. Aber vielleicht hatte er ja Glück und sie konnte eine Verbindung mit dem Reich der Toten herstellen, so wie sie es bei ihm gemacht hatte, ohne dass er es bemerkt hatte.

Er atmete kurz durch, dann ging er wieder auf das Haus zu. Er stieg die Stufen hinauf und klingelte bei ihr.

Es dauerte auch nicht lange, bis Laura die Tür einen Spalt öffnete. Als sie ihn sah, machte sie die Tür ganz auf und kam ihm einen Schritt entgegen.

„Inspektor Strachan", begrüßte sie ihn kühl.

Verlegen schaute er auf den Boden.

„Laura", sagte er nur kurz, dann folgte ein Sekundenlanges Schweigen.

Er wusste nicht, wie anfangen und sie schien es zu spüren.

„Was wollen sie?", fragte sie auf einmal.

Er antwortete nicht sofort, sondern holte das Medaillon aus seiner Tasche und zeigte es ihr.

„Was ist das?", fragte sie.

Er ging eine Stufe hoch, so dass er fast bei ihr war, dann gab er ihr das Medaillon.

„Können sie mir helfen?", fragte er stotternd, während sie es in die Hand nahm.

Sie schaute es sich genauer an, dann gab sie es ihm wieder zurück.

„Ich weiß nicht, was sie meinen?".

Gordon ging wieder einen Schritt zurück und steckte das Medaillon in seine Tasche.

„Wir haben es an einem Tatort gefunden. Vor nicht einmal einer Stunde. Wir haben gedacht …".

Er machte eine kurze Pause und schaute sie bittend an.

„… ich habe gedacht, vielleicht könnten sie es sich ja mal anschauen, vielleicht könnten sie mir etwas dazu sagen".

Sie schaute ihn mitleidig an.

Sie wusste, was gerade in ihm vorging. Vor nicht einmal einem halben Tag, war er der festen Überzeugung, und die hatte er ihr unmissverständlich kundgetan, dass das, was sie konnte, nur Humbug und Scharlatanerie war und jetzt?

Jetzt musste er um ihre Hilfe bitten!

„Kommen sie rein", meinte sie und trat beiseite.

Er nickte mit dem Kopf und ging an ihr vorbei, dann drehte er sich zu ihr um.

„Ich brauche ihre Hilfe", sagte er plötzlich und holte erneut das Medaillon heraus.

„Eine Frau, vielleicht in ihrem Alter, wurde heute ermordet und wir haben dieses Schmuckstück gefunden. Wir wissen nicht, wem es gehört, aber eines wissen wir, es gehörte nicht der Toten. Auch der Ehemann hat es noch nie gesehen, also denken wir, es gehört wahrscheinlich dem mutmaßlichen Mörder", erklärte er.
Sie schaute es sich an, dann gab sie es ihm erneut wieder.
„Es tut mir leid, Inspektor, aber das ist tote Materie, da fühle ich nichts", erklärte sie ihm trocken, „sie müssen wissen, ich kann nur eine Verbindung herstellen, wenn ich etwas menschliches anfasse, auch wenn es nur ein Teil davon ist".
„Dann machen sie es auf. Ich habe Haare darin gefunden. Geht das?", fragte er.
Sie machte es auf und schaute sich das Haarbüschel an. Auf einmal war sie sich nicht mehr so sicher. Meistens war es so gewesen, dass sie nur dann eine direkte Verbindung herstellen konnte, wenn sie ihr Gegenüber berührte, und zwar lebendig. Nur einmal, und das war schon lange her, da stand ihr in einer Séance nur ein Zahn von einem Verstorbenen zur Verfügung, und da hatte es tatsächlich geklappt.
Sie blickte ihn dennoch zweifelnd an.
„Ich kann es ja mal probieren", erklärte sie ihm.
„Das reicht mir", antwortete er ihr, „bitte versuchen sie es".
„Kommen sie", forderte sie ihn auf, dann ging sie in das Zimmer, wo sie immer die Séancen abhielt.
„Nehmen sie Platz", bat sie ihn und er setzte sich auf einen Stuhl. Er schaute sich im Zimmer um und erkannte, dass es so aussah, wie es in diesen zweitklassigen Horrorfilmen immer dargestellt wurde.
Sie schien es sofort zu bemerken.
„Ich weiß, was sie denken, aber das brauche ich alles nicht. Ist nur Show", sagte sie fast beiläufig, dann nahm auch sie auf einen Stuhl Platz.
„Es ist ganz einfach. Wenn ich die Haare anfasse, bitte ich sie einfach, nichts zu tun. Egal was auch passiert, lassen sie mich in Ruhe. Haben sie das verstanden?".
Sie schaute ihn eindringlich an.
„Ja, Laura, ich werde ganz ruhig sein", sagte er und nickte.
„Gut, dann lassen sie uns anfangen".

Sie öffnete das Medaillon und legte es auf den Tisch, dann nahm sie das Haarbüschel zwischen ihre Finger und wälzte es ein, zweimal, dann legte sie die Haare auf den Tisch.

Sie atmete tief ein, nahm dann wieder das Haarbüschel und legte es in ihre linke Handfläche.

Plötzlich hielt sie inne.

Sie hatte Angst.

Angst vor dem Scheitern und der Enttäuschung, dass sie es nicht konnte und …

… sie hatte Angst, dass die Stimme wieder kam, um ihr zu drohen, denn sollte sie tatsächlich etwas erfahren, ja, vielleicht sogar den Mörder entlarven und ihn dadurch zur Strecke zu bringen, würde die Stimme kommen und sie töten. Das hatte sie gesagt und sie glaubte es.

Aber andererseits waren da die Frauen, die bereits getötet worden waren und denen hatte sie versprochen, zu helfen. Und was war mit den Frauen, die vielleicht noch sterben würden? Sie war auch eine, wer sagt denn, dass nicht auch sie in Gefahr war. Sie konnte genauso die Nächste sein, wer wusste das schon.

Niemand, dachte sie.

Sie schaute ihn nochmals an.

„Unter keinen Umständen stören sich mich, ja?".

Er nickte nur.

Sie schloss ihre Augen, dann ballte sie die Hand, in der das Haarbüschel lag, zu einer Faust. Zuerst passierte gar nichts und Laura dachte sofort, dass es nicht klappen würde, dann jedoch wurde sie in das Reich der Toten katapultiert. In einem rasanten Tempo glitt sie in den wolkenlosen Himmel und schwebte, wie schon so oft, an den schattenhaften Toten vorbei. Es dauerte eine Weile, bis sie plötzlich anhielt und wie aus einem Fahrstuhl ausstieg. Sie lief über die Wolken und kam zu einer Gruppe, die nicht weit von ihr entfernt stand und es schien so aus, als ob sie sich unterhielten. Sie ging näher heran und schaute sich die Toten genauer an. Es waren Männer, sowie auch Frauen dabei und Laura wollte schon weiter gehen, als ein Mann sie ansprach:

„Wen suchst du?".

„Ich weiß es nicht", antwortete sie und sie wusste es tatsächlich nicht.

Er kam näher.

„Ich kann dir helfen, aber dann hilfst du mir auch".

„Ja, das werde ich", meinte sie, „sag mir, was du willst?".

„Mein Name ist Norman. Norman Harrison. Ich wurde verdächtigt, eine Frau getötet zu haben. Dafür haben sie mich hingerichtet, aber ich bin unschuldig. Ich bin es nicht gewesen, aber ich kann dir sagen, wer es war. Wenn du wieder zurück bist, musst du meine Unschuld beweisen, machst du das?", fragte er und kam nochmals einen Schritt auf sie zu.

„Ja, das werde ich. Sag mir den Namen, des wahren Verantwortlichen", forderte sie ihn auf.

„Christopher Connely, das ist sein Name. Er war mein Freund gewesen, aber dann hat er mich verraten und mir diesen Mord in die Schuhe geschoben. Ich wurde zu Unrecht hingerichtet".

Plötzlich, auch wenn es nicht möglich war, schien es so, als ob der Mann weinte.

Laura schaute ihn traurig an.

„Ist schon gut, Norman, ich werde dir helfen. Sag mir nun, wie soll ich seine Schuld beweisen?".

„Sagen sie der Polizei, er hat den goldenen Armreif noch. Er hat der Frau gehört, die wir beide liebten, aber Gloria, so hieß sie, hatte nur Augen für mich. Dann hat er sie getötet, weil er sie nicht haben konnte und gesagt, dass ich sie umgebracht hätte, aber das ist nicht wahr. Ich habe es nicht getan, das musst du mir glauben", flehte er, dann fiel er auf seine Knie.

„Er hatte allen Schmuck und Wertgegenstände, die Gloria gehörten in meine Wohnung geschmuggelt, so dass es so aussah, als hätte ich sie bestohlen und sie dann getötet, als sie mich bei dem vermeintlichen Raub erwischte. Nur den Armreif, den hat er bei sich behalten".

„Aber, was soll ich denn der Polizei sagen?", fragte sie, weil sie nicht wusste, warum der Armreif die Lösung sein sollte.

„Ganz einfach. Er hatte bei der Polizei ausgesagt, ich hätte dieses Schmuckstück bei einem Hehler verkauft und zu Geld gemacht. Wenn sie ihn aber bei ihm finden, wissen sie, dass er gelogen hat und dann ist er dran", erklärte er.

„Ich verstehe", sagte sie und nickte, „ich kenne jemanden bei der Polizei, der dieser Sache nachgehen wird, das verspreche ich dir".

„Danke", sagte er und erhob sich.
„Wie kann ich nun dir helfen?".
Sie kam einen Schritt näher.
„Ich suche eine Frau, aber ich weiß ihren Namen nicht. Alles was ich von ihr habe, ist ein Medaillon mit ihrer Haarsträhne darin, mehr nicht".
Er nickte, dann drehte er sich um.
„Ich kenne diese Frau, sie steht dort drüben", meinte er und zeigte auf eine junge Frau, die nicht weit entfernt ganz allein stand.
Sie drehte ihr Gesicht zu der Frau hin und schaute sie sich genauer an. Laura wusste nicht, ob sie die Frau war, nach der sie suchte und ob ihr die Haarsträhne gehörte.
Sie drehte ihren Kopf wieder zu ihm zurück.
„Warum bist du dir da so sicher?", fragte sie nach.
„Weil ich es weiß", antwortete er bestimmt.
Laura wunderte sich immer wieder, woher die Toten das wussten. Hatten sie ein Gefühl oder eine Intuition, von der wir Lebenden nichts wussten? Es schien so, woher sollten sie es denn sonst wissen.
„Danke", sagte sie nur und wollte gerade gehen, als er sie noch einmal ansprach.
„Ihr müsst euch beeilen", meinte er nur.
„Warum?".
„Weil es bald zu spät sein wird. Wenn sie es schafft, dann werden unsere Welten aufhören, zu existieren. Eure Welt wird in Chaos und Anarchie untergehen, während wir nicht mehr in das Licht gehen und unsere Erlösung empfangen können. Wenn sie an die Macht kommt, wird Dunkelheit und Finsternis über uns hereinbrechen und keiner wird sie jemals vertreiben können", erklärte er.
Laura erschrak, weil sie wusste, dass kein Toter lügen konnte, also musste an der Geschichte etwas dran sein.
Aber was?
„Und sie ist der Schlüssel dazu?", fragte sie nach.
„Ja, nicht nur sie. Aber die Zeit drängt, deshalb gehe und frage sie", sagte er noch, dann drehte er sich um und verschwand.
Sie verlor keine Zeit und schwebte auf die Frau zu. Als die Frau Laura kommen sah, blickte sie verlegen nach unten.

„Bist du diejenige, die ich suche?", fragte Laura.
Sie antwortete nicht, sondern schaute immer noch auf den Boden.
Laura wusste nicht warum, deshalb fragte sie danach.
„Was ist los, schämst du dich, dass du hier bist?".
„Nein, nicht deswegen, sondern wegen ihm", antwortete sie und schaute immer noch auf den Boden.
Laura kam näher.
„Aber das musst du nicht", sagte sie einfühlsam, „nicht wegen ihm. Er ist selbst für sein Tun und Handeln verantwortlich und nicht du".
„Das weiß ich schon, aber wenn ich ihn nicht betrogen hätte, hätte er diese Morde nie begangen. Die Frauen, die er getötet hat, haben es mir so gesagt. Sie haben mir die Schuld an ihrem Tod gegeben", erklärte sie schluchzend.
„Das ist nicht wahr", meinte sie, dann fügte sie hinzu, „er hätte auch so gemordet, ob du ihn nun betrogen hättest oder nicht. Er ist krank und braucht Hilfe. Wir müssen ihn stoppen, deshalb sag mir seinen Namen, damit wir die anderen Frauen vor ihm schützen können".
Sie blickte nach oben und schaute Laura weinend an.
„Aber wenn ich es dir sage, dann wird sie mich holen und ich kann nicht in das Licht gehen, wenn es nach mir ruft", jammerte sie.
Sie hatte Angst, dass sah Laura sofort, aber vor wem. Sie war schon oft im Reich der Toten gewesen und hatte verschiedene Gefühlsregungen bei den Verstorbenen beobachten können, positive wie auch negative. Freude, Liebe oder Fröhlichkeit, aber auch Neid, Missgunst oder Hass, aber dieses Gefühl hatte sie noch nie gespürt: Angst.
„Wer macht dir Angst?", fragte Laura nach.
Sie blickte sich nach allen Seiten um, dann kam sie ganz nah zu ihr heran.
„Sie", flüsterte sie, „Sie hat die Macht".
Sie verstand nicht.
„Wer ist das und wo ist sie?", fragte sie nach.
„Sie ist nirgends und doch überall. Sie ist mal hier, dann ist sie wieder ganz weit weg, aber sie droht uns, besonders mir".
„Weißt du, ob sie gerade hier ist?", fragte Laura.

Die Frau blickte wieder um sich, dann seufzte sie:
„Nein, ich glaube, sie ist gerade nicht da, denn sonst hätte ich schon längst ihre Stimme gehört".
„Also, sie spricht nur mit dir, ist das richtig?", wollte Laura wissen.
„Ja, aber ihre Stimme ist so furchtbar und abscheulich, ich will sie nicht mehr hören", sagte sie jetzt zitternd.
Laura wusste nicht, was sie davon halten sollte, doch sie hatte eine Ahnung, denn auch sie hatte die Stimme schon einmal gehört. Sie war sich fast sicher, dass sie ein und dieselbe waren und dies wollte sie ihr nun auch sagen.
„Auch ich habe diese Stimme schon einmal gehört, aber ich habe keine Angst vor ihr", meinte sie und log.
„Ja, wirklich?", fragte sie nach.
„Ja, denn sie hat auch nur Angst, so wie du auch, aber sie versteckt ihre Zweifel und Ängste und droht den anderen, um ihre Schwächen zu verbergen. Ihr müsst euch wehren und dagegen ankämpfen, denn sie kann nicht in eure Welt, glaube mir. Hier seid ihr sicher", erklärte sie.
Sie blickte Laura etwas hoffnungsvoller an.
„Du meinst, sie kann uns nichts antun?", fragte sie nochmals nach.
„Nein", antwortete sie knapp.
Die Frau atmete kurz durch, dann strahlte sie Laura freudig an.
„Nun habe auch ich keine Angst mehr".
„Jetzt sag mir, wie du heißt?".
„Mein Name ist Phoebe. Phoebe Sinclair", antwortete sie und lachte.
„Hallo Phoebe, mein Name ist Laura und jetzt erzähl mir deine Geschichte".
„Er war immer nett zu mir, ich glaube er liebte mich auch, aber er war schon komisch, deshalb wollte ich auch nicht mehr mit ihm zusammen sein. Weißt du, er hatte mich kaum aus den Augen gelassen, wollte immer dabei sein, egal was ich auch tat, und das ging mir langsam auf die Nerven. Wer will denn schon so einen Freund haben?", erklärte sie.
„Auf jeden Fall wollte ich mich von ihm trennen, aber er hatte mich bedrängt und gelobte Besserung, doch es wurde immer

schlimmer. Ja und dann habe ich diesen anderen Mann kennen gelernt, der so ganz anders war wie er und ich habe mich in ihn verliebt. Wir trafen uns heimlich, weil ich Angst hatte, er würde mir was antun, aber irgendwann wollte ich auch, dass dieses ganze Versteckspiel ein Ende hatte. Doch dann erwischte er uns, bevor ich es ihm erklären konnte".

Sie wurde nun traurig und Tränen traten aus ihren Augen hervor.

„Es war schrecklich und es tat so weh", klagte sie.

Laura kam einen Schritt auf sie zu und wenn sie gekonnt hätte, hätte sie dieses arme Mädchen gerne in den Arm genommen und getröstet.

„Ist schon gut, Phoebe", meinte Laura und versuchte sie zu beruhigen, „erzähl weiter. Was ist dann passiert?".

„Erst wollte er mich gar nicht töten, ja, er wollte sogar, obwohl ich ihm schlimme und böse Sachen an den Kopf geworfen hatte, immer noch mit mir zusammen sein, aber ich konnte nicht. Dann hat er das Messer genommen und mich getötet".

Laura schaute sie mitleidig an.

„Aber es war noch nicht vorbei. Als ich schon tot war, hatte er noch etwas gemacht, aber ich traue mich nicht, es dir zu zeigen", erklärte sie ängstlich.

„Keine Angst, zeig es mir", sagte Laura und versuchte sie, zu beruhigen.

„Es war schrecklich und obwohl ich schon nicht mehr lebte, fühlte ich die Schmerzen. Er nahm sein Messer, dann… dann…, dann machte er das".

Sie ging einen Schritt zurück, dann nahm sie ihre Hände und nahm ihren Kopf vom Rumpf.

Laura taumelte erschrocken zurück.

So eine verdammte Bestie, dachte Laura und schaute sich das grausige Schauspiel an. Das Mädchen kam einen Schritt auf sie zu, dann nahm sie ihren Kopf und setzte ihn wieder auf.

„Siehst du, was er mir angetan hat?", fragte sie und plötzlich kamen ihr die Tränen.

„Ja, ich sehe es".

Laura wusste nun, was mit ihr geschehen war. Nun brauchte sie nur noch seinen Namen und der Inspektor konnte nachprüfen, ob er der Gesuchte, der Mörder war oder ob es eine Sackgasse sein würde.

„Wie war sein Name?", fragte sie ganz direkt.

„Joel Harper", flüsterte sie.

Nun hatte sie den Namen.

„Ich danke dir für deinen Mut und die Hilfe, die du uns gegeben hast. Und jetzt geh ins Licht".

„Wenn ich es sehe, werde ich gehen, aber ich glaube, solange er noch lebt und weiter mordet, kann ich nicht gehen", erklärte sie und Laura verstand sofort.

Sie war noch nicht soweit. Viele Tote mussten oder wollten noch bleiben, bis alles ausgestanden oder behoben war, erst dann konnten sie Ruhe und Erlösung finden.

„Ich verstehe", antwortete Laura und nickte, dann ging sie einen Schritt zurück. Sie wollte sich gerade umdrehen und von ihr weggehen, als plötzlich eine Frau auf Phoebe zukam und sie wüst beschimpfte.

„Du Hexe, wegen dir bin ich getötet worden", schrie sie und Phoebe zuckte zusammen.

„Ich kann nichts dafür", sagte sie leise, dann löste sie sich plötzlich in Luft auf und verschwand.

Laura starrte die Frau an und voller Schrecken erkannte sie, dass der Frau der rechte Fuß fehlte.

„Was ist ihnen passiert?", fragte sie etwas dümmlich.

„Das geht dich einen Scheiß an", fuhr sie Laura an, dann brabbelte sie irgendetwas, das Laura nicht ganz verstand.

„So ein blödes Arschloch, wenn ich gewusst hätte, dann…, scheiße warum bin ich nicht …, ich habe ihm doch nichts getan".

Laura wollte sie gerade erneut ansprechen, als sich die Frau plötzlich umdrehte und zu den anderen Frauen ging, die etwas abseits standen. Laura zählte die Frauen kurz durch, dann erahnte sie, was passiert war.

„Oh mein Gott", sagte sie nur, dann raste sie auf einmal wieder zurück in das Diesseits.

Sie schlug ihre Augen auf und blickte genau in das Gesicht des Inspektors, der immer noch erwartungsvoll auf dem Stuhl saß und wartete.

„Und?", fragte er ungeduldig.

Sie hob eine Hand zum Zeichen, dass er sich noch ein wenig gedulden musste, dann stand sie auf.
Er stand ebenfalls auf und ging zu ihr hinüber.
„Geht es ihnen gut?", erkundigte er sich.
„Ja, alles in Ordnung", antwortete sie.
„Es hat wohl nicht geklappt, so wie sie aussehen, oder?", fragte er wieder nach.
„Doch, ich habe, was sie wollen", sagte sie knapp, dann setzte sie sich wieder auf den Stuhl, „ich kenne seinen Namen".
„Schnell, sagen sie ihn mir", meinte er freudenstrahlend, „dann können wir sofort ein Einsatzkommando zu diesem Schweinehund schicken".
„Schreiben sie auf, sein Name ist Joel. Joel Harper".
Er schrieb ihn auf und ohne ihr eine Antwort zu geben, holte er sein Handy heraus und begann eine Nummer einzutippen.
„Ja, hier Strachan. Ich habe einen Namen, Joel Harper, und ich will alles über den Typ wissen. Wo er wohnt, ob er vorbestraft ist, die ganze Liste eben, haben sie verstanden?".
Es folgte eine kurze Pause, dann schrie er in das Telefon hinein.
„Sofort".
Mehr sagte er nicht, dann legte er auf.
Er schaute zu Laura hinüber, die in der Zwischenzeit zu ihm gekommen war.
„Wenn ihre Informationen richtig sind und er dieser Mistkerl ist, dann …".
Er unterbrach seinen Satz, denn er wusste in dem Moment nicht, was er sagen sollte.
Wollte er sich bei ihr bedanken?
Dann musste er zugeben, dass Laura tatsächlich mit den Toten reden konnte, aber er zweifelte noch immer.
Er schaute sie an, dann streckte er seine Hand nach ihr aus.
„Danke für ihre bisherige Hilfe. Die Frauen von London werden es ihnen danken, wenn sie wieder ungestört schlafen können", meinte er.
Sie nahm seine Hand und drückte sie, dann zog sie ihn zu sich her und schaute ihm besorgt in die Augen.
„Es ist noch nicht vorbei. Er hat schon wieder gemordet".

KAPITEL V

ERINNERUNGEN

1.

Während Lacombe die erste Übersetzung las und Inspektor Strachan gerade bei Laura eintraf, war er schon wieder auf dem Heimweg. Er war frohgelaunt, weil er schon wieder ein Geschenk für seine Liebste in seiner Plastiktüte hatte. Es war schnell gegangen, hatte nicht viel Mühe bereitet und er hatte obendrein noch etwas bekommen, das ihn erfreute und befriedigte.

Nachdem die Stimme ihm freie Hand gelassen hatte, das nächste Opfer zu suchen, hatte er sofort eine Idee gehabt. Nach den ganzen Ereignissen, die London heimgesucht hatten, würde es schwierig sein, irgendeine Frau so schnell zu bekommen, die ihm das notwendige Körperstück zur Verfügung stellte. Aber, wie schon gesagt, er hatte sofort eine Eingebung gehabt.

Er ging zielstrebig an jenen Ort, an dem immer, egal zu welcher Tageszeit, was los war: ins Nuttenviertel.

Als er dort angekommen war, blieb er auf der anderen Straßenseite stehen und sah sich die Huren genauer an. Er hätte jede haben können, ja, da war er sich sicher, aber nun konnte er endlich einmal auswählen. Sofort sah sein Blick eine vollbusige Blondine, die nicht weit von ihm entfernt ihre Dienste anbot. Auch sie schien ihn schon gesehen zu haben, denn auf einmal überquerte sie die Straße und kam auf ihn zu.

Als sie bei ihm war, lächelte sie ihn freundlich an.

„Na, mein Kleiner, wie wäre es mit uns zwei?", fragte sie und streichelte mit ihrer Hand über seine Maske.

Er nickte nur, dann nahm sie ihn bei der Hand und führte ihn über die Straße in einen Hinterhof. Als sie dort angekommen waren, zog sie trotz der Kälte ihre Jacke aus, dann knetete sie leicht ihre Brüste.

„Na was willst du?", fragte sie und ohne auf eine Antwort zu warten, bot sie ihm zwei Alternativen an.

„Wenn du Sex willst, kostet dich das 50 Pfund und wenn du nur einfach abspritzen willst, tja, dann bist du mit 30 Pfund dabei".

Er holte seinen Geldbeutel aus seiner Tasche und kramte 30 Pfund heraus, die er ihr sofort gab.

„Gute Wahl", sagte sie, „da bin ich Fachmann".

Sie lachte, dann zog sie ihn weiter nach hinten.

„Na, dann zieh mal deine Hose aus, damit ich anfangen kann", meinte sie und drehte sich kurz weg.

Er zog seine Hose aus und bekam sofort einen Harten. Als sie sich wieder umdrehte und sein Ding sah, johlte sie auf einmal auf: „Nicht schlecht, mein Kleiner, dann lass uns mal anfangen".

Sie kniete sich vor ihm hin und stülpte ihm ein Kondom über, das sie kurz zuvor aus ihrer Handtasche genommen hatte. Als sie damit fertig war, nahm sie seinen Penis sofort in den Mund und saugte daran.

Er stöhnte auf und dachte an das letzte Mal, als er mit Phoebe geschlafen und dort einen Orgasmus gehabt hatte. Seit dem hatte er nichts mehr mit einer Frau gehabt und er war süchtig nach diesem Gefühl gewesen. Deshalb genoss er den Augenblick und ließ seiner Begierde freien Lauf, ohne aber seinen Auftrag zu vergessen.

„Na, ist das gut", fragte die Nutte, während ihre rechte Hand seinen Schwanz umfasste und ihn im gleichbleibenden Rhythmus auf und ab bewegte.

Er sagte nichts, sondern empfing die Wollust.

Sie machte nun schneller und schneller, nahm wieder ihren Mund und massierte ihn mit ihren Händen, dann wiederholte sie alles noch einmal. Er war jetzt kurz vor dem Orgasmus und in diesem Augenblick spürte er, dass nun der Moment gekommen war, wo er zuschlagen musste. Er nahm das Messer aus seiner Tasche und hielt es fest in seiner Hand, dann nahm er die andere Hand und strich ihr sanft über das Haar.

Du bist ihrer würdig, sagte er, dann streckte er seine Hand mit dem Messer nach oben. Er wollte gerade zustechen, als er plötzlich einen Mann schreien hörte:

„He, Francis, bist du da drüben?".

Sie stöhnte auf, als sie seine Stimme hörte.

„Scheiße, ja, was willst du, ich bin gerade bei der Arbeit", schrie sie ihm entgegen, während sie immer noch seinen Schwanz mit der Hand umschlang

Der Mann kam auf sie zu.

„Verdammt, was fällt dir ein, so mit mir zu reden, du Schlampe", fuhr er sie an, dann packte er sie am Arm und zog sie nach oben.

„Aua, du tust mir weh", sagte die Nutte und löste sich von dem

Mann.

Er stand nur da und vorsichtig ließ er das Messer wieder in seiner Tasche verschwinden.

„Stell dich mal nicht so an", sagte der Mann, dann fügte er noch hinzu, „was ist denn das für ein Clown?".

Er zeigte auf ihn, dann begann er zu lachen.

„Mann, Francis, du nimmst auch jeden Verrückten".

„Und, was geht das dich an, du verdammter Penner", fuhr sie ihn an.

Er kam wieder auf sie zu und packte erneut ihren Arm.

„Hör zu, wenn du nicht willst, dass ich dir deine Hand breche, dann benimm dich, hast du verstanden?".

Sie rümpfte die Nase, hielt aber ihren Mund.

„So ist es gut. Jetzt hör mir mal zu, ich habe da hinten einen Reichen, der gibt 200 Pfund für eine Nummer mit dir. Du weißt schon, deine spezielle Nummer. Also, schwing deinen Arsch zu ihm hin und besorg es ihm, okay?".

Sie schaute ihren Zuhälter an, dann zeigte sie auf ihn.

„Was ist mit ihm?", fragte sie.

Er gab ihr keine Antwort, sondern rief zur Straße, wo die Nutten standen.

„He, Claire, komm hierher".

Eine kleine Frau drehte sich plötzlich um und kam dann langsam auf ihn zu.

„Was ist?", blaffte sie ihn an.

„Hier, Ablösung, aber sofort", sagte der Zuhälter und zeigte auf ihn, dann ging er und zog Francis hinter sich her. Als er einige Schritte gelaufen war, drehte er sich wieder um.

„Und mach schnell, der ist bald soweit. Wenn du fertig bist, dann machst du, dass du wieder auf deinen Platz kommst, kapiert?".

„Arschloch", sagte sie leise, dann kniete sie sich nieder und nahm seinen Schwanz sofort in den Mund und fing an, ihn zu lutschen.

Plötzlich verabscheute er das Gefühl, das sie bei ihm auslöste. Warum, wusste er nicht, aber es war nicht dasselbe, wie mit der Blondine.

Er drehte seinen Kopf nach rechts und sah, dass der Zuhälter mit der Frau bereits um die Ecke verschwunden war.

Jetzt, dachte er, dann nahm er zum wiederholten Mal das Messer heraus. Ohne Vorwarnung packte er die Frau an den Haaren und riss ihren Kopf nach hinten, dann rammte er ihr das Messer in den Hals. Sie wusste gar nicht, was passierte und sie musste auch keine Schmerzen ertragen, denn als das Messer die Haut durchdrang und sich durch ihren Hals bohrte, war sie schon fast tot. Er zog das Messer heraus, wobei die Luftröhre durchschnitten wurde, und stach dann erneut zu. Mit aufgerissenen Augen starrten sie ihn an, dann zog er die Klinge wieder aus ihr heraus. Er hielt sie immer noch an ihren Haaren fest und erst als sie den Mund öffnete, schreien konnte sie zu diesem Zeitpunkt schon nicht mehr, und ein Blutschwall daraus hervor trat, ließ er sie los. Sie fiel nach hinten, zuckte noch kurz mit den Armen und den Füßen und blieb kurze Zeit später, regungslos liegen.

Er trat auf sie zu und schaute sie an. Sie war nicht besonders hübsch gewesen, vielleicht war sie es früher einmal, aber das interessierte ihn nicht. Einzig und allein ihr Fuß war von Bedeutung und der sah nicht schlecht aus. Er zog die Hose wieder an und kniete sich zu ihr hinunter.

Plötzlich kam in ihm ein Gefühl hoch, dass ihn stolz machte. Natürlich verfolgte er in den Medien, vor allem in den Zeitungen seine Taten und er freute sich, dass er nur der *neue Ripper von London* genannt wurde. Eine schwere Bürde zwar, die er zu tragen hatte, aber er hatte sie, so dachte er zu mindestens, mehr als nur erfüllt. Während der erste Ripper nur vier Frauen ermordete, allesamt Prostituierte, hatte er es nun schon auf neun Morde gebracht, ohne Phoebe mit eingerechnet. Das machte ihn stolz und erhaben, aber er durfte seinen Vorgänger nicht vergessen. Als kleine Hommage an ihn, hatte er deshalb eine Prostituierte als nächstes Opfer ausgewählt und so seiner gedacht.

Dies war seine Art, Danke zu sagen.

Er kniete sich zu ihr nieder, nahm ihr rechtes Bein und zog ihr den Schuh aus. Sie hatte wirklich schöne Füße, das stellte er gerade fest, nur der Rest war nicht sehr ansehnlich, aber das störte ihn nicht. Er hatte ja, was er wollte, den Rest konnten die anderen haben, vielleicht hatten die ja noch Verwendung dafür. Er zog ihr den Strumpf aus, nahm dann sein Messer und fing an zu schneiden. Es dauerte nicht lange, dann hatte er es geschafft.

Er packte den Fuß in die Plastiktüte, dann machte er sich auf den

Heimweg.

Er kam schnell voran und war nach gut einer halben Stunde wieder in seiner Wohnung. Als er die Tür aufmachte, stieg ihm wieder einmal der betörende Geruch seiner Liebsten in die Nase. Genüsslich zog er alles in sich hinein, dann schloss er die Tür wieder hinter sich. Wie schon so oft zuvor, holte er Nadel und Faden aus seiner Schublade hervor, dann ging er zu ihr in das Schlafzimmer hinein.

„Überraschung", säuselte er, dann kippte er den Inhalt seiner Plastiktüte auf das Bett. Er war schon geübt darin, deshalb dauere es auch nur wenige Minuten, bis er ihr den Fuß angenäht hatte.

„Perfekt", sagte er, nachdem er sich das Ergebnis angeschaut hatte.

„Ja, das hast du gut gemacht", sagte die Stimme plötzlich, die sich den ganzen Tag über rar gemacht hatte, um sich jetzt rechtzeitig wieder zu melden.

„Findest du?", fragte er nach.

„Ja, sehr gut", antwortete sie, dann fügte sie noch hinzu, „und nun den Rest".

Auch darin war er geübt.

Es dauerte nicht lange, dann rannten Tränen an seiner Backe hinunter und als er sich über den Fuß beugte und eine davon genau auf die Nahtstelle traf, da begann das Wunder von neuem. Das Mysterium der Vereinigung war gerade beendet, da schrie die Stimme auf einmal auf:

„Du musst fliehen, sofort".

Er zuckte zusammen und starrte ins Leere.

„Warum?", fragte er.

„Weil die Hexe von Phoebe es der Schlampe gesagt hat, darum", brüllte sie.

Was hat sie gesagt? dachte er.

„Sie hat unser Versteck verraten, das hat sie gesagt", meinte sie, dann brüllte sie erneut:

„Du musst sofort von hier weg".

„Aber wohin sollen wir?", fragte er ängstlich.

„Ich weiß, wohin, aber erst musst du sie von hier fortschaffen, verstehst du, sonst ist alles verloren".

„Aber…".

„SONST IST ALLES VERLOREN", brüllte sie.
Er zuckte neuerlich zusammen und ängstlich schaute er auf seine Liebste.
Sie darf nicht sterben, nicht so knapp davor, dachte er, dann drehte er sich von ihr weg und rannte zum Telefon, das in seinem Wohnzimmer stand.
„Wo willst du hin?", schrie die Stimme, „du musst sie von hier wegbringen".
„Ja, ich weiß, aber ich kann sie nicht einfach hier raustragen. Sie werden mich sehen und dann die Polizei rufen, dann ist alles verloren", meinte er und äffte die Stimme nach.
Er nahm das Telefonbuch heraus und suchte fieberhaft nach einer Adresse. Sekunden später hatte er sie gefunden.
„37584995-99", sagte er leise, während er die Nummer auf dem Tastenfeld eintippte.
„Wenn rufst du an, du Trottel. Wir haben keine Zeit mehr. Was machst du da nur?", fragte die Stimme schreiend wieder.
„Sei ruhig", schrie er zurück und tatsächlich blieb sie still.
Sekunden vergingen, ohne dass jemand an das andere Ende der Leitung ging. Er hatte Angst und Bedenken. Angst, dass keiner da war, sie hatten bestimmt genügend zu tun, und Bedenken, das sie tatsächlich kommen würden.
Er wollte schon auflegen, als sich plötzlich doch noch jemand meldete.
„Bestattungsinstitut Conners, sie sprechen mit Mrs. Hammilton, was kann ich für sie tun?", fragte eine freundliche Stimme.
„Ja, Hallo, meine Frau ist leider verstorben, bitte schicken sie mir doch jemanden vorbei".
„Ja, Sir, ihre Adresse bitte und sagen sie mir, ob die Polizei schon benachrichtig worden ist?", fragte sie nach.
Als er die Auskünfte gab, die allesamt gelogen waren und die Frau die Angaben dann bestätigt hatte, legte er zufrieden auf.
Ja, in letzter Zeit hatte er sehr gute Einfälle gehabt, er sprühte förmlich vor Ideen, so wie gerade eben.
„Du bist schlau", sagte die Stimme, „ du bist richtig clever, das hätte ich dir nie zugetraut".
Er nickte nur und freute sich. Sie würden bald kommen, dann… .
Jetzt wird alles gut, dachte er und ging in das Schlafzimmer zurück.

2.

Als er bei Scotts draußen angekommen war, blieb ihm vor Erstaunen der Mund offen. So etwas hatte er noch nie gesehen, zu mindestens nicht in Wirklichkeit. Es sah so aus, als ob der ganze Himmel glühen würde. Am Horizont war es am intensivsten und je höher es ging, desto weniger wurde es. Plötzlich erkannte Lacombe, dass sich zwischen dem rotbraunen Schleier dunkelgrau Wolken schoben, die auf einmal wie aus dem Nichts erschienen waren. Ihm fehlte ein Vergleich, um es zu erklären, doch schlagartig fand er einen. Er hatte einmal eine Dokumentation über den zweiten Weltkrieg gesehen, in dem es um die Bombenangriffe der Alliierten auf Nazi-Deutschland ging. Besonders die Bombardements auf Hamburg und Dresden waren grausam gewesen und dort wurde zum ersten Mal ein Wort erfunden, welches diese apokalyptischen Schreckensszenarios am besten beschrieb: *Feuerstürme.*
Genauso sah es aus.
„Was ist das?", fragte er Scotts und zeigte darauf.
„Ich habe keine Ahnung", antwortete dieser und zuckte mit den Schultern.
Lacombe starrte weiterhin auf den Himmel, als er auf einmal etwas roch. Es war ekelhaft, stank bestialisch und penetrant. Anders konnte er es nicht erklären.
„Riechen sie das auch?", fragte er Scotts wieder.
„Ja, riecht wie mein alter Ölofen. Der hat auch immer so gestunken", meinte er unsicher.
Plötzlich hörten sie, wie eine Gruppe von Männern die Straße entlang lief und unaufhörlich etwas schrie, dass sie aber nicht genau verstehen konnten. Scotts rannte auf sie zu und stoppte einen davon und unterhielt sich dann mit ihm. Lacombe konnte sehen, wie Scotts sich die Hand vor den Mund hielt, dann Sekunden später kam er wieder zu ihm zurückgerannt.
„Er glaubt, aber es ist sich nicht ganz sicher, dass einige Ölplattformen im Meer explodiert sind und Feuer gefangen haben", erklärte er aufgeregt, dann erzählte er weiter. „Einer von ihnen meinte, er hätte gehört, dass es so auf der ganzen Welt wär".
Lacombe schaute ihn schockiert an.

„Was meint er damit, auf der ganzen Welt?", fragte er nach.
„Alle Ölförderstellen, ob auf dem Wasser oder an Land sind auf einmal in Feuer aufgegangen, das meinte er", sagte Scotts und führte weiter aus. „Die ganzen Feuer und die Erschütterungen, das war das Gas, das explodiert ist".
Jetzt hielt sich auch Lacombe die Hand vor den Mund. Das konnte doch alles nicht wahr sein. Erst gab es diese Blitze, dann diese furchtbaren Explosionen und jetzt auch noch das. Was war da nur los?
Lacombe schaute gerade wieder in den Himmel, als Scotts etwas murmelte.
„Das sind Zeichen. Zeichen der bevorstehenden Apokalypse".
„Was sagten sie gerade?", fragte Lacombe.
„Nichts, nichts. Ich habe nur laut gedacht", meinte der.
„Nein, sagen sie es nochmal", forderte ihn Lacombe auf.
Lacombe schaute ihm direkt in die Augen und er konnte sehen, dass er Angst; riesengroße Angst hatte.
Scotts atmete laut auf, dann begann er, hastig zu erzählen:
„Diese ganzen Ereignisse, die in den letzten Monaten passierten, sind doch nicht normal. Zuerst diese Erdbeben, dann Vulkanausbrüche und Tsunamis und dann noch diese schrecklichen Missernten, und dies auf der ganzen Welt, das bedeutet nichts Gutes".
Er machte eine kurze Pause, dann erzählte er weiter.
„Sie haben doch sicher mitbekommen, dass es fast keine Fische mehr auf der Welt gibt. Fast alle sind in den Meeren und Flüssen verendet, so als ob sie verbrüht wurden. Und dann das Waldsterben. Es gibt keine intakten Wälder mehr, fast alle Bäume sind kaputt und müssen gefällt werden. Und jetzt vor kurzem diese Blitze und heute die Explosionen. Sie sagen, es war das Gas gewesen, das die Häuser zum Bersten gebracht hatte und nun noch, wenn es stimmt, das Öl. Irgendetwas will aus der Erde nach oben hinauf und ich fürchte, es ist nichts Gutes".
Lacombe starrte ihn bestürzt an.
Sollte er etwa Recht haben?
Plötzlich fiel ihm die zweite Übersetzung ein, die er vor ein paar Tagen nur hastig überflogen hatte. Auch da wurde über Katastrophen berichtet, aber da gab es noch etwas anderes, etwas

noch viel schrecklicheres, von dem er gelesen hatte.

Er tätschelte Scotts die Schulter.

„Glauben sie nicht alles, was in der Bibel steht", meinte er, „der Teufel ist es sicher nicht. Alles nur blöde Zufälle".

Doch so sicher war er sich nicht, aber er musste Scotts und vor allem sich selbst beruhigen. Es schien bei Scotts zu funktionieren, denn der schien plötzlich gelassener.

„Vielleicht haben sie Recht, Pater, aber ich will lieber vorbereitet sein, wenn er uns holt", meinte er, dann ging er ins Haus zurück.

Lacombe schaute kurz in den Himmel, dann machte auch er kehrt und ging in sein Zimmer zurück. Als er dort angekommen war, verschloss er sein Zimmer und holte das zweite Dokument aus der Kassette heraus. Er hielt es vor sich und entfaltete es, dann stockte er plötzlich.

Wenn es wahr ist, was Scotts erzählt, dann sind wir alle dran, dachte er und begann, stumm zu lesen.

Er führte uns hinab in die Dunkelheit
Und wir versammelten uns um ihn
Dann bat er uns allen um einen Gefallen
Wir mussten ihm Treue schwören und
Wir sollten ihm glauben
Denn alles, was wir tun müssen, wäre für Gott.

Er gab uns Aufgaben,
schreckliche Aufgaben
doch uns sollte verziehen werden,
denn wir sind die Werkzeuge Gottes
dem Allmächtigen und Guten
dem Herrscher es Himmels und auf Erden.

Gott hat zu ihm gesprochen
Und ihm ein Auftrag gegeben
Wir alle sollten ihm helfen

Nur dann würden wir gesalbt werden
Und einen Platz im Himmel erhalten
Nur dann, nur dann

Er spreizte seine Hände
Und lobpreiste den Herrn
Dann ...

... teilte er uns seine wahren Absichten mit.
Wir saßen vor ihm und sahen, dass er weinte, dann drehte er sich plötzlich von uns weg.
„Verzeiht mir Brüder, aber mir ist grausames Leid angetan worden. Meine Liebste wurde gemeuchelt, von meinen Händen. Obwohl ich Gott gut getan habe, vermisse ich sie. Ihr müsst mir helfen, sie wieder lebendig zu machen", teilte er ihnen mit.
Sie schauten sich fragend und hilflos an, dann stand Paulus auf.
„Aber Herr, wir haben nicht die Macht, eine Tote zum Leben zu erwecken, aber ihr habt es. Gehet hin und macht, dass sie wieder unter uns weilt".
„Sei still", fuhr er ihn an.
Simon und Jesus standen nun auch auf.
„Herr, nur ihr seid in der Lage, dieses Wunder zu vollbringen".
Er stand auf und funkelte sie mit seinen Augen bedrohend an.
„Seid nun alle still", schrie er, dann kam er auf sie zu. „Macht, was euch aufgetragen wurde, erst dann seid ihr würdig, bei mir zu sein".
„Dann sagt uns, was wir für euch tun können", sprach Paulus.
Er ging wieder auf seinen Platz zurück und breitet die Hände über sie aus.
„Gehet hin und bringt mir 9 Frauen zum Opfer. Lasset sie wissen, bevor ihr sie meinem Vater bringt, dass sie geheiligt werden, wenn sie vor ihn treten und niemals werden sie in Vergessenheit geraten. Bringt sie mir, damit ich sein Werk vollenden kann", sagte er, dann er kam er abermals auf sie zu.
Er bückte sich zu Paulus hinunter.
„Du mein guter Freund, hast die Ehre das erste Opfer zu bringen".
Paulus starrte ihn erschrocken an.
„Aber Herr, das wollt ihr nicht, glaubt mir, es ist Sünde", erklärte Paulus, doch er wollte nichts davon hören.
„Nein, nein, es ist Gottes Wille. Er sprach zu mir und gab mir den Auftrag, es euch so mitzuteilen", sagte er und schüttelte den

Kopf. „Er hat es mir gesagt und sein Wille ist unser Gebot, deshalb steht alle auf und gehet hin und erfüllt euren Dienst".

Er drehte ihnen den Rücken zu und verschwand dann in einem der Durchgänge, die es in den Katakomben massenhaft gab. Als er weg war, sahen sie sich wortlos an. Keiner sagte oder tat etwas. Erst als Paulus aufstand und im Begriff war, aus den Katakomben nach oben zu gehen, hielt in Jesus auf.

„Ihr wollt es doch nicht tun?", fragte er.

Paulus schaute auf den Durchgang, in dem er gerade verschwunden war, dann schaute er wieder zu Jesus.

„Du hast gehört, was er von uns verlangt. Also lasst es uns zu Ende bringen", antwortete er und kehrte ihm den Rücken.

Jesus packte ihn am Arm.

„Aber es ist Mord, was wir da tun", meinte er, dann trat er vor die anderen. „Versteht ihr nicht, es ist nicht richtig".

Sie sahen ihn alle bedrückt und hilflos an, dann wandten sie sich Paulus zu.

Dieser spürte die Unsicherheit seiner Brüder. Sie alle wollten von ihm hören, dass es richtig war, was ihr Herr ihnen aufbürdete. Wenn auch er es für richtig hielt, war es auch für sie in Ordnung.

Für einen Moment überlegte er.

Er überlegte, ob nicht ein böser Dämon seinen Herrn befallen hatte und die Kontrolle über ihn besaß, denn einen Menschen zu töten, konnte nicht Gottes Wille sein. Aber, was hatte sein Herr schon für Wunder vollbracht und vor allem, was hatte er alles schon für sie getan, ohne jemals eine Gegenleistung zu erwarten. Alles, was sie bis jetzt auf ihrer langen Reise erlebt hatten, war in Gottes Namen geschehen. Sie hatten Tote zum Leben erweckt, hatten die Armen mit Brot und Wasser versorgt, hatten die Unglücklichen und Kranken gesalbt und die Ungläubigen zum wahren Glauben geführt, damit sie die Erlösung finden konnten. Was sie getan hatten, war gut und zum Wohlgefallen Gottes geschehen. Warum sollte Gott jetzt auf einmal sie anlügen und mit ihnen ein falsches Spiel spielen? Das konnte doch nicht möglich sein. Also musste es stimmen, was ihr Herr ihnen erzählte, mochte es auch noch so grausam und verwerflich sein. Sie handelten im Namen Gottes, und es war gut und so würde es auch weiterhin sein.

„Meine Brüder, lasst uns beginnen", sagte er dann und schob Jesus zur Seite.

Alle erhoben sich und gingen an ihm vorbei, der hilflos mit anschauen musste, wie einer nach dem anderen Paulus folgte. Kurz blieb er unschlüssig stehen, dann folgte er ihnen. Er rannte an ihnen vorbei und stellte sich nochmals vor Paulus.

„Aber siehst du denn nicht, dass es nicht er ist, aus dem Gott spricht?", fragte er ihn verzweifelt.

Für einen Moment hatte er nochmals Bedenken. Er schaute Jesus an, dann lächelte er.

„Wenn wir falsch handeln, werden wir um Vergebung bitten. Du wirst sehen, sie wird uns sicherlich gewährt", sagte er und verschwand aus der Höhle, in der sie sich versammelt hatten.

Sie gingen alle an ihm vorbei, außer Simon und Jakobus. Als sie bei ihm ankamen, blieben sie stehen und gesellten sich zu ihm.

„Es ist ein Frevel und kein Gottes Werk, mein Bruder. Du hast richtig gehandelt. Wir teilen deine Meinung und bleiben bei dir", sagte Simon und berührte ihn mit der Hand.

„Du bist wahrhaftig ein guter Mensch", meinte Jakobus und legte ihm auch die Hand auf die Schulter.

„Lass mich ebenfalls mit dir sein".

Jesus nickte und gemeinsam schauten sie zu den anderen, als er zu weinen begann.

„Oh Gott im Himmel, gib uns ein Zeichen, damit wir wissen, was zu tun ist", sagte er und fiel auf die Knie. Simon und Jakobus taten es ihm nach.

„Herr im Himmel, gib uns eine Antwort auf unsere Frage", baten sie.

Doch Gott blieb die Antwort schuldig.

Und die anderen gingen hinaus und meuchelten in Gottes Namen.

In den kommenden 9 Tagen brachten sie ihm die Opfer, an jedem Tag eines. Paulus tötete eine alte Frau und brachte sie in die Höhle, auch Thomas brachte den toten Leib einer Frau nach unten, dann Andreas, Bartholomäus, Johannes, Jakobus der Ältere, Matthäus, Petrus, Philippus und zuletzt Thaddäus. Als sie ihre Opfergaben vor ihm aufbahrten und sie sich hinknieten, kam er von seiner Unterkunft zu ihnen zurück. Als er sah, was sie ihm

dargebracht hatten, freute es ihn.
 „Ihr habt mir wohl getan", segnete er sie, dann sah er, dass es noch nicht vollbracht war.
 Er sah sie mit funkelnden Augen an.
 „Wer ist mir nicht treu geblieben", rief er erbost.
 „Wir haben euch nicht enttäuscht, aber die anderen sind Zweifler", verteidigte sich Paulus.
 Er trat vor sie, dann schaute er sie reihum an. Als er fertig war, grinste er:
 „Ich kenne sie. Wo sind sie?", fragte er erzürnt.
 Wieder war es Paulus, der ihm antwortete.
 „Sie haben euch verraten und verhielten sich untreu".
 Er ballte seine Faust und plötzlich hallte ein fürchterlicher Donnerschlag durch die Gänge. Alle zuckten zusammen und kauerten sich auf den Boden, dann starrten sie verängstigt zu ihm hinauf.
 „Ihr Verrat wird gesühnt werden, das verspreche ich euch, aber ihr, ihr werdet mit mir in den Himmel auffahren und zur rechten Seite Gottes sitzen", schrie er ihnen laut zu.
 Er senkte seinen Kopf, dann trat er in ihre Mitte.
 „Stehet auf und lobpreiset den Herrn".
 Alle erhoben sich und gesellten sich zu ihm.
 „Ihr seid unser Herr, uns wird nichts mangeln. Wir werden euch folgen, auch wenn es unser Verderben ist, denn wir wissen, dass du die Heiligkeit und die Wahrhaftigkeit unter den Menschen bist, denn du bist der Sohn unseres Herrn".
 Jesus hörte aus seinem Versteck, wie sie ihm huldigten und er erzürnte. Erbost über die Blindheit seiner Brüder, die nicht wahr haben wollten, dass ihr Herr von einem Dämon befallen war. Sahen sie denn nicht, dass er sie nur benutzte? Erkannte sie denn nicht die Zeichen, welche der wahrhaftige Gott ihnen sandte? Sahen sie nicht die schrecklichen Ereignisse, die jedes Mal stattfanden, wenn sie ihm ein Opfer brachten? Waren sie wirklich so blind und haben nicht das Wehklagen und Heulen der Menschen gehört, als Dunkelheit, Feuer, Dürre und Sturm über sie hereinbrach? Wo waren sie gewesen, als das Blut die Ernte verdarb, als der Regen die Menschen in ihren Häuser ertränkte und die Tränen Gottes sie alle vergiftete und sie wie die Fliegen

starben?

Waren sie wirklich so blind?

Er gab sich selbst eine Antwort und nickte mit dem Kopf.

Er musste sich eingestehen, dass sie es waren, aber er musste dem ein Ende setzen und er hatte schon einen Gedanken, wie er dem Ganzen Einhalt gebieten könne.

Einen Gedanken, den er jetzt in die Tat umsetzen musste.

Er wollte gerade gehen, als er seinen Herrn sah, wie er auf die am Boden liegenden toten Leiber zu ging und sie einzeln salbte. Dann zog er plötzlich ein Messer aus seinem Ärmel hervor.

Er stand über einem Opfer, dann kniete er sich nieder und setzte das Messer an.

„Ich danke dir für dein Opfer. Geheiligt soll dein Name werden und es soll deiner gedacht werden, jetzt und immerdar", sagte er, dann fing er an, der Frau den Arm abtrennen.

Jesus starrte angeekelt auf das, was er gerade sah. Er stand auf und wollte dies alles beenden, als ihn plötzlich Simon am Kleid packte und festhielt.

„Nicht jetzt", meinte er, „du würdest nicht weit kommen".

Er zeigte auf seine Brüder und jetzt verstand er. Sie waren nicht nur blind, sondern ihm auch treu ergeben. Er sah, wie sie ihre Leiber aneinander rieben und im Takt summten:

„Du bist unser Herr, das was du befiehlst, wird geschehen. Du bist unser Herr, das was du befiehlst, wird geschehen. Du …", riefen sie, während er weiterhin mit dem Messer den Arm abschnitt. Als er kurze Zeit später fertig war und das letzte Fleisch vom Arm geschnitten hatte, hob er ihn triumphierend in die Höhe und schrie:

„Es ist vollbracht".

Seine Brüder fingen an zu johlen und klatschten Beifall, dann knieten sie sich wieder hin.

„Gott im Himmel, dein Wille ist geschehen. Gib unserem Herrn Kraft für die kommenden Aufgaben", riefen sie.

Er legte den Arm auf den Boden, dann ging er zum nächsten Körper. Er kniete sich abermals über die Leiche und nahm sein Messer. Jedoch schnitt er der Frau nicht den Arm, sondern die Hand ab. Als er fertig war, hob er sie gleichfalls wie den Arm triumphierend in die Höhe.

Jesus wandte sich von diesem schrecklichen Gemetzel ab. Er wollte es nicht mehr sehen, aber er musste es, denn er wusste, dass es wichtig war, zu bleiben. Eine innere Stimme sagte ihm, *bleib und beobachte*, auch wenn es noch schlimmer wird, bleib hier und schreite ein, wenn es soweit ist.

Also blieb er und sah weiterhin der Schlächterei zu.

Als sein Herr bei der letzten Leiche war und alles daran abschnitt und achtlos nach hinten warf, bis nur noch der Leib übrig blieb, war es endlich zu Ende. Sein Herr sah fürchterlich aus. Über und über mit Blut besudelt fiel er auf die Knie und dankte Gott. Er riss seinen Kopf nach hinten und reckte dann die Hände empor.

„Danke, Herr im Himmel für deine reichlichen Gaben", schrie er nach oben und erhob sich.

„Kommet nun alle her und seht das Wunder", sagte er auf einmal und winkte sie heran.

„Kommet und seht".

Sie kamen alle zu ihm und er zeigte ihnen sein Wunder.

Er nahm die abgetrennten Teile und fügte sie zu einem Ganzen zusammen, dann beugte er sich tief nach unten. Zuerst geschah nichts, dann begann er plötzlich zu weinen. Als die Tränen an seiner Wange entlangliefen und langsam nach unten wanderten, wusste noch keiner, was geschehen würde. Die erste Träne fiel auf das Handgelenk und plötzlich wurden die zwei Teile zusammengefügt und man konnte keinen Unterschied mehr feststellen, dann fiel die zweite Träne. Als sie auf das Bein traf, wiederholte sich das Wunder auch hier. Träne um Träne fiel auf den Leichnam und nach einigen Sekunden war es vorüber. Ihr Meister ging wieder nach oben und schaute sie an.

„Das Wunder der Auferstehung", schrie er.

Jesus traute seinen Augen nicht, als der aus Leichenteilen geformte Leib plötzlich zu zucken begann. Seine Brüder stöhnten laut auf, als sie das Wunder sahen.

„Herr im Himmel, du bist wahrlich der einzige Sohn Gottes", sagten sie alle zusammen.

Er drehte sich zu ihnen um.

„Es ist noch nicht vollbracht. Bringt mir ihren Kopf", schrie er ihnen zu.

Sie schauten auf ihn, dann riefen sie alle gleichzeitig:

„Ja, Herr, Sohn Gottes".

Sie standen auf und rannten davon. Jesus sah, dass sie auf ihn zukamen und nun verstand er. Nur er wusste, wo der Leib von Maria Magdalena vergraben war. Sie wussten dies und suchten nun nach ihm. Blitzschnell verließ er sein Versteck und hastete durch die Gänge, dann hörte er sie schreiend herankommen.

„Jesus, Jesus, Jesus, Jesus, Jesus", brüllten sie, doch er gab keine Antwort. Er rannte so schnell er konnte von ihnen weg, doch sie waren schneller.

Als sie ihm folgten, wünschte er sich, er wäre ihm nie begegnet, doch das Schicksal hatte es anders gewollt.

Während er um sein Leben lief, drehte er sich um und sah, dass sie langsam aber stetig aufholten, dann stolperte er. Er schlug der Länge nach hin und hörte sie schreien:

„Da ist der Verräter, schnell".

Er kroch auf allen Vieren, dann erhob er sich und rannte weiter, doch es war schon zu spät. Er hörte ihr Geschrei und spürte ihren Atem im Nacken, dann wurde er von einer Hand gepackt. Sie zog ihn nach unten und als er wieder auf den Boden fiel und auf den Rücken landete, sah er die furchtbaren Grimassen seiner Brüder, die über ihn gebeugt standen und glotzten.

„Lasst mich in Ruhe, ihr Dämonen der Unterwelt", schrie er ihnen zu, doch sie ließen ihn nicht in Frieden.

Paulus bahnte sich einen Weg durch seine Brüder, die geifernd und brüllend um Jesus standen, dann stellte er sich breitbeinig vor ihn.

„Du kannst deiner Bestimmung nicht entfliehen", sagte er und bückte sich zu ihm nieder.

„Komm, lass ihn nicht warten".

„In Gottes Gnaden, Paulus, siehst du es nicht?", fragte er verzweifelt, während sich langsam Tränen in seinen Augen bildeten.

Er aber sah es nicht, sondern packte Jesus am Arm und zog ihn hoch.

„Ich sehe nur den Willen Gottes und ich bin sein Werkzeug", antwortete er, dann führte er ihn davon.

Er wollte sich wehren, wollte sich noch einmal von ihm losreißen und dem Irrsinn nochmals entfliehen, aber es war zwecklos. Der einzige Fluchtweg war ihm durch seine Brüder versperrt.

„Paulus, besinne dich und höre mir zu. Er ist besessen und nicht mehr Herr seiner Sinne. Erinnere dich, das ist nicht mehr unser Meister. Ein Dämon hat ihn befallen und hat sich seiner angenommen. Unser Herr war fromm, gütig und mitfühlend, aber dieser ist das genaue Gegenteil. Im Namen Gottes, höre in dich hinein und sag mir, ist er immer noch derjenige, den du einmal gekannt und lieben gelernt hast?", erklärte er ihm.

Paulus blieb stehen und sah ihn an. Für einen Moment sah es tatsächlich so aus, als ob er nachdachte. Für einen kleinen Moment kamen ihm Zweifel und er dachte an die vergangenen Zeiten, in denen sie so viel Gutes mit ihm vollbracht hatten.

Ja, das hatten sie, dachte er und gab ihm Recht, aber er hatte sich ihm verbunden gefühlt. Als er ihn das erste Mal gesehen hatte, da wusste er schon von der ersten Sekunde an, dass er ein außergewöhnlicher Mann war. Noch hatte er Bedenken, doch als er die ersten Wunder vollbracht hatte, da schwor er sich, mit ihm bis an das Ende der Welt zu gehen. Aber war er tatsächlich noch der gleiche Mensch? Der Mensch, der so einfühlsam und liebevoll war und der predigte, dass man seine Feinde lieben sollte und vergeben musste, wenn einem ein Unrecht angetan wurde? War er immer noch dieser Mensch?

Ja, mein Herr ist ein wahrer Mensch. Er ist der König der Könige und ich werde ihm immer folgen, dachte er und fegte seine Zweifel beiseite.

„Füge dich Jesus, dann soll dir kein Leid geschehen. Dafür verbürge ich mich", sagte er.

Sie zogen ihn in die Höhle zurück, in der das Massaker an den Unschuldigen Frauen begangen worden war, dann warfen sie ihn auf die gemarterten Körper.

Es stank erbärmlich und Ekel kroch in ihm herauf, als er seine Stimme hörte.

„Oh Jesus, du Untreuer Bruder, wie konntest du mich nur verraten", sagte er und beugte sich zu ihm hinunter.

Als Jesus ihn anschaute, konnte er nicht glauben, was er da sah. Sein gesamtes Gesicht war vom Blut bedeckt und irr funkelten seine Augen. Selbst sein Bart und die Haare waren vom Blut verklebt und Jesus musste wegschauen, damit er nicht verrückt wurde.

„Siehe mich an, Jesus, es ist nicht schlimm", sagte er leise zu ihm, doch er wollte nicht.

„Komm zurück in unsere Gemeinschaft, mein guter Freund und genieße das Wunder", meinte er und zeigte auf die verstümmelten Körper.

„Nein, nichts wird mich wieder zurückbringen. Nichts", schrie Jesus weiterhin, ohne ihn anzuschauen.

„Dann hast du es nicht anders gewollt".

Er stand wieder auf und ging zu seinem unvollendeten Werk zurück.

Als er dort angekommen war, bückte er sich zu ihr hinunter.

„Nur einen kurzen Moment noch, dann weilst du wieder unter den Lebenden", hauchte er, dann drehte er sich um.

„Kommt meine Brüder und huldigt ihr", rief er.

Sie kamen alle näher und gingen dann an Jesus vorbei, der immer noch auf dem blutgetränkten Boden lag. Als sie an ihm vorübergegangen waren, kroch Jesus langsam wieder zurück.

„Kniet nieder und danket Gott für seine Gnade", schrie er, dann breitete er seine Hände über sie aus.

Wenn es eine Chance gab, zu entkommen, dann jetzt. Jesus raffte sich auf und rannte so schnell er konnte den Weg, den er gekommen war, zurück. Als er oben an einer Brüstung angekommen war, wandte er sich nochmals um. Seine Brüder knieten am Boden und hörten seinen verleumderischen und ketzerischen Reden zu, dann drehte er sich um und floh.

„Dein Tag der Erlösung ist heute gekommen", sagte der Herr, dann drehte er sich zu ihnen um.

„Verfolgt ihn", sagte er dämonisch, dann ging er zu Johannes.

„Und du, bring mir die Seherin Rahel, aber lebend. Ohne sie, können wir ihre Ankunft nicht vervollständigen", sagte er und schickte ihn fort.

Ja, ohne sie wird es nicht funktionieren. Ich brauche ihre göttliche Kraft, um sie zu erwecken, dachte er, dann ging er zu ihrem unvollständigen Leib zurück und liebkoste sie.

Bald, sehr bald, sind wir wieder vereint.

Jesus rannte die Gänge entlang und war kurze Zeit später an der Erdoberfläche angekommen. Als er in das Freie trat, atmete er gierig die frische Nachtluft ein, dann ließ er sich entkräftet zu

Boden fallen.
Was hast du nur vor, Gott? Warum nur, tust du uns das an? dachte er und schaute verzweifelt nach oben. Er wartete auf eine Antwort, aber Gott sprach nicht mit ihm.

Er hatte nie mit ihm gesprochen, nur mit seinem Herrn, aber jetzt schien es so, als ob auch Gott seinen Meister verlassen hatte und sie mit ihm alleine ließ.

Was sollte er jetzt tun und wie sollte es weitergehen?

Er wusste es nicht, nur eines war ihm klar. Er musste die Leiche von Maria Magdalena verschwinden lassen.

Sofort.

Er rannte von den Katakomben weg über die Felder, bis er an die Hütte seines Herrn kam, in dem der Mord an ihr stattgefunden hatte. Er blieb kurz stehen und dachte zurück an den Abend, als sie ihn über der noch lebenden Maria Magdalena stehen gesehen hatten. Ein Frösteln überkam ihn, dann durchlebte er erneut diese traurige und schreckliche Nacht.

Für Sekunden sah er alles wieder vor sich, dann schüttelte er sich und drehte sich um.

Keine Zeit mehr, dachte er, dann lief er hinter das Haus zu dem Acker, wo er sie verscharrt hatte.

Trotzdem blieb er kurz stehen und überlegte.

Er musste sie auf jeden Fall fortschaffen, da war er sich sicher, aber wohin?

Jesus wusste es nicht, aber das war momentan wahrscheinlich egal. Es war nur wichtig, dass sie nicht in seine Hände fiel.

Ihr Kopf.

Trotz der Dunkelheit fand er rasch die Stelle. Er ließ sich auf den Boden fallen und begann, in der Erde zu scharren. Er hatte gerade ein paar Hände Erde aus dem Boden geholt, da fielen sie über ihn her.

„Packt ihn", schrie Paulus, dann kamen Philippus und Thaddäus und zogen ihn auf die Beine.

Um sich schlagend, versuchte er sich zu wehren, doch sie waren zu stark.

„Nein", schrie er, „Nein, das dürft ihr nicht tun".

„Los, grabt sie aus, unser Herr wartet", meinte Paulus.

Sie nickten, dann gingen sie auf den Boden und fingen an, sie auszugraben. Auch Philippus und Thaddäus halfen dabei.

„Hört mir doch zu, Brüder, bitte, lasst es sein", bettelte er, doch sie gruben einfach weiter.

„Seht ihr es nicht. Seid ihr so blind?", fragte er verzweifelt, doch keiner hörte auf ihn.

„Wenn ihr sie ihm bringt, wird das Böse wieder erweckt und uns alle verderben, versteht ihr das nicht?", versuchte er es erregt, aber sie waren so besessen, dass sie nicht mehr klar denken konnten.

Er sah, dass es keinen Sinn mehr hatte, hier zu bleiben, da er sie nicht hindern konnte. Er musste eine andere Entscheidung treffen, die so schrecklich und fürchterlich war, dass er große Angst davor hatte. Aber er wusste auch, wenn sie ihm den Kopf von Maria Magdalena brachten und er seine ihm vom Bösen gestellte Aufgabe vollbrachte, dann würde die namenlose Macht auf die Erde kommen und eine Herrschaft des Schreckens errichten, bei der sie alle vertilgt würden.

Dies musste er verhindern.

Er hatte keine Wahl.

Er wandte sich um und rannte …

Von seinen Brüdern weg.
Taub waren sie für seine Worte
Blind in ihren Augen
Und sie wussten nicht
Dass sie nicht ihm dienten
Sondern dem Bösen

Dunkelheit wird über die Erde kommen
Der Boden und das Wasser werden vergiftet
Die Erde wird aufreißen
Und das Feuer wird sie verbrennen
Sie alle und jeden
So dass keiner mehr übrig bleibt

Nur etwas kann sie erretten
Und dem Bösen Einhalt gebieten
Doch dafür muss einer sich opfern
Einer, der immer geglaubt hat

Und ihm dienen wollte
Bis an sein Ende

Lacombe las die letzten Zeilen und wusste sofort, was sie bedeuteten.
So war es also gewesen, dachte er.
Er stand von seinem Bett auf, ging an das Fenster und schaute hinaus. Der Himmel hatte sich nicht verändert, immer noch sah man das Glühen und die dunklen schwarzen verrußten Wolken, der brennenden Ölfelder, wenn es denn stimmte. Er sah Scotts, wie er sich mit ein paar anderen Männern unterhielt, dann durchfuhr es ihn auf einmal.
Sollte Scotts mit seinen Behauptungen Recht haben?
Wenn es stimmte, was er erzählte, dann konnte man ohne weiteres einen Vergleich mit den Schriftrollen ziehen, aber es fehlte noch etwas.
Er ging vom Fenster weg, öffnete die Tür und ging wieder zu Scotts hinaus.
Als er bei ihm war, zog er ihn von den Männern weg.
„Scotts, haben sie einen Computer?", fragte er.
„Natürlich", antwortete er, „brauchen sie ihn?".
„Ja, können sie ihn mir geben?".
Er nickte und sie gingen gemeinsam in das Haus zurück.
Scotts ging in sein Arbeitszimmer und holte aus seinem Schreibtisch seinen Laptop, den er Lacombe gab.
„Bitte sehr, ich denke, sie kennen sich aus, oder?", fragte er misstrauisch.
„Was glauben sie denn?", antwortete Lacombe und sah ihn rügend an.
„Entschuldigen sie, Pater, aber ich dachte, na ist ja auch egal".
Lacombe bedankte sich und ging in sein Zimmer zurück. Als er dort angekommen war, schaltete er den Laptop sofort ein und wartete, bis er hochgefahren war.
Es dauerte nur einige Sekunden, dann war das Gerät einsatzbereit. Er ging in das Internet und fing an zu suchen. Über Google hatte er die besten Treffer und was Scotts erzählt hatte, schien sich zu bewahrheiten. Die ganzen Ereignisse oder Katastrophen, wie auch immer man es nennen mochte, fanden auf der ganzen Welt statt.

Er fing an, sich Notizen zu machen und stellte nach kurzer Zeit fest, dass diese Dinge insgesamt schon 9-mal passiert waren. Erdbeben, Vulkanausbrüche, rätselhaftes Fisch- und Waldsterben, Tsunamis und andere unerklärliche Naturereignisse.
In Gedanken verglich er es mit den Schriftrollen, doch noch fehlte etwas. Wo waren die Morde an den Frauen. Er war sich sicher, dass es sie gab, aber wo fanden sie statt?
Er surfte weiter durch das Internet, fand nochmals andere Hinweise, Dokumentationen und weitere Berichte, dann fiel sein Blick auf eine kleine Notiz eines Bloggers, der sich *Alleswisser* nannte, was auch immer das bedeutete. Er las sich den Bericht genau durch, dann verstand er sofort.
In Gedanken fasste er alles zusammen.
Jedes Mal, wenn ein Mord stattfand, fanden auch kurz danach diese Ereignisse statt. Der Ripper, wie sie ihn nannten, davon hatte er natürlich auch schon gehört, sich aber nicht sonderlich dafür interessiert, jetzt jedoch, wurde ihm alles klar. Insgesamt 6 Morde hatte es bis jetzt gegeben, zu mindestens offiziell. Aber es mussten mehr sein, das erkannte er sofort, denn es gab insgesamt schon neun unerklärliche Phänomene. Also wurden drei Morde in den letzten Tagen verübt.
Mit Erschrecken realisierte er, dass die Zeit knapp wurde und er sofort zur Polizei gehen musste.
Sie würden ihn wahrscheinlich für verrückt erklären, aber das war ihm egal. Er musste etwas tun, bevor sich diese Prophezeiung wiederholte und sie alle ins Verderben stürzen würde, wenn sie sich erfüllte.
Er schaltete den Laptop aus und zog sich seine Schuhe an, dann schnappte er sich seine Kassette und ging aus dem Haus. Als er auf die Straße kam und zum wiederholten Male in den Himmel schaute, bekam er Angst.
Angst, dass alles, was er so liebte, bald nicht mehr so sein würde, wie er es gekannt hatte.
Scotts stand wieder draußen und unterhielt sich mit einigen Männern. Als er zu ihm stieß, fragte er ihn direkt:
„Können sie mich zur Polizei fahren?".

3.

Als sie ihm alles erklärte und er von einem weiteren Opfer des Rippers hörte, wurde ihm plötzlich schlecht.
Er ging von ihr weg und fing an, zu überlegen.
Irgendetwas stimmte nicht, aber was? dachte er. In den letzten Monaten hatte er insgesamt 6 Frauen umgebracht, im Schnitt alle zwei Wochen eine, und das in unregelmäßigen Abständen, aber jetzt?
Jetzt hatte er schon drei Frauen in zwei Tagen ermordet.
Warum?
War er in Eile oder brach sein Trieb nun endgültig aus?
Er fand keine Erklärung.
Plötzlich klingelte sein Handy.
„Ja?", rief er hinein, dann nickte er einige Male.
„Gut, sie sollen dort schon mal hinfahren, aber sie sollen warten, haben sie verstanden?", sagte er in das Handy.
Plötzlich verfinsterte sich sein Gesicht und er schüttelte fassungslos mit dem Kopf.
„Weiß man, woher das kommt?", fragte er geheimnisvoll.
Er nickte einige Male, dann legte er wieder auf.
Mit ernsthaftem Gesicht, ging er auf sie zu.
„Wir haben ihn", sagte er nur, dann eilte er davon.
„Halt", rief Laura.
Er blieb stehen und schaute sie an.
„Was ist?", fragte er.
Auch sie schaute ihn an.
„Wohin gehen sie?", wollte sie wissen.
„Wir haben seine Adresse. Ein Sondereinsatzkommando macht sich schon auf den Weg. Ich muss mich beeilen", erklärte er, dann ging er davon.
Sie eilte ihm wieder hinterher und als sie ihn eingeholt hatte, packte sie ihn an der Jacke.
„Sie werden mich hier doch hoffentlich nicht alleine lassen, oder?".
Er schaute sie unsicher an.
Er wusste nicht, was er machen sollte. Sie hier alleine zu lassen, solange der Mörder noch nicht gefasst wurde, gefiel ihm nicht,

andererseits wohin sollte er sie bringen? Er musste jetzt zu diesem Einsatz und wenn alles klappte, und das hoffte Gordon inständig, würde der Spuk in ein paar Stunden beendet sein und Laura und alle anderen Frauen würden wieder gefahrlos leben können. Nun, er konnte sie auch nicht mitnehmen, das wusste er, aber was sollte er jetzt machen?
„Laura, ich kann sie nicht bei dem Einsatz dabei haben, es ist viel zu gefährlich. Das müssen sie verstehen", meinte er.
„Das will ich auch gar nicht, aber hier bleibe ich auch nicht, soviel steht fest", sagte sie fordernd, dann fügte sie noch hinzu:
„Lassen sie sich was einfallen".
Ohne auf eine Antwort zu warten, ging sie an ihm vorbei und holte sich ihre Jacke.
Als sie sie gerade angezogen hatte, kam Gordon zu ihr.
„Auf die Wache können sie auch nicht. Einsturzgefahr, also bleibt mir wohl nichts anderes übrig, als sie doch mitzunehmen, aber sie bleiben im Auto. Ist das klar?", sagte er eindringlich.
„Natürlich", meinte sie und öffnete die Tür.
Als sie nach draußen traten, sahen sie sofort das glühende Brennen am Himmel.
„Was um Himmels Willen ist das?", hauchte Laura, dann sah sie ihn besorgt an.
Er zuckte mit den Schultern.
„Die ganze Welt spielt verrückt", sagte er auf einmal und treffender hätte er es nicht formulieren können.
Auch er schaute in den Himmel und sah die schwarzen rußigen Wolken, und auch er roch den ekelhaften Gestank von verbranntem Öl.
„Am Telefon haben sie mir gesagt, alle Ölplattformen, -raffinerien und Förderstellen sind explodiert und in Flammen aufgegangen. Auch alle Gasleitungen sind explodiert. Keiner weiß, warum", erklärte er fast beiläufig, dann ging er zur Treppe.
Sie folgte ihm und als sie zusammen an sein Auto kamen, standen überall Menschen auf der Straße und schauten sich besorgt das fürchterliche Spektakel an.
„Wissen sie, was passiert ist?", fragte sie und korrigierte sich sofort wieder, „ich meine, wie das passiert ist?".
Er schüttelte den Kopf.

„Nein, keiner weiß warum, aber in den letzten Wochen ist allerhand Komisches passiert. Diese Blitze und dann diese Gasexplosionen, keiner weiß, wie das passieren konnte, aber das ist nicht wichtig. Sie werden schon eine Erklärung finden, da bin ich mir sicher".
 Sie hatte ihre Zweifel. Sie dachte wieder an das Gespräch mit Phoebe, in dem sie ihr mitteilte, dass sie jemand bedrohte. Nein, das war so nicht ganz richtig. Wie hatte Norman gesagt: Irgendetwas will nach oben und die Herrschaft über die Erde antreten und alles vernichten, was ihr in den Weg kommt. Waren das etwa die Vorboten für die kommende Ankunft?
 Noch wusste sie es nicht, aber bald würde sie es auf tragische Weise erfahren. Bis es jedoch soweit war, musste zuerst dieser verrückte Killer zur Strecke gebracht werden. Nun, diese Aufgabe mussten der Inspektor und sein Einsatzkommando erledigen, sie hatte nur die Vorarbeit geleistet.
 „Meinen sie, das renkt sich alles wieder ein?", fragte sie ihn besorgt.
 Er wusste es natürlich nicht, aber er war sich sicher, dass sich alles bald in Wohlgefallen auflösen würde.
 „Aber natürlich", meinte er, „die werden es schon wieder hinkriegen. Unsere Aufgabe ist es jetzt, diesen Ripper zu fangen, das andere sollen die erledigen, die sich damit auskennen".
 Er startete den Motor, als Laura ihn plötzlich ansprach:
 „Ach so, ich habe noch eine Bitte. Bevor ich mit Phoebe sprach, hat mich ein anderer Toter um einen Gefallen gebeten. Er heißt, Entschuldigung, hieß Norman Harrison und hat mir erzählt, dass er zu Unrecht wegen Mordes hingerichtet wurde, da es ein andere war. Können sie da etwas machen?".
 Er drehte sein Gesicht zu ihr hin.
 Erst jetzt hatte er sich Gedanken über ihre Reise in das Reich der Toten gemacht. Wieder fragte er sich, ob das alles tatsächlich der Wahrheit entsprach oder ob sie es sich nur eingebildet hatte. Sollte es das letztere sein, würde alles, was sie ihm erzählte, wahrscheinlich nicht stimmen.
 Davor hatte er Angst.
 „Sagen sie mir seinen Namen", meinte er und stellte den Motor ab, dann nahm er sein Handy.

„Norman Harrison", sagte sie.
„Gut, einen Moment bitte".
Er nahm das Handy und rief wieder an. Es dauerte nur einen Moment, dann hatte er Belinda, eine Frau die in der Registratur bei der Polizei arbeitete, am anderen Ende.
„Hallo, Bela, ich gebe dir mal einen Namen, Norman Harrison. Schau mal, was du findest, ich warte", sagte er.
Es dauerte einige Sekunden, bis sie sich wieder bei ihm meldete.
„Norman Harrison, Mord an einer Frau, sie hieß Gloria Stamton, hm, der wurde hingerichtet am, Moment, ja, am 24.10.1902. Wozu brauchst du diese Auskunft?", fragte sie neugierig.
„Nur aus Interesse", antwortete er, dann legte er auf.
Er starrte sie fassungslos an.
Es stimmte tatsächlich, auch wenn sie sich die Informationen aus dem Internet oder sonst wo hervorgeholt hätte. Er glaubte ihr, das war der finale Beweis.
„Er war nicht der Mörder?", fragte er.
„Nein, ein anderer, er hieß Christopher Connely".
„Gut, sobald die Sache erledigt ist, das verspreche ich ihnen, rolle ich den Fall neu auf, okay?".
„Danke", sagte sie nur und lächelte ihn an.
„Schön. Und jetzt lassen sie uns diesen Drecksack holen. Ich freue mich schon auf sein Gesicht, wenn ich ihm die Handschellen anlege", meinte er, als er wieder den Motor startete.

4.

Während sie zu ihm fuhren, klingelte es an seiner Tür.
„Gut, sie sind schon da", sagte er und öffnete sie.
Zwei Männer in schwarzer Kleidung standen davor und als sie ihn sahen, nahmen sie ihre aus Filz gefertigten Hüte vom Kopf.
„Mein herzlichstes Beileid, Sir. Mein Name ist Harry und das ist mein Kollege George", sagte der kleinere von beiden.
Er erwiderte nichts, sondern bat sie nur herein.
Als sie in die Wohnung traten, kam ihnen schon der penetrante Geruch der Verwesung entgegen und sie mussten für einige Sekunden die Luft anhalten, sonst hätten sie sich gleich hier übergeben. Harry ging die Stufen hinab, dann folgte George, der

den Leichensack trug.
„Sir, darf ich fragen, wo die Verstorbene liegt?", fragte Harry freundlich.
Eigentlich konnte er bereits ahnen, wo sie lag. In seinen langen Jahren in diesem Job, hatte er schon hunderte Tote aus den Wohnungen geholt und jedes Mal hatte ihm seine Nase die Richtung gewiesen, aber er wollte vornehm und zurückhaltend sein.
Er gab keine Antwort, sondern zeigte nur auf das Schlafzimmer.
„Danke, Sir", sagte Harry, dann drehte er sich zu George um, der ihm folgte.
Er winkte ihn zu sich her und wandte sich wieder um.
„Sir, wir werden jetzt zu ihrer Frau gehen und sie in dieses Leichentuch einwickeln". Er zeigte auf den grauen, aus Leder gefertigten Sack, der auf Georg Schulter lag. „dann werden wir sie mitnehmen und bei uns aufbewahren, bis die Formalitäten abgewickelt wurden und sie bestattet werden kann. Sir, ist es ihnen so Recht?", fragte er, obwohl er wusste, dass es keine andere Möglichkeit gab.
Er nickte grinsend.
„Gut, Sir, wollen sie sich noch von ihr verabschieden, bevor wir sie mitnehmen?", fragte Harry.
„Das brauche ich nicht. Ich werde sie bald wiedersehen", sagte er und lächelte.
Harry schaute ihn verwundert an.
Was in Gottes Namen meint er, dachte er, dann schaute er zu George, der mit seinen Schultern zuckte und ihn ebenso ratlos anschaute.
Er sah ihn wieder an.
„Wie sie meinen Sir, dann werden wir mal anfangen. Uns wäre es Recht, wenn sie dabei wären", meinte er, dann ging er an ihm vorbei und öffnete die Schlafzimmertür.
Als er sie aufgemacht hatte, strömte ein ekelhafter Gestank, der aus einer Mischung aus Fäulnis und Moder bestand, in ihre Nasen. Sie mussten beide sofort ihre Nasen zuhalten, sonst hätten sie sich beinahe übergeben.
Noch fiel ihr Blick nicht auf die Leiche. Es schien so, als ob sich ihr Gehirn noch nicht auf die Situation eingestellt hatte, denn

sonst hätten sie schon längst die kopflose Leiche gesehen, die dort auf dem Bett lag. Erst als George aufschrie, sah es auch Harry. Er schlug sich die Hand vor den Mund, dann taumelte er nach hinten.

„Scheiße, verdammt", schrie er auf, dann drehte er sich um. Mit ungläubigen Augen starrte er ihn an und er wollte gerade etwas sagen, als er plötzlich einen Schmerz in seinem Bauch spürte. Er schaute nach unten und da sah er das Messer, wie es wieder aus seinem Bauch herauskam. Erst jetzt realisierte er, dass hier etwas nicht stimmte, doch war es da schon zu spät. Wieder wurde ihm das Messer in den Bauch gerammt und diesmal spürte er noch etwas anderes.

Schmerzen.

Sie kam überfallartig über ihn, dann sank er zu Boden und war innerhalb weniger Sekunden tot.

George, der von dem alles nichts mitbekommen hatte, da er sich angeekelt von der Leiche weggedreht hatte, hörte plötzlich, wie etwas zu Boden fiel. Als er sich umdrehte und gerade noch sehen konnte, wie Harry umkippte, da sah er auch den Mann mit dem Messer. Sofort wurde ihm klar, dass sie bei einem Verrückten waren.

„Harry, um Gottes Willen", schrie er, während der Mann einfach regungslos da stand und nichts tat.

Plötzlich drehte sich der Mann um und kam langsam auf ihn zu.

George bekam nun richtige Angst. Er ging um das Bett herum, immer darauf achtend, dass er nicht näher kam, dann warf er den Leichensack nach ihm. Joel duckte sich und der Sack landete an der gegenüberliegenden Wand und blieb dann auf dem Boden liegen.

„Töte ihn jetzt", schrie die Stimme auf einmal.

„Ja, sofort", antwortete er, dann warf er das Messer nach ihm. George konnte sich nicht wehren. Vor einer Sekunde noch überlegte er fieberhaft, wie er diesem Alptraum entgehen konnte. Er dachte nach und hatte ein, zwei Alternativen gefunden, wie er hier heil und unversehrt heraus kommen konnte, da machte ihm das auf ihn zu kommende Messer einen Strich durch die Rechnung.

Wie in Zeitlupe sah er es auf sich zukommen und in einer letzten Handlung versuchte er, dem Unausweichlichen zu entkommen, in

dem er einen kleinen Schwenk nach rechts machte, doch das Messer war zu schnell. Es bohrte sich in seine Brust und blieb einen Millimeter vor seinem Herz stecken. Er schrie auf, als sich die scharfe Spitze in seine Haut bohrte und dann durch das Fleisch raste, dann kam der Schmerz.
 „Scheiße, argh", schrie er, dann sackte er zusammen.
 Er musste nach Luft pumpen und sofort merkte er, dass seine Lunge durchbohrt wurde. Ein pfeifendes Geräusch entkam seinem Mund, als er versuchte, tief einzuatmen.
 „Guter Wurf", sagte die Stimme, „und jetzt gib ihm den Rest". Er nickte und ging um das Bett herum.
 George konnte zitternd mit ansehen, wie der Kerl immer näher kam. Plötzlich heulte er vor Angst auf:
 „Bitte, Sir, nicht, lassen sie mich bitte am Leben. Ich verrate auch nichts, ich schwöre es ihnen", bettelte er.
 Er sagte nichts, sondern kam immer näher. Als er bei ihm war, kniete er sich auf den Boden und schaute ihm tief in die weinenden Augen.
 „Bitte Sir, nicht", sagte George wieder, doch die Entscheidung, dass er sterben würde, war in dem Moment gefällt worden, als Joel das Bestattungsunternehmen angerufen hatte.
 „Es tut mir leid, mein Freund, aber ich kann nichts machen", sagte er achselzuckend.
 Er nahm das Messer in seine Hand, dann schaute er ihm nochmals in die Augen.
 „Es geht ganz schnell", dann drückte er das Messer tiefer hinein.
 George riss die Hände nach oben und ein kleiner, kaum hörbarer Schrei entkam seinen Lippen, dann sackten seine Hände kraftlos zu Boden.
 Er war tot.
 „Gut gemacht", jubilierte die Stimme und er nickte erfreut.
 „Ja, das stimmt".
 Er zog das Messer wieder aus dem Unglücklichen heraus, dann wischte er es an seinem Hosenbein ab.
 „Und nun, mach schon, zieh dich um und bring sie nach draußen", forderte die Stimme ihn auf.
 „Ja", sagte er, dann zog er die Leiche bis auf die Unterhose aus. Er entkleidete sich und zog dann George´s Kleider an, dann nahm

er den Hut und setzte ihn auf. Sie passten hervorragend, als ob sie für ihn gemacht worden wären. Auch der Hut war nicht zu groß oder zu klein.

„Perfekt", sagte er, ging um das Bett herum und holte den Leichensack. Er legte ihn auf das Bett und öffnete den Reißverschluss, dann legte er seine Liebste genau in die Mitte.

„Gut so, mach weiter", spornte ihn die Stimme an.

Kurz bevor er den Leichensack zumachte, schaute er sie nochmals an.

Wie schön sie doch war, dachte er, dann machte er ihn zu.

„Ich bin soweit", sagte er und wollte gerade seine Liebste auf seine Schultern nehmen, als die Stimme ihm zurief:

„Halt, du hast noch etwas vergessen".

„Natürlich".

Er klatschte sich mit der flachen Hand gegen die Stirn.

Wie konnte er das nur vergessen.

Er ging an den Schrank und holte eine Tasche hervor, dann ging er damit zum Bett. Er stellte sie genau neben dem Sack ab und öffnete sie. Als er sie aufgemacht hatte, kam ihm ein wohlbekannter Duft entgegen, den er schon lange nicht mehr gerochen hatte.

Der Duft seiner verstorbenen Liebe.

Er nahm den verwesten Kopf aus der Tasche und legte ihn sanft auf die Bettdecke, dann öffnete er erneut den Leichensack.

Oh, wenn wir nur ein bisschen Zeit hätten, nur ein wenig, dann könnten wir sofort die letzte Handlung vollenden, dachte er, aber die Zeit hatte er nicht.

Er legte den Kopf auf ihren Oberkörper und in diesem Moment sah er zum ersten Mal, wie vollkommen sie sein würde, wenn es erst so weit war.

Die Stimme hatte Recht. Sie sah wunderschön aus und er hoffte, dass er nicht allzu lange darauf warten musste, sie in die Arme schließen zu können. Aber um sie endgültig wieder zu erwecken, brauchte er noch ein weiteres Opfer. Die Stimme sagte es ihm. Nur ein letztes Opfer, aber dieses brauchte sie lebendig, sonst würde es nicht funktionieren und alles bis jetzt Erreichte, wäre umsonst gewesen. Die Stimme wusste, wer sie war und auch er ahnte, wie sie hieß, aber jetzt war es wichtig, ungeschoren aus der

Wohnung zu fliehen.

„Beeile dich, sie kommen", schrie die Stimme auf einmal.

„Ja, sofort", antwortete er, „nur noch einen Moment".

Er ging zu seinem Nachttisch und holte sein Kostüm heraus, dann eilte er wieder zum Bett zurück. Er legte sein Harlekinkostüm zu seiner Liebsten, dann machte er den Reißverschluss zu. Zufrieden lächelte er, denn er wusste, er würde es noch ein letztes Mal benötigen, bevor er sein Ziel endlich erreicht hatte.

„Jetzt können wir".

Er nahm den Sack und legte ihn über seine Schulter, dann ging er aus dem Schlafzimmer hinaus. Als er die Tür öffnete und ins Freie trat, konnte auch er das Glühen am Himmel erkennen.

„Ihre Zeichen", sagte er leise, dann ging er die Stufen nach oben. Sie war schwer, sehr schwer. Mühsam ging er die Stufen hinauf und er brauchte einige Sekunden, bis er oben war.

Dort angekommen sah er nur einige Meter entfernt den Leichenwagen stehen. Er ging darauf zu, dann glitt ihm seine Liebste von den Schultern. Er konnte sie zwar noch auffangen, bevor sie ganz auf den Boden fiel, aber dafür verlor er das Gleichgewicht und fiel hin.

„Du Trottel", fuhr ihn die Stimme an.

„Ich kann nichts dafür", verteidigte er sich, dann stand er auf. Er wollte den Sack wieder nehmen und sich über die Schulter legen, als er einen jähen Schmerz im Rücken spürte.

„Verdammt", jammerte er, dann fiel der Leichensack wieder zu Boden.

„Du gottverdammter Idiot. Bist du zu blöd, einen Sack auf der Schulter zu tragen. Du bist ein Jammerlappen", brüllte die Stimme.

„Das ist nicht wahr, ich kann das, aber, ich glaube, ich habe mir mein Kreuz verrenkt", stotterte er, dann ging er in die Knie und hielt sich den Rücken.

Es tat furchtbar weh. Ein Nerv hatte sich verklemmt und bereitete ihm furchtbare Schmerzen, doch davon wollte die Stimme nichts wissen.

„Sie sind bald da, ich spüre es. Los, steh auf und bring sie in den Wagen".

„Ich kann nicht, es tut so weh", klagte er.

„STEH AUF", brüllte sie, dann spürte er auf einmal eine Hand auf der Schulter.

Er drehte seinen Kopf nach hinten und schaute einem Mann direkt in die Augen.

„Was machen sie da?", fragte der Mann.

In dieser Sekunde dachte er, dass alles vorbei war.

5.

Sie kamen ziemlich gut voran und waren in weniger als 10 Minuten am verabredeten Treffpunkt angekommen. Sie hatten ausgemacht, sich eine Straße nördlich von der Wohnung des vermeintlichen Mörders zu treffen und dann das weitere Vorgehen abzusprechen.

Er parkte seine Wagen hinter dem Streifenwagen. Bevor er ausstieg, drehte er sich nochmals zu ihr.

„Bitte, versprechen sie mir, sich nicht von der Stelle zu rühren", sagte er eindringlich zu ihr, und er meinte es ernst.

„Ja, Inspektor, ich bleibe hier, keine Angst".

Er nickte und erst jetzt konnte er erkennen, wie hübsch sie eigentlich war. Für einen Moment vergaß er, warum er hier war.

Ihre stahlblauen Augen strahlten ihn an und ihre blonden Haare lagen gewellt auf ihren Schultern und ließen sie verdammt verführerisch aussehen.

Vielleicht würde er sie fragen, ob sie mit ihm einmal ausgeht. Zum Essen vielleicht oder nur auf einen Drink, das war egal, Hauptsache, er würde mit ihr zusammen sein und sie dann näher kennenlernen.

„Okay, ähem, ich muss jetzt gehen".

Er betätigte den Griff am Auto und wollte gerade aussteigen, als sie seine Hand berührte.

„Mellie liebt sie immer noch", sagte sie nur, dann ließ Laura ihn wieder los.

„Ja, ich weiß und das ist ja das schlimme. Nur wegen ihrer Liebe zu mir, hatte sie die ganzen Jahre das alles erduldet. Ich habe sie einem Risiko ausgesetzt, obwohl ich wusste, dass einmal etwas passieren würde", meinte er.

„Sie versteht es aber und sie sagt, es war Schicksal. Es gibt keine Zufälle oder etwas anderes, alles was passierte und noch passieren wird, ist uns von einer anderen Macht vorgegeben. Wir können uns nicht davor schützen oder dem entgehen, das wusste sie, deshalb blieb sie bei ihnen".

Er schüttelte den Kopf.

„Wenn es bloß so einfach wäre, Laura, aber das ist es nicht. Sie müssen mit der Schuld nicht leben, ich aber schon und es laugt mich aus. Ich kann nicht mehr richtig schlafen, habe keinen Appetit mehr und, sehen sie mich an. Ich bin ein Häufchen Elend geworden. Nein Laura, so einfach ist es wirklich nicht".

Sie nahm ihn wieder bei der Hand.

„Keiner hat gesagt, dass es einfach ist".

„Da haben sie Recht, aber dass es so schwer wird, hat mir auch keiner gesagt", meinte er seufzend.

Er schaute sie wieder an. Irgendetwas an ihr, zog ihn magisch an. Als sie das erste Mal auf dem Revier erschienen war, hatte er sie noch nicht genau begutachtet. Er fand sie zwar auf Anhieb attraktiv, aber das war auch schon alles. Aber als er sie heute besucht hatte und Laura in das Reich der Toten gereist war, da hatte er sie zum ersten Mal genauer beobachtet. Sie war wirklich sehr hübsch und, verdammt, ihre Augen hatten es ihm am meisten angetan. So glasklare blaue Augen, die so tief wie ein kristallblauer See waren, hatte er noch nie gesehen, aber auch ihre Figur war makellos und formvollendet. Und dann noch ihre Haare. So schöne lange, seidige Haare hatte er schon lange nicht mehr bei einer Frau bewundert. Insgesamt betrachtet sah sie unheimlich bezaubernd und charmant aus.

Was mach ich hier nur? dachte er.

Irgendwie fühlte es sich falsch an, dass er Gefühle für Laura empfand. Er hatte ein schlechtes Gewissen gegenüber seiner Frau. Sie war tot und er hatte sie doch geliebt, es wäre doch Verrat, wenn er sich wieder verlieben oder ähnliche Gefühle für jemanden entwickeln würde.

War es so?

Vielleicht, vielleicht auch nicht?

Er wusste es nicht, was er aber wusste war, dass jetzt der falsche Zeitpunkt war, sich darüber Gedanken zu machen.

„Laura, wenn das alles Mal vorbei ist…", er räusperte sich verlegen, „… vielleicht könnten wir mal was essen oder etwas zusammen trinken. Hätten sie da Lust?".
Sie lächelte ihn an.
„Aber natürlich, Inspektor, gerne würde ich mich mit ihnen einmal treffen".
Er lächelte, dann atmete er noch einmal kräftig durch.
„Also dann mal los", sagte er und stieg aus.
Sie sah ihm nach, wie er zu dem Streifenwagen ging und die Tür öffnete.
„Arme traurige Seele", sagte sie leise und wusste, was er dachte.
Auch sie fand ihn recht attraktiv und auch sie hatte schon längst Gefühle für ihn entwickelt, obwohl er so ungestüm und voreingenommen war, aber das alles war nur Tarnung. In Wirklichkeit hatte er wie alle eine verletzbare Seele, die leider schon zu viel Schlimmes mitgemacht hatte und noch viel mehr würde erleiden müssen, wenn es nicht bald aufhörte.
Die ganze Welt ging den Bach hinunter und Laura spürte, dass es mit der Festnahme des Mörders noch nicht beendet sein würde, falls sie ihn überhaupt zu fassen bekamen. Sie fühlte, dass eine viel bedrohlichere und schrecklichere Kraft dahinter steckte, die nur darauf wartete, endlich befreit zu werden und zu tun, worauf sie schon so lange gewartet hatte.
Was konnte sie also tun?
Sie beantwortete sich die Frage selbst.
Nichts.
Noch nichts, denn sie spürte, dass ihre entscheidende Stunde noch kommen würde. Nicht jetzt und nicht heute, aber in absehbarer Zeit, das war ihr gewiss.
Gordon klopfte an das Seitenfenster des Streifenwagens.
„He, Joe, mach mal auf", sagte er.
Das Seitenfenster wurde herunter gelassen und Joe, sein Kumpel von dem Einsatzkommando, grinste ihn an.
„Tolle Puppe da hinten. Ist das deine?", fragte er süffisant.
„Das geht dich einen feuchten Dreck an. Hast du keine anderen Sorgen?", blaffte Gordon und meinte es ernst.
„Sachte Sachte, Gordon, war nur ein Scherz. Die ganze Welt spielt verrückt, ich wollte bloß …".

Er vollendete den Satz nicht.
Gordon bereute sofort, dass er ihn so angefahren hatte.
„He Joe, tut mir leid, aber meine Nerven, du verstehst, oder?".
„Ja, wir alle sind ein wenig angespannt", meinte der und lächelte dann.
„Das ist zwar untertrieben, aber so ist es wohl", antwortete Gordon und erwiderte sein Lächeln.
„Sind alle da?", fragte er nun wieder ernst.
Joe nickte und stieg aus.
Als er bei ihm war, zeigte er mit der Hand auf ein Auto das auf der gegenüberliegenden Seite stand.
„Da sind Anderson, Wigham und Blair. Mehr konnte ich nicht auftreiben, aber ich glaube, wir sind genug", sagte er, ging und öffnete dann den Kofferraum.
Gordon folgte ihm. Als auch er hinten am Wagen war, sah er sofort, dass Joe alles aufgefahren hatte, was in der Kürze der Zeit möglich gewesen war.
Sicherheitswesten, Pistolen und einige automatische Waffen.
„Und?", fragte Joe und grinste ihn wieder an.
„Sehr gut, auf dich ist eben Verlass", lobte er ihn, dann nahm er eine Pistole aus dem Kofferraum und steckte sie ein. Das automatisches Schnellfeuergewehr holte er auch raus, dann hängte er es sich um seine Schulter.
„Das müsste genügen", meinte Gordon und ging wieder nach vorn.
Joe hatte sich auch mit zwei Waffen versorgt und hielt in der rechten Hand noch die kugelsicheren Westen, dann gingen sie zu dem anderen Wagen.
Als sie näher kamen, stiegen seine Kollegen aus dem Auto.
„Hallo Jungs", begrüßte er sie.
„Hey Gordon, alles klar?", fragte Wigham.
„Ja", sagte er nur, „seid ihr soweit?".
Alle nickten.
„Okay, dann hört mal alle her. Wenn es stimmt, was meine Zeugin mir erzählt hat, dann ist unser Tatverdächtiger der mutmaßliche Mörder. Also, ich will ihn unter allen Umständen erwischen. Keine frühzeitigen Schießereien, denn ich will ihn lebend haben, habt ihr verstanden?".

Sie nickten wieder alle.

„Gut, also wir sind zu fünft. Anderson und Wigham, ihr seid Team A, Joe, du und Blair seid Team B und ich bilde mal die Vorhut. Wir machen das so. Team A und Team B, ihr geht jeweils von links und rechts an die Wohnung heran, ich gehe direkt rein. Sobald ich drin bin, folgt ihr mir. Wenn er fliehen sollte, dann wisst ihr, was ihr zu tun habt. Nur Schüsse auf die Beine und nur dann, wenn es sich nicht vermeiden lässt. Habt ihr verstanden?", fragte er sie eindringlich.

Wieder einheitliches Kopfnicken.

„Also dann lasst uns gehen".

Joe kam zu ihm und gab ihm die Weste, die er sich sofort anlegte, dann gingen sie die Straße entlang. Seine Wohnung war nur zwei Straßen weiter, deshalb gingen sie noch ziemlich entspannt und aufrecht weiter, erst als sie in die Seitenstraße einbogen, versteckten sie sich hinter einem heruntergebrannten Haus.

„Okay, Abbey Road No: 24. Es ist das ... Moment ..., ja, das fünfte Haus hier links", sagte Gordon und wies mit der Hand darauf, so dass seine Leute es sehen konnten.

Er stützte sich an der Hauswand ab und holte seine Pistole heraus, dann entsicherte er sie. Das Gewehr gürtelte er sich hinten auf den Rücken. Er wollte gerade losgehen, als Joe etwas sagte:

„He Gordon, sieh".

Er sah es. Genau aus der Wohnung, wo dieser Joel wohnte, kam ein Mann heraus, der schwarz bekleidet war und auf dem Rücken etwas trug. Zuerst konnte sich Gordon keinen Reim darauf machen, erst als Joe ihn darauf aufmerksam machte, da erkannte er es.

„Dort hinten, der Leichenwagen".

„Verdammte Scheiße", fluchte er und überlegte fieberhaft.

Solange der Typ da ist, konnten sie nichts machen, also mussten sie warten, bis er weg war, aber dieser Typ war einfach zu blöd. Sie konnten gemeinsam beobachten, wie ihm der Sack entglitt und auf den Boden fiel.

Wigham kicherte als Erster, dann fiel Anderson mit ein. Auch ihm entglitt ein leises Lächeln, bevor er sich wieder fing. Er sah, wie der Mann sich nach unten bückte, um den Sack auf zu heben, doch plötzlich schrie der Mann auf.

„Was hat er denn nur?", fragte Blair und schaute Gordon an.
„Schau selbst", sagte Gordon und zeigte zu dem Mann, „ins Kreuz gefahren".
Er drehte sich weg und überlegte, was zu tun war. Wenn der Mann es nicht schaffte, von dort zu verschwinden, würden sie ihre Mission nicht zu Ende führen können. Nun, sie hatte noch nicht einmal begonnen, da mussten sie es schon aufgeben. Er sah in Gedanken, was passieren würde, wenn er nicht verschwand. Ein Krankenwagen würde kommen und ihn behandeln und dann wahrscheinlich mitnehmen, danach würden die Kollegen des Mannes kommen und den Sack mit der Leiche holen. Aufregung und ein Massenauflauf. Alles Dinge, die er nicht gebrauchen konnte.

Er fasste einen Entschluss.

„He Anderson, geh hin und hilf", sagte er und zeigte auf den Mann.

Anderson blickte ihn ungläubig an.

„Warum ich?", fragte er entrüstet.

„Weil ich es sage, jetzt mach schon", forderte er ihn nochmals auf.

„Scheiße, dafür bin ich aber nicht zur Polizei gegangen", beschwerte er sich, gab dann aber nach. Er gab seine Pistole Wigham, dann ging er auf den Mann zu.

„Au Mann, jetzt bin auch noch Leichenbestatter geworden", brabbelte er leise, während er auf ihn zuging.

Gordon hatte ja Recht, dachte er, aber warum traf es auch immer nur ihn. Die anderen hätten es ja auch machen können, aber nein, stets hatte er die Arschkarte.

Er war nur noch einige Meter entfernt, als er hörte, wie der Mann etwas sagte.

„Sie ist zu schwer, ich kann sie nicht tragen".

Armer Kerl, dachte Anderson, dann war er bei ihm und legte ihm die Hand auf die Schulter.

„Hey, was machen sie da, kann ich ihnen helfen".

Der Mann schaute ihn an, dann stand er schnell auf.

„Gib keine Antwort", sagte die Stimme leise.

Er nickte im Stillen.

Als der Mann ihn anstarrte, musste Anderson plötzlich schlucken.

So etwas hatte er noch nie gesehen. Das Gesicht des Mannes war übersät mit Narben, die kreuz und quer, von links nach rechts gingen. In einem kurzen sarkastischen Anflug dachte Anderson, dass es kein Wunder ist, dass der Mann Leichenbestatter ist, bei dem verunstalteten Gesicht. Er sah hässlich, nein Abgrund tief hässlich aus und kein Arbeitgeber auf der Welt würde ihm einen anderen Job anbieten, als diesen. Er starrte gebannt auf das zerfurchte Gesicht und insgeheim musste er sich zwingen wegzusehen, sonst hätte er noch Stundenlang darauf geschaut.

„He, Mann, brauchen sie Hilfe? Ich habe gesehen, wie sie Probleme mit dem Ding da haben", meinte er und zeigte auf den Sack.

„Der will dir helfen, ja, der will dir nur helfen", jubilierte die Stimme auf einmal, „sag ja, sofort".

„Ja", antwortete er und nickte.

„Also gut, dann packen sie mal an".

Anderson ging zum Sack, während er ihm folgte. Plötzlich waren die Schmerzen weg und er fühlte sich wieder stark und kräftig.

„Sie nehmen die Seite und ich hebe hier hoch, okay?", fragte Anderson.

„Ja".

„Also auf eins. Und los".

Beide hoben an und eine Sekunde später liefen sie schon mit dem Sack zu dem Leichenwagen.

„Warum sind sie alleine?", fragte Anderson plötzlich.

Ohne viel nachzudenken, gab er eine Antwort.

„Es gibt viel zu tun".

„Sehr gut", sagte die Stimme, „sehr gute Antwort".

Anderson verstand sofort. Nachdem, was in den letzten Tagen passiert war, waren sie schlicht weg überlastet. Wahrscheinlich kamen sie gar nicht mehr mit dem Abtransportieren der Leichen hinterher. Sie hatten wahrscheinlich nicht genug Männer, deshalb war er alleine.

„Scheiß Job, oder?", meinte Anderson.

„So gut wie jeder andere, Sir".

„Auch wieder wahr".

Als sie beim Wagen angekommen waren, legten sie den Sack auf den Boden, dann machte er die Hintertür auf. Er war nicht dumm, nein, das war er nicht. Als er die zwei Männer ermordet hatte, hatte er die Taschen durchsucht und bei Harry den Schlüssel für den Wagen gefunden.

„Legen wir sie einfach rein", sagte er und zeigte auf die Stelle neben dem Sarg.

„Wollen sie sie nicht da hinein legen?", fragte Anderson und zeigte mit dem Kopf auf den Sarg.

„Das ist nicht möglich, Sir, da ist schon eine andere drin", log er ihn an.

Anderson lachte.

„Okay, dann dahin", meinte er und gemeinsam hievten sie die Leiche in den Wagen. Er verschloss die Tür, dann drehte er sich zu ihm um.

„Danke für ihre Hilfe, Sir. Sie wird es ihnen danken".

„Ja, Danke für ihre Hilfe, Sir. Hahaha, du Trottel", lachte die Stimme verächtlich und äffte ihn nach.

Anderson dachte sich nichts dabei. Er meinte wohl, die Leiche würde es ihm danken, auf eine andere Idee kam und konnte er nicht kommen.

„Schon Recht", meinte Anderson, dann ging er wieder.

Als er wieder zu seiner Gruppe zurückkehrte, hörte er, wie der Leichenwagen anfuhr und dann in seine Richtung kam. Er ging auf den Gehsteig und schaute sich um und sah, dass der Wagen neben ihm anhielt und das Seitenfenster runter ging.

„Danke nochmals für ihre Hilfe, Sir. Ich werde ewig an sie denken", sagte er und lächelte.

Anderson sagte nichts, sondern lächelte zurück und auf einmal fühlte er, dass was nicht stimmte, aber was, konnte er nicht sagen.

„Alles klar, kein Problem", antwortete er, dann fuhr der Wagen weiter.

Komischer Kauz, dachte er, dann kehrte er zu den anderen zurück.

Als er bei ihnen war, grinsten sie schon.

„Und wie war es?", meinte Wigham und lachte.

„Halts Maul du Arsch. Das nächste Mal gehst du", antwortete er und zeigte ihm den Mittelfinger.

„Du kannst mich auch gerne haben", sagte Wigham, dann hörten sie Gordon rufen:

„Haltet das Maul, beide, sofort".

Sie blieben ruhig, dann ging Gordon auf Anderson zu.

„Gut gemacht", dann klopfte er ihm auf die Schulter und gab ihm seine Waffe wieder, „und jetzt los".

Sie machten sich alle auf und gingen auf geradem Wege zu der Wohnung. Als sie davor standen, gab Gordon ihnen ein Zeichen. Wigham und Anderson nahmen rechts von der Tür Stellung, während Joe und Blair nach links gingen.

Er holte noch einmal tief Luft, dann dachte er nach. Er hoffte inständig, dass der Ripper da war und er es heute endlich mit seinen Leuten beenden konnte.

Er schloss die Augen und entsicherte seine Pistole, dann ging er die Stufen hinunter. Als er unten angekommen war, sah er sofort, dass die Eingangstür einen Spalt offen stand.

War es Einbildung oder hatte er eine Eingebung gehabt? War es ein Gespür oder nur ein Gefühl?

Egal was es war, in dieser Sekunde wusste er, dass er nicht da war. Trotzdem war er gewappnet, sollte ihn sein Gefühl oder sein Spürsinn getrogen haben. Er stieß die Tür auf und spähte in die Wohnung hinein, dann roch er den Gestank von verfaultem Fleisch. Ihm wurde schlagartig übel und er wich einen Schritt zurück, dann musste er sich an dem Geländer festhalten.

Die anderen sahen sofort, dass etwas nicht stimmte oder anders ausgedrückt, sie wussten, dass sie hier richtig waren, denn auf einmal erreichte auch sie der widerliche Gestank. Auch sie wichen kurz zurück, dann hielten sie sich die Nasen zu und kamen wieder näher.

Gordon winkte sie zu sich hinunter.

„Los, kommt schon", flüsterte er.

Während sie die Stufen leise hinunterschritten, ging er in die Wohnung hinein. Er spähte um die Tür und als er dort keinen sah, ging er weiter hinein. Sie war spärlich und nicht sonderlich geschmackvoll eingerichtet, eher spartanisch und zweckmäßig. Er ging langsam weiter, während Anderson und Wigham ebenfalls die Wohnung betraten. Gordon drehte sich kurz um und zeigte mit seiner Hand nach links. Sofort huschten sie mit gezogener Waffe in diese Richtung und blieben dort gespannt stehen und warteten darauf, welche Befehle ihnen Gordon als nächstes geben würde.

Kurz darauf kamen Joe und Blair in die Wohnung. Sofort

sprangen sie an die andere Wand und arbeiteten sich nach vorne, bis sie vor einer Tür stehen blieben.

„Nach links", flüsterte Gordon und Joe nickte.

Geduckt und mit ihren Waffen im Anschlag liefen sie einige Schritte, bis Gordon ihnen erneut zuflüsterte:

„Gut, bleibt so".

Sie nickten, dann drehte sich Gordon zu Anderson um.

Er zeigte mit seiner Hand eine Drei, das Zeichen, dass sie bei drei in das andere Zimmer stürmen sollten. Er wiederrum würde ihnen Deckung geben, sollte es eine unerwartete Überraschung geben. Er nahm seine Hand und hielt seinen Daumen hoch, dann den anderen Finger und kurz darauf noch den dritten.

„Los", flüsterte Gordon, dann sprang Anderson vor und trat die Tür ein. Sie flog krachend auf, dann trat er beiseite und Wigham, sowie Joe liefen ins Zimmer.

Ein widerwärtiger Gestank empfing sie und als sie sahen, was auf dem Bett lag, da drehten sie sich angeekelt zur Seite. Gordon kam eine Sekunde später in das Zimmer und als er die schrecklich zugerichteten Leichen der Männer sah, musste auch er kurz wegsehen. Noch hatte er nicht verstanden, wer die Männer waren, dann eine Zehntelsekunde später dämmerte es ihm und auch den anderen wurde sofort klar, was passiert war.

Das sind die Leute von dem Bestattungsinstitut, dieser Schweinehund hat uns reingelegt.

Er drehte sich schnell um und hastete aus dem Zimmer hinaus, dann fasste er sich an die Stirn.

„Ich muss nachdenken", sagte er leise.

Nicht nur, dass er ihnen durch die Lappen gegangen war, nein, sie hatten ihm sogar noch geholfen. Wenn es nicht so schrecklich gewesen wäre, hätte man darüber schmunzeln können. Die Polizei half einem Mörder bei der Flucht. Er konnte schon die Schlagzeilen in der Presse lesen, wie sie sich darüber lustig machten und sich die Mäuler zerrissen. Aber das war jetzt nebensächlich.

Wenn wir uns beeilen, können wir ihn vielleicht noch einholen, dachte er, dann aber musste er sich eingestehen, dass der Ripper einen zu großen Vorsprung hatte. Er war bestimmt schon über alle Berge und wahrscheinlich gerade dabei, sich ein neues Versteck zu

suchen. Eine einmalige Chance, ihn zu erwischen, war vertan.
Joe kam zu ihm und boxte ihn an.
„Was machen wir denn jetzt?".
„Wir müssen sofort eine Meldung ins Hauptquartier geben und ihn zur Fahndung ausschreiben. Die sollen sofort nach dem Bestattungswagen suchen, der muss doch auffallen, oder?".
„Eher nicht", meinte Joe und schüttelte den Kopf, „du weißt, was da draußen los ist".
Er hatte Recht. Als er hierher gefahren war, hatte er unzählige dieser Wägen auf den Straßen gesehen. Sie hatten in den letzten Wochen Hochkonjunktur gehabt und so wie es aussah, würde ihnen die Arbeit in den nächsten Wochen auch nicht ausgehen.
„Trotzdem müssen wir es versuchen. Los, lasst uns zurückgehen".
Gordon ging voran, als Anderson zu ihm kam.
„He, Gordon, glaubst du, in dem Sack waren die…". Er stockte kurz und schluckte, dann sprach er weiter. „… waren die Teile von den Frauen?".
„Ja, wahrscheinlich. Dieser perverse Verrückte baut sich eine neue Frau. Der ist so krank, das gibt es gar nicht", sagte er aufgeregt, dann drehte er sich um.
Ja, er baute sich eine Frau, dachte er und erschrak. Eigentlich wollte er nicht so abfällig über die toten Frauen reden, aber anders konnte er es nicht erklären.
„Los kommt, wir müssen zum Auto und die Fahndung durchgeben".
Er trat aus der Wohnung hinaus, die anderen folgten ihm. Als sie oben angekommen waren, blickte Gordon auf den noch immer brennenden Himmel, dann dachte er nochmals nach:
Was sollte das alles? Warum tat er das nur? Verdammt, wieso geht er so ein großes Risiko ein, das macht doch keinen Sinn?
Fragen, auf die er keine Antwort wusste.
Noch nicht, doch bald würde er sie bekommen, doch bis es soweit war, sollte er noch einen schrecklichen Verlust erleiden.
„Los", rief er ihnen zu, „zurück zu den Autos".

6.

Er konnte es kaum glauben. Sie hatten ihm doch tatsächlich geholfen, diese Idioten. Vor weniger als fünf Minuten hatte er gedacht, alles würde vorbei sein, vor allem, als der Polizist ihm auf die Schulter geklopft hatte, aber es war ganz anders gekommen. Er hatte sofort gewusst, dass der Mann von der Polizei war, hatte es gerochen und an der Kleidung gesehen. Vor allem die kugelsichere Weste, die sich unter dem Pullover des Mannes abbildete, verriet den Polizist.

„Wir haben Glück gehabt", sagte er und freute sich.

„Ja, aber es noch nicht vorbei", sagte die Stimme, „wir müssen sie noch holen. Ohne sie ist alles umsonst gewesen".

Er nickte und bog in eine Straße, die aus der Stadt führte, dann bog er wieder nach links.

„Da ist sie", schrie die Stimme auf einmal.

Er erschrak und für einen Moment verlor er die Kontrolle über das Auto. Es fuhr nach rechts und beinahe touchierte er ein Auto, das am Seitenrand parkte, dann hatte er den Wagen wieder im Griff.

„Halt sofort an", schrie die Stimme erneut.

„Warum?", fragte er einfältig.

„SOFORT ANHALTEN".

Der Schrei erschütterte ihn bis ins Mark. Er nahm die Hände vom Lenkrad und hob sich die Ohren zu, dann trat er auf die Bremse. Sofort hielt der Wagen an und er selbst wurde nach vorne geschleudert. Sein Kopf knallte auf das Lenkrad, dann wurde er wieder nach hinten geworfen.

„Scheiße, tut das weh", jammerte er, dann nahm er seine linke Hand vom Ohr und rieb sich über die Stirn. Sofort bemerkte er die Beule, die sich langsam auf seiner Stirn abbildete, dann durchfuhr ihn ein Schmerz. Er raste durch seinen Körper und erfasste jede Nervenzelle, dann klang er so schnell ab, wie er gekommen war.

„Da ist sie", sagte die Stimme.

Er rieb sich den Kopf, dann blickte er auf die Straße.

„Ich sehe sie nicht, wo?".

„Genau hinter dir, in dem grünen Wagen", antwortete die

Stimme.

Er drehte seinen Kopf und konnte auf dem Beifahrersitz eine Frau erkennen.

„Das ist die Frau?", fragte er und drehte den Kopf wieder zurück.

„Ja, das ist unsere Brücke. Los, hol sie dir, aber pass auf, ihr darf nichts geschehen", mahnte die Stimme.

„Gut", meinte er und nickte, dann stieg er langsam aus. Er ging hinter dem Auto in Deckung, dann huschte er behände den Gehsteig entlang, bis nur noch ein Auto zwischen den beiden war. Er duckte sich und schlich dann auf allen Vieren weiter, bis er am Kofferraum angekommen war.

„Soll ich sie K.O. schlagen?", flüsterte er und wartete.

„Mach was du willst, aber sie darf nicht zu Schaden kommen, hast du verstanden?".

„Ja, ich verstehe", antwortete er demütig.

Er robbte weiter und war nur noch einen Meter entfernt, als ihm plötzlich ein Mann entgegenkam. Für einen kurzen Moment schaute ihn der Mann komisch an, dann ging er jedoch weiter, ohne etwas zu sagen oder zu tun.

„Ich bin immer noch unsichtbar, oder?".

„Ja ja, das bist du", antwortete sie, „und jetzt mach, sie kommen bald wieder".

Er musste schnell sein, das war klar, aber wie sollte er es anstellen? Im Stillen überlegte er, wie er vorgehen musste, damit sie überrascht wurde.

Ich werde die Tür aufreißen, sie nach draußen ziehen und ihr dann einen Schlag auf den Kopf geben. Ja, so mache ich es.

Er lachte diebisch und ein wenig freute es ihn auch. Er hatte nur einmal eine Frau geschlagen, Phoebe. Er konnte sich noch genau an die Situation erinnern, als er sie überraschte, wie sie mit ihrer Freundin telefonierte und einen Termin mit ihr ausmachte, ohne ihm Bescheid zu geben. Er war dazwischen gefahren, hatte ihr den Hörer aus der Hand geschlagen und sie geohrfeigt.

Wow, dachte er damals, als seine Hand in ihr Gesicht schlug, *was für ein schönes Gefühl*. Es war unbeschreiblich. Solch eine Macht und Überlegenheit hatte er bis dahin noch nie gespürt.

Nun, heute würde es wieder so werden, dachte er und legte seine Hand an den Autogriff.

Während er seinen Angriff vorbereitete, spürte Laura plötzlich eine Beklommenheit. Eine tonnenschwere Last legte sich auf ihre Brust, die ihr den Atem nahm und auf einmal wurde ihr schwindelig. Im ersten Augenblick wusste sie nicht, was sie machen sollte, doch dann konzentrierte sie sich. Sie schloss ihre Augen und spannte ihre Muskeln an, dann rief sie die Mächte des Universums an.

„Reinigt meine Seele, ihr Kräfte des Guten und befreit mich von meinem Druck", sagte sie leise.

Erst geschah nichts, dann, wenige Sekunden später bemerkte sie, wie der Druck um ihre Brust langsam immer weniger wurde, bis er verebbte. Plötzlich bekam sie auch wieder Luft. Gierig sog sie die Luft ein und sie durchströmte sofort ihre Lungen, dann atmete sie die verbrauchte Luft wieder aus. Der Schwindel verflog, doch das Gefühl der Beklommenheit blieb. Irgendetwas stimmte nicht, das spürte sie, doch was? Sie hatte keine Zeit mehr nachzudenken, denn in diesem Augenblick wurde die Tür aufgerissen.

Sie quickte vor Schreck auf und ihr Herz pochte ihr bis an die Schläfen, dann blickte sie nach rechts. In einem kurzen flüchtigen Blick sah sie, wie ein Mann, der schwarz gekleidet war, die Tür aufgerissen hatte und seine Hände nach ihr ausstreckte.

„He, was…", schrie sie, dann packte er zu.

Er zog sie an ihrer Jacke hinaus, dann ließ er sie auf den Gehsteig fallen und beugte sich über sie. Erst jetzt konnte sie sein Gesicht sehen und als sie es erblickte, wusste sie sofort, wer er war.

„Sie?", rief sie erstaunt, dann sah sie, wie er die Hand zur Faust ballte.

Der erste Hieb verfehlte sie, weil sie instinktiv ihre Hände zum Schutz nach oben riss, dann kam schon der zweite. Sie wurde in den Bauch getroffen und ihr blieb schon wieder die Luft weg. Schon folgte der nächste Schlag. Die Faust prallte an ihr Kinn und in diesem Moment wusste sie, dass sie nichts entgegen zu setzen hatte. Die nächsten Schläge landeten auf ihr, ohne dass sie sich bewusst wurde, wo sie genau trafen, erst als sie einen weiteren Schlag mitten im Gesicht spürte, war es vorbei. Ein grauer Schleier breitete sich vor ihre Augen, dann kurze Zeit später, übermannte sie vollkommende Dunkelheit.

Er schlug wild auf sie ein. Sein Hut flog ihm vom Kopf und jedes Mal, wenn er einen Treffer landete, fühlte er einen wohltuenden Schauer in sich. Er hätte stundenlang weitermachen können, doch die Zeit drängte. Sie wehrte sich zwar noch, doch ihre Bemühungen wurden immer geringer, bis sie ganz versiegten. Ein letzter Schlag noch, dann war es vorbei. Er holte noch einmal aus und schlug ihr ins Gesicht, dann gab sie Ruhe. Sie war ohnmächtig geworden.
„Gut gemacht", schrie die Stimme, „jetzt pack sie in dein Auto und fahr los. Wir haben nicht mehr viel Zeit".
„Ja, ich mach ja schon".
Er packte sie und schleifte sie über den Gehsteig, dann quer über die Straße, bis er an der Hintertür seines Wagens war. Er ließ sie liegen, holte seinen Schlüssel heraus und öffnete die Tür. Erneut packte er sie und zog sie hoch, dann warf er sie achtlos in den Wagen hinein. Als er die Tür wieder abschloss, meldete sich die Stimme erneut:
„Und jetzt fahr genau den Weg, den ich dir vorgebe, hast du verstanden?".
Noch vom Gefühl der Überlegenheit gefangen, antwortete er nicht, sondern nickte nur.
„Gut, fahr los".
Er setzte sich an das Steuer, startete den Motor und fuhr los. Nicht zu spät, denn keine fünf Sekunden später, kamen Gordon und seine Männer um die Ecke und liefen auf ihre Wagen zu. Als sie auf dem Gehweg waren, bog er gerade um ein Haus in eine andere Straße ein, ohne von ihnen gesehen zu werden.

7.

Lacombe betrat das Polizeigebäude und ging auf einen Schalter zu, vor dem sich einige Leute versammelt hatten. Nach gut einer Viertelstunde kam er dran.
„Entschuldigen sie bitte, aber ich brauche einen Kollegen von ihnen, der diese Morde bearbeitet", fragte er höflich.
Der Officer schaute ihn merkwürdig an.
„Davon haben wir viele", antwortete er, dann schaute er weg. Lacombe überlegte wieder kurz, ob er nicht besser heimkehren

sollte. Vielleicht waren diese Schriftrollen und Briefe oder wie auch immer man sie nennen konnte, einfach nur falsch und ihr Inhalt an den Haaren herbeigezogen.

Er war kein Detektiv und kannte sich mit der Echtheit dieser Dokumente nicht aus, genauso wenig wie über die Morde, die dieser Ripper verübte.

Er war Pfarrer, mehr nicht.

Dennoch sagte ihm sein Gefühl, dass das, was er gefunden hatte, sehr wichtig war und er es unbedingt der Polizei mitteilen musste. Er hatte sich entschieden, er blieb hier.

„Officer, entschuldigen sie noch einmal. Ähem, ich möchte den Verantwortlichen sprechen, der die Ermittlungen im Falle des Rippers leitet".

Der Beamte schaute wieder zu ihm auf.

„Das ist Inspektor Strachan, aber der ist gerade nicht hier", sagte er kurz angebunden und drehte sich wieder weg.

Nun wurde es ihm doch zu bunt.

„Officer, ich muss ihn sofort sprechen, es ist dringend", sagte er fordernd.

Der Officer blickte ihn nicht an, sondern machte weiter seine Arbeit.

Lacombe wurde nun ungeduldig und erbost.

„Verdammt", schrie er und schlug mit der Faust auf den Tisch", es ist lebenswichtig, dass ich sofort mit dem Mann spreche, haben sie mich verstanden?".

Der Mann schreckte auf, dann kam er auf Lacombe zu.

„Ich habe ihnen schon gesagt, dass er nicht da ist, Pater, da kann ich nichts machen", verteidigte er sich.

„Aber er muss doch erreichbar sein. Sie könnten ihn doch anfunken, oder?"

„Nein, er ist in einem Einsatz, da kann ich ihn nicht anrufen, das werden sie doch hoffentlich verstehen", meinte er.

Lacombe ließ nicht locker.

„Mein guter Mann, es ist immens wichtig. Ich habe Informationen über den Mörder, die ihn bestimmt interessieren werden, glauben sie mir. Wenn ich nicht sofort mit ihm spreche, dann …".

Er fing an zu stottern.

„… dann ist es zu spät", vollendete er den Satz.
Der Officer wollte gerade etwas sagen, als plötzlich das Telefon, das vor ihm stand, klingelte.
„Einen Moment", sagte er, dann ging er an den Apparat.
„Hier Bennham".
Lacombe beobachtete, wie der Mann sich etwas aufschrieb, dann sich verzweifelt am Kopf kratzte.
„Gut, aber das wird ganz schön schwierig werden", sagte er und schüttelte den Kopf, „aber ich werde tun, was ich machen kann. Ach, Strachan, hier ist ein Pfarrer, der möchte mit ihnen sprechen".
Lacombe horchte auf.
Der Officer nickte ein paar Mal, dann schrieb er erneut etwas auf.
„Das habe ich ihm auch schon gesagt, aber er meint, er könnte ihnen etwas über die Morde sagen".
Lacombe trat näher und lauschte dem Gespräch zu.
„Gut, ich werde es ihm sagen. Ich gebe ihm ihre Nummer, dann kann er …".
„NEIN", schrie er und unterbrach ihn.
Er schnellte nach vorn und riss ihm den Hörer aus der Hand. Verdutzt schaute ihn der Officer an, dann rannte er um den Schalter auf ihn zu.
Lacombe musste jetzt schnell handeln und den Inspektor überzeugen, sonst würde der Officer kommen und ihm das Telefon wieder aus der Hand nehmen.
„Hören sie zu, mein Name ist Lacombe, ich bin Pfarrer in einer Kirche und ich habe Unterlagen gefunden, die es ihnen ermöglichen, den Mörder, den sie *den Ripper* nennen, zu fassen. Auch wenn es sich fast unmöglich anhört, aber ich kann ihnen sagen, wo sie ihn finden".
„Woher wollen sie das wissen?", fragte Strachan.
„Diese Morde sind schon einmal passiert und ich glaube, nein, ich weiß, dass es auch diesmal gleich sein wird".
Der Officer war jetzt bei ihm und entriss ihm den Hörer.
„Nein", schrie Lacombe auf und griff wieder danach.
„Verdammt nochmal, Pater, beruhigen sie sich doch", schrie der Officer ihn an.
Doch Lacombe ließ sich nicht beruhigen.

„Strachan, wenn sie mich hören, glauben sie mir doch, wenn er neun Morde verübt hat, wird er sich einen Ort suchen und sie vollenden", schrie er.

Strachan horchte plötzlich auf.

„Entschuldigen sie Gordon, aber dieser Pfarrer ist verrückt", hörte er die Stimme von Bennham wieder.

„Was hat er gerade gesagt?", fragte Gordon interessiert.

„Ich weiß es nicht genau, irgendwas von neun Morde, oder so", antwortete er und zuckte mit den Schultern.

Gordon überlegte blitzschnell.

Wie konnte der Pfarrer das wissen?

Bislang waren der Öffentlichkeit nur 6 Morde bekannt gegeben worden, mehr nicht. Gut, der Mord an dem siebten Opfer, Jennifer, hatte sich schon herumgesprochen, aber er konnte sich nicht vorstellen, dass er schon bis zum Pfarrer vorgedrungen war.

„Geben sie ihn mir wieder".

„Wie sie wollen", sagte Bennham und übergab den Hörer wieder an Lacombe.

„Hier", sagte er kopfschüttelnd.

Lacombe nahm ihn dankend und erleichtert entgegen.

„Ja, hier wieder Lacombe".

„Also, Herr Pfarrer, dann erzählen sie mal, aber fassen sie sich kurz".

Und dies tat er.

Als er zu erzählen begann, musste sich Strachan mehrmals an den Kopf fassen. Das, was er da hörte, kam ihm alles ziemlich wirr und konfus, um nicht zu sagen, abenteuerlich und verrückt vor. Vielleicht war er ja doch ein wenig irrsinnig, der Herr Pfarrer, aber dennoch ließ er ihn zu Ende sprechen.

„... ich weiß, es hört sich verrückt an, ich würde es auch nicht glauben, aber wenn er das Medium findet, dann Gnade uns Gott", sagte Lacombe.

Plötzlich durchfuhr es Gordon.

„Was haben sie gerade gesagt?", fragte er aufgeregt.

„Er braucht ein Medium, eine Seherin, damit er sein Werk vollenden kann".

Laura.

Ihm wurde schlagartig schlecht.

„Warten sie", rief er in den Hörer, dann folgte Stille.
Erst jetzt kam ihm Laura wieder in den Sinn. Er ging vom Streifenwagen weg und lief zu seinem Auto, dort sah er, dass sie nicht mehr da war.
„He, kommt mal her", rief er den anderen panisch zu.
Sie kamen herbei gerannt und blieben bei ihm stehen.
„Hat irgendjemand von euch die Frau gesehen, die mit mir mitgekommen ist?"
Sie schauten sich gegenseitig an, dann schüttelten alle mit dem Kopf.
Panik überfiel ihn.
Er hastete zur Autotür und riss sie auf, aber er konnte nichts erkennen. Anderson ging an die andere Seite und plötzlich bückte er sich. Als er sich wieder aufrichtete, hatte er etwas in der Hand.
„Dieses Schwein", sagte Anderson und hob den Hut hoch.
Gordon wurde auf einmal übel und er musste sich an der geöffneten Tür festhalten.
Nein, nicht auch noch sie, dachte er, dann nahm er auf dem Sitz Platz. Sein Kopf fiel nach vorne auf das Lenkrad, dann hämmerte er mit seiner rechten Faust auf den Beifahrersitz.
„Dieser Mistkerl", jammerte er und begann zu weinen.
Lacombe konnte nur bruchstückhaft hören, was da gesprochen wurde, aber er ahnte schon, was passiert war.
In Gedanken malte er sich aus, was Schreckliches geschehen war. Sie war in seiner Gewalt.
Es dauerte einige Sekunden, bis Strachan wieder am Telefon war. Lacombe hörte ihn schluchzen.
„Er hat sie schon, oder?".
Strachan atmete laut auf, ehe er sich wieder gefangen hatte.
„Ja, er hat sie".
„In Gottes Namen, wir müssen uns beeilen", bettelte Lacombe.
„Wenn er es heute beendet, dann kommt das Böse zurück auf diese Welt und wir alle sind verloren".
Strachan hörte wohl seine Worte, konnte aber immer noch nicht daran glauben. Fakt aber war, dass dieser Mistkerl sie auch noch geschnappt hatte und sie höchstwahrscheinlich ermorden würde, wenn er nicht schleunigst herausfand, wo sie war. Aber er hatte keine Zeit. Seine einzige Möglichkeit war, dem Pfarrer zu glauben

und dem nachzugehen, egal wie verrückt oder unglaublich es sich anhörte.

„Okay, Lacombe, ich bin in 10 Minuten da", sagte er, dann legte er auf.

Er stieg in das Auto und fuhr einfach los.

Als er an den zerstörten und immer noch teilweise brennenden Häusern vorbei fuhr, verdammte er sich zum wiederholten Male. Wie dumm und einfältig war er gewesen, als Laura ihn überredet hatte, sie mitzunehmen. Hätte er sie nur dort gelassen, wo sie sicher war.

Aber war sie das?

Vielleicht ja, aber vielleicht auch nein.

Er hatte sie leider mitgenommen, das war Fakt und jetzt musste er machen, dass er sie so schnell wie möglich fand, denn er wusste, dass sie dem Mörder schutzlos ausgeliefert war.

Wenn es stimmte, was der Pfarrer in dem kurzen Gespräch angedeutet hatte, dann war sie in höchster Gefahr.

Feuerwehrautos rasten an ihm vorbei, doch er hörte sie nicht, denn seine Gedanken waren bei ihr.

Er hatte sich in sie verliebt, obwohl er das eigentlich nicht gewollt hatte. Wieder kam ihm Mellie in den Sinn und er fand es einfach nicht richtig, sich noch einmal zu verlieben, aber was sollte er denn tun?

Seine Gefühle einfach ausschalten?

Wenn das nur so einfach wäre.

Er raste, so gut es ging, die von Schutt und Trümmern übersäte Straßen entlang, die Gedanken immer bei Laura.

Es war seine Schuld, dass sie in seinen Fängen war und er musste sie retten, koste es, was es wolle.

„Ja, ich liebe dich", sagte er leise.

8.

Obwohl sie ohnmächtig war, spürte sie die Schwingungen seiner Liebe. Sie umhüllte sie, wie ein wärmender Kokon und brachte ihr Labsal und Trost.

Er würde sie nicht im Stich lassen, das fühlte sie in jeder Faser ihres Körpers, aber er musste sich beeilen, sonst würde es zu spät sein, denn das Böse holte zum finalen Schlag aus.

Gordon, komm und errette mich, sandte sie in Gedanken aus. Sie konnte es nicht wissen, aber …

… er war auf dem Weg.

KAPITEL VI

APOKALYPSE

1.

Er hatte sich den Weg nicht gemerkt, das war aber auch nicht wichtig, denn wenn alles klappen würde, wäre in ein paar Stunden alles vorbei und er würde mit seiner Geliebten über die Welt herrschen. Dann brauchte er sich nichts mehr zu merken oder irgendetwas tun.

Als die Stimme ihm den Weg zeigte, fuhr er in Gebiete, die er noch nie in seinem Leben gesehen hatte. Irgendwann sagte sie Halt und er hielt. Zuerst nahm er die noch bewusstlose Frau und trug sie nach unten, dann nahm er seine Liebste und tat das gleiche mit ihr.

Das war vor einer Stunde gewesen, seitdem hatte sich die Stimme nicht mehr gemeldet. Er hatte schon Angst gehabt, dass sie gegangen war, aber das wäre ja sinnlos gewesen. *Warum auch,* dachte er, sie hatte ihn ja ausgesucht und solange mit ihm diese Dinge, diese Morde verübt. Sie waren soweit gekommen, warum sollte die Stimme ihn jetzt verlassen.

Er sah auf seine Liebste. Die Stimme hatte ihm gesagt, er sollte sie auf den Boden legen und ihre Hände austrecken. Das hatte er gemacht. Dann hatte die Stimme noch gesagt, dass er die Schlampe festbinden sollte. Auch das hatte er getan, obwohl sie keine Gefahr war, denn sie lag immer noch bewusstlos in der Ecke, da wo er sie vor einer Stunde hingelegt hatte.

Er schaute auf seine Uhr. Nur noch ein paar Stunden und es war geschafft.

Die Stimme meldete sich nicht, weil sie den Augenblick genoss. Sie war sich sicher, dass es nun klappen und sie wieder zurückkehren würde, um das in Besitz zu nehmen, was ihr von Rechts wegen schon immer zustand. Ja, ihr gehörte die Erde, aber vor langer, langer Zeit war er gekommen und hatte sie ihr weggenommen.

Sie hatte die Erde entdeckt und sie an sich genommen, hatte sie kultiviert und ihre Kreativität an ihr ausgeübt, dann hatte sie das getan, was sonst noch keiner geschafft hatte: sie hatte Leben erschaffen. Primitives Leben zwar, aber es war ein Anfang gewesen. Sie hätte es noch besser machen können, dass wusste sie, aber dann kam er. Ohne viel zu fragen, nahm er sie ihr weg und machte sie sich untertan. Er hatte sie nicht gefragt, hatte nicht einmal angenommen, dass ihre Erde schon einen Schöpfer hatte, nein, er hatte sie ihr einfach gestohlen. Natürlich hatte sie sich gewehrt, natürlich wollte sie nicht, dass er sie ihr wegnahm, aber er war zu stark gewesen.

Aber das war nun vorbei.

Im Laufe der Jahrtausende hatte sie es schon einmal versucht, wurde aber verraten. Sie war so kurz davor gewesen, nur ein paar Stunden hatten ihr noch gefehlt, dann hätte sie die Erde wieder zurück gewonnen, aber es sollte noch nicht sein. Danach konnte sie es nicht noch einmal versuchen, seine Kraft war zu stark, aber nun war sie am Verschwinden. Am Anfang vergötterten sie ihn und er hatte viele Anhänger, aber in den letzten Jahrhunderten verblasste sein Antlitz, mehr und mehr entfernten sie sich von ihm, bis nur noch die allerwenigstens übrig waren, die noch immer an ihn glaubten und hofften, dass seine Kraft zurückkehren würde.

Sie hasste ihn und sie wollte, dass er für immer dahin verschwand, wo er hergekommen war. Ja, nichts wünschte sie sich mehr, als das.

„Gott, du Dieb, jetzt wirst du deine gerechte Strafe bekommen", sagte sie verächtlich.

2.

Er traf tatsächlich 10 Minuten später auf dem Polizeirevier ein. Gordon rannte die Stufen hoch und ging sofort zu Bennham´s Schalter. Als er dort angekommen war, sah er Lacombe, der auf einem Stuhl saß und verängstigt wirkte.

„Sie sind Lacombe, Entschuldigung, Pater Lacombe".

Lacombe stand vom Stuhl auf und reichte ihm die Hand.

„Ja, dann müssen sie der Inspektor sein, Mr. Strachan, oder?".

„Das stimmt. Gut, jetzt kennen wir uns, also erzählen sie mir bitte noch einmal alles, aber nicht hier. Kommen sie mit".

Er ging voraus und Lacombe folgte ihm. Sie gingen eine Treppe hoch, überquerten einen Flur und waren bald an seinem Büro angekommen. Es war die dritte Tür von rechts und als Gordon davor stand, öffnete er sie und ging hinein.

„Bitte, kommen sie herein und nehmen sie Platz", sagte Gordon und zeigte auf einen Stuhl.

„Danke", sagte er nur, dann setzte er sich hin.

Gordon setzte sich ebenfalls, dann beugte er sich zu Lacombe vor.

„Jetzt erzählen sie, Pater".

„Ja", sagte der und nickte, „ich hoffe, sie glauben mir, denn wenn ich ehrlich bin, würde ich mir selbst nicht glauben, aber es scheint die Wahrheit zu sein".

Ja, er zweifelte noch immer, obwohl alle Tatsachen dafür sprachen.

Er schaute ihn an, dann beugte er sich vor.

„Inspektor, wenn alles stimmt, was hier drin steht", meinte er und zeigte auf die Kassette, „dann steht uns das Schlimmste noch bevor".

Er stellte die Kassette auf den Tisch, dann öffnete er sie und holte die letzte Übersetzung heraus. Er entfaltete sie und wollte gerade anfangen, sie vorzulesen, als Gordon ihn stoppte.

„Moment Pater, was meinen sie damit?", fragte er interessiert.

Lacombe holte die anderen Papiere heraus und legte sie ebenfalls auf den Tisch, dann zeigte er darauf.

„Anhand der Informationen, die ich hier habe, wollte irgendetwas schon einmal vor fast 2000 Jahren die Welt übernehmen und ich fürchte, es wäre nicht zum Vorteil für uns geworden, wenn er oder sie es geschafft hätte. Aber Gottseidank wurde es verraten und konnte sein Werk nicht vollenden".

„Was für einen Verrat und wer sollte das gewesen sein?", wollte er wissen.

Er druckste herum, weil er wieder einmal nicht wusste, ob es überhaupt der Wahrheit entsprach, was er in den Übersetzungen gelesen hatte. Noch hatte kein Fachmann, ja nicht einmal ein anderer die Dokumente überprüft oder deren Echtheit bestätigt. Also konnte alles nur ein Produkt seiner Fantasie sein. Aber wenn es echt war? Wenn auch nur der allerkleinste Teil stimmte, dann musste er handeln und die Wahrheit sagen, so schlimm sie auch war.

„Inspektor, dass was ich ihnen jetzt sage, muss unter uns bleiben, zumindest solange, bis die Echtheit der Dokumente bestätigt wurde. Habe ich ihr Wort?", fragte er und schaute ihn eindringlich an.

„Natürlich, ich habe keinen Grund, irgendetwas in die Welt zu posaunen, solange nicht hundertprozentig bestätigt ist, dass es stimmt. Erzählen sie".

„Es ist schlimm, aber wenn es stimmt, wird die Kirche und unser Christentum in Frage gestellt werden und ich weiß nicht, ob sie das überleben wird. Aber das ist nicht meine Entscheidung, sondern die eines jeden einzelnen von uns. Jeder soll sich dann seine eigenen Gedanken darüber machen und selbst entscheiden, ob er weiterhin glaubt oder nicht. Also, was ich damit sagen will ist, dass unser Glauben eng verknüpft ist mit der Geschichte unseres Erlösers. Mit seiner Geburt fing alles an, dann sein Weg mit all den Wundern und Wohltätigkeiten, bis hin zu seinem Leiden, das mit seiner Kreuzigung endete. Das alles ist ein großer Bestandteil, wenn nicht sogar der wertvollste Bestandteil unserer Religion und unseres Glaubens. Ohne diese Geschichte würden wir heute ziellos in der Welt umher irren. Durch seine Geschichte, die auch Erlösungsgeschichte genannt wird, hat er uns all die Sünden abgenommen und uns eine neue Richtung geschenkt, die wir dankend angenommen haben. Ohne ihn würde es uns heute alle nicht geben, aber es gibt einen Makel. Einen so gravierenden, dass ich Angst habe, es überhaupt zu erzählen, aber es scheint mir, dass ich keine andere Wahl habe".

Er atmete tief ein, dann sagte er es.

„Jesus Christus war nicht unser Erlöser".

Gordon zuckte zusammen.

„Was?", sagte er geschockt, „das ist ein Witz, oder?".

„Ich wollte, es wäre so, das können sie mir glauben", entgegnete Lacombe und zeigte wieder auf die Papiere.

„Wenn es stimmt, dann war Judas der Auserwählte".

Er machte eine kurze Pause, dann fuhr er fort.

„Judas Iskariot war der Sohn Gottes; und er hat gemordet".

Gordon konnte nicht glauben, was er gerade gehört hatte. Es muss auf jeden Fall ein Irrtum sein, das konnte unmöglich stimmen.

„Sind diese Dokumente schon geprüft worden? Ich meine, auf

ihr Alter und so", fragte er.

„Nein, aber ist es denn so wichtig?", fragte er zurück, „Fakt ist doch, dass alles was da drin steht und vor fast 2000 Jahren passiert ist, heute schon wieder geschehen ist. Nein, genauer gesagt, noch geschehen wird, denn es ist noch nicht vorbei. Als die Jünger ihm die Opfer brachten, schnitt Judas so wie dieser Ripper ihnen die Körperteile ab und er formte daraus einen neuen Menschen".

Gordon unterbrach ihn.

„Sie sind verrückt, Pater. Das kann doch nicht wahr sein. Judas war nur ein Jünger, nicht der Erlöser. Wenn er etwas Schlimmes getan hatte, dann war es der Verrat an Jesus", entrüstete er sich.

Lacombe schüttelte den Kopf.

„Ich glaube ja auch, dass alles, was in der Bibel über Jesus steht, richtig und wahr ist. Er hat Wunder vollbracht, hat für die Armen gesorgt und Blinde und Taube geheilt. Er war barmherzig und sanftmütig, liebevoll und mitleidend, sowie auch gütig und hilfsbereit, aber nun?"

Er zeigte auf die Dokumente und schüttelte den Kopf.

„Wenn dies alles stimmt, dann war Jesus nur ein Jünger, sowie die anderen auch, mehr nicht. Die ganzen Morde wurden im Namen Judas begangen und Jesus war derjenige, der ihn verriet. Alles was danach geschehen war, ist eine große Verschwörung, ein Komplott, denn das Christentum konnte schlecht mit einem Mörder an deren Spitze gegründet werden. Sie mussten jemanden finden, der diesen Makel nicht gehabt hatte; Jesus", meinte Lacombe.

„Aber ist das denn so schlimm? Ich meine, Jesus hat Judas verraten und dem Morden ein Ende gesetzt, somit ist er doch ein Held", erklärte Gordon.

„So einfach ist das nicht", meinte Lacombe, „sie kennen die Menschen nicht. Wenn die wissen, dass alles, an was sie glauben und geglaubt haben, alles nur eine Verschwörung war und ist, dann werden sie dieser Religion abschwören, und das wäre das Ende des Christentums".

Lacombe beugte sich zu ihm und starrte ihm direkt in die Augen.

„Glauben sie einer Lüge, Gordon?".

Er überlegte.

Lacombe hatte wahrscheinlich Recht. Jesus war der Kern, die Saat des

Christentums, wenn die Welt erfuhr, dass er nur ein Mitläufer, ja sogar ein Verräter war, würden sie sich alle lossagen. Es stimmte, einer Lüge glaubt man nicht, warum sollte man dann diesem Glauben noch folgen. Aber interessierte ihn das? Nein, er hatte andere Sorgen.

„Gut, nehmen wir mal an, das es so ist, aber was meinen sie damit, eine böse Macht hätte ihn befallen und überhaupt, was hat es mit dem Ripper zu tun und was ist mit Laura? Was für eine Rolle spielt sie dabei?".

Lacombe nahm die letzte Übersetzung in die Hand und zeigte sie ihm.

„Lassen sie mich vorlesen, dann werden sie verstehen", sagte er.

Gott im Himmel, was hast du nur getan
Warum hast du dich gegen uns gewandt
Haben wir dir nicht gut getan
Haben wir dir nicht Wohlgefallen getan
Herr, erbarme dich unser
Und nehme uns wieder auf

Gib mir Kraft für die kommende Aufgabe
Stärke mich und lasse mich nicht allein
Sondern begleite und schütze mich
Und nimm mich auf in deinen heiligen Hallen
Und bette mich dort zur Ruhe
Auf das ich Frieden finde

Auch wenn mein Name verdammt wird
Auch wenn ich tausende Tode sterben muss
Weiß ich, ich bin nicht alleine
Denn du bist bei mir und führst mich
Und bringst mich sicher ans Ziel
Gott ist mein Zeuge, denn …

… ich muss es jetzt tun.

Er blickte seine Brüder hinterher und als sie in der Dunkelheit verschwunden waren, rannte er so schnell er nur konnte zu den Römern. Ganz in der Nähe hatten sie einen Kommandoposten errichtet, der für Ordnung und Sicherheit in der Umgebung sorgte und immer mit genügend Soldaten besetzt war. Er hastete über die Felder und keine fünf Minuten später sah er schon die schwach erleuchtete Kaserne.

Hoffentlich kann ich ihn überzeugen, dachte er, während er lief, *sonst ist alles verloren.*

Nach einigen hundert Metern war er endlich angekommen. Er keuchte, als er bei dem Wachtposten ankam.

„Soldat, bring mich zu deinem Hauptmann", sagte er zu dem Mann.

„Hau ab, Jude, sonst …", fuhr der stämmige Soldat ihn an, dann zeigte er auf seine Lanze.

Er zuckte kurz zurück, dann wiederholte er seine Bitte.

„Bitte, Römer, es ist wichtig, ich muss dringend zu deinem Herrn".

Der Soldat neigte die Lanze und richtete sie auf ihn, dann kam er einen Schritt näher.

„Wenn du nicht Bekanntschaft mit meiner Lanze machen möchtest, dann geh dorthin zurück, wo du hervor gekrochen bist", fuhr er ihn giftig an.

„Ich kann euch sagen, wo der ist, den ihr schon so lange sucht", meinte Jesus.

Der Soldat richtete die Lanze wieder auf, dann kam er nochmals einen Schritt näher.

„Wenn du lügst, wirst du sterben. Willst du das?".

Jesus schüttelte den Kopf.

„Nein, Soldat, das will ich nicht, aber ich kann euch sein Versteck nennen. Ich schwöre es", sagte er und hob seine Hand.

Der Soldat drehte sich plötzlich um.

„Flavius, komm her", rief er in die Dunkelheit hinein.

Es dauerte nur einen Moment, dann kam aus dem Gebüsch ein weiterer Soldat, der etwas kleiner und dicker war.

„Was ist?", fragte er, als er bei ihm ankam.

„Los, bring diesen Schwachsinnigen zum Hauptmann", meinte er und ging wieder zurück auf seinen Posten.

Der andere Soldat musterte ihn von oben bis unten, dann winkte er ihn zu sich.

Jesus ging auf ihn zu und als er bei ihm war, wurde er nach

Waffen untersucht. Als der Soldat nichts bei ihm fand, drehte er sich um und ging einen kleinen Weg entlang.

„Komm mit", sagte er und Jesus folgte ihm.

Sie gingen auf die Kaserne zu und waren nach wenigen Sekunden angekommen. Der Soldat drehte sich zu ihm um.

„Warte hier", sagte er kurz, dann ging er in das Haus hinein. Jesus hörte, dass im Inneren des Hauses gesprochen wurde, aber nicht was. Er war aufgeregt und noch dazu verzweifelt, denn er wusste nicht, ob der Hauptmann ihm überhaupt glauben würde. Nach wenigen Augenblicken kam der Soldat wieder heraus.

„Er erwartet dich", sagte er nur, dann trat er beiseite.

Jesus ging an ihm vorbei in das Zimmer. Er sah, wie der Hauptmann auf einem Stuhl saß und gerade etwas aß, dann stand er abrupt auf und kam auf ihn zu.

„Was ist dein Begehren?", fragte er und schaute ihn an.

„Herr, ich kenne den Mann, nachdem ihr sucht und ich kann euch sagen, wo er gerade ist", erklärte er und schaute auf den Boden.

„Ach ja, und warum sollte ich dir glauben?", sagte er und ging um ihn herum.

„Weil es die Wahrheit ist, Hauptmann".

„Wahrheit", schrie er auf einmal, „ihr wisst doch gar nicht, was das bedeutet". Er winkte abfällig ab. „Schon so oft ist einer von euch gekommen und hat mir erzählt, er wisse, wo er ist. Ja, und was war dann?".

Er packte ihn und sah ihm bedrohlich in die Augen.

„Ihr wurdet belogen", antwortete Jesus und erwiderte seinen Blick.

„Ja", sagte er und ließ ihn los, dann ging er zu seinem Stuhl zurück und setzte sich wieder.

Die Zeit drängte.

Jesus kam auf ihn zu und kniete vor ihm nieder.

„Herr, tötet mich sofort, mein Leben ist nicht mehr viel wert, aber in Gottes Namen und im Namen eurer Götter, ich schwöre euch, ich kann euch sein Versteck nennen", bedrängte er ihn, dann ließ er sich ganz auf den Boden fallen. Er nahm den Fuß des Hauptmannes und setzte ihn auf seinen Kopf, das Zeichen vollkommender Unterwerfung.

„Wenn ich gelogen habe, gehört euch mein Leben", hauchte er zitternd.
Der Hauptmann riss seinen Fuß zurück, dann stand er wieder auf.
„Du meinst es ernst, oder?", fragte er und Jesus nickte.
„Ja, Herr".
„Gut, aber solltest du mich angelogen habe, wird deinem Leben noch heute ein Ende gemacht", drohte er ihm.
„Ja, Herr".
„Gut, dann soll es so sein".
Der Hauptmann drehte sich um und ging auf Flavius zu.
„Ruf sofort die Männer zusammen. Wir brechen sofort auf".
„Ja Hauptmann", sagte Flavius, dann rannte er schnell aus dem Haus.
Der Hauptmann kam wieder auf ihn zu und kniete sich zu ihm hinunter.
„Sag mir, warum verrätst du ihn?", wollte er wissen.
„Damit er erlöst wird", antwortete Jesus.
„Das glaube ich dir nicht", sagte er schnell, „du willst sicherlich nur die Belohnung, oder?".
Jesus erhob sich wieder vom Boden, dann blickte er ihn ernst an.
„Nein, mein Herr, die Silbermünzen könnt ihr behalten. Nur eine Bitte habe ich, lasst meine Brüder, die bei ihm sind, unbeschadet. Mehr fordere ich nicht".
Der Hauptmann stand nun auch auf und starrte ihn kopfschüttelnd an.
„Du bist schon wunderlich", meinte er, dann begann er zu lachen. „Gut, deine Brüder dürfen gehen und du sollst dennoch deine Belohnung bekommen, das verspreche ich dir".
Er ging von ihm weg und holte aus dem hinteren Teil des Zimmers seinen Anzug. Er streifte sich das Kettenhemd über, dann legte er seinen Panzer an. Als er damit fertig war, nahm er den Gürtel mit dem Schwert und befestigte ihn um seine Taille und holte zu guter Letzt noch seinen Helm.
„Lass uns gehen", sagte er und ging an ihm vorbei. Als er die Tür öffnete, standen seine Männer kampf- und abmarschbereit schon da und Jesus trat ebenfalls ins Freie.
„Soldaten, Achtung", rief Flavius, dann standen alle 15 Männer stramm.

„Männer, wenn uns die Götter hold sind, dann werden wir ihn noch heute Nacht fassen. Vorwärts, der Jude wird uns führen", rief er ihnen zu, dann wandte er sich zu Jesus um.

„Komm mit", sagte er, dann gingen beide an die Spitze des kleinen Zuges.

„Nun zeig uns den Weg".

Während sie dabei waren, zu ihm zu kommen, waren die Brüder von Jesus bereits wieder in den Katakomben angekommen. Vier von ihnen trugen die Leiche von Maria Magdalena, während Paulus und Johannes die Seherin Rahel festhielten. Sie schrie und schlug wild um sich, doch sie konnte dem eisernen Griff der beiden nicht entkommen. Als sie in den großen Saal ankamen, sahen sie ihren Meister, der vor der noch unvollständigen Leiche kniete und leise betete.

„Herr, wir haben, was ihr verlangt habt", sagte Paulus und zeigte auf seine Brüder.

Er stand auf und ging auf sie zu.

„Das habt ihr gut gemacht", sagte er mit einem diabolischen Lächeln im Gesicht.

„Bindet die Seherin fest, damit sie nicht entkommt".

Paulus und Johannes taten, wie ihnen geheißen. Sie nahmen einen Strick und banden der Seherin Rahel die Hände zusammen. Sie schrie und fuchtelte mit den Händen, doch ihre Gegenwehr war umsonst. So sehr sie sich auch bemühte, dem Unausweichlichen zu entgehen, so sinnlos waren doch ihre Bemühungen. Als sie Rahel festgebunden hatten, schrie sie abermals:

„Ihr wisst nicht, was ihr tut. Er ist das böse. So hört mich doch an, er täuscht euch nur".

Doch sie hörten ihr nicht zu.

„Und nun, lasst uns das Wunder beginnen", sagte er plötzlich.

Er ging wieder zur Leiche zurück, dann drehte er sich zu ihnen um.

„Bringt mir ihren Kopf", sagte er und zeigte auf den Leichnam von Maria Magdalena.

Sie legten den schon von Maden angefressenen Körper auf den Boden, dann trennten sie den schon halbverwesten Kopf vom Leib und brachten ihn ihm. Er nahm ihn huldvoll entgegen, dann kniete er nieder.

Mit beiden Händen hob er ihn nach oben und plötzlich schrie er:
„Gott, der du bist im Himmel, nimm gnadenreich unser Opfer an".
„Gott, nimm gnadenreich das Opfer an", riefen auch alle anderen, dann knieten sie ebenfalls.
Ihr Meister stand auf, ging zu seiner Liebsten und legte den Kopf an den Leib, dann fing er wieder an zu weinen. Als die Tränen an seiner Wange hinabliefen und eine davon auf den Hals des Leichnams fiel, da wiederholte sich zum letzten Mal das Wunder der Vereinigung. Es dauerte einen Moment, dann glitzerte es plötzlich genau an der Stelle. Eine Sekunde später verband auf mystische Weise sich der Kopf mit dem Körper und auf einmal fing er an, hysterisch zu lachen.
„Ja, Ja, JAAAAAAAAAAA", schrie er, dann folgte ein Donnerschlag.
Der Boden begann zu zittern, dann jagte ein Erdstoß den anderen. Sie schwankten und fielen von einer Seite zur anderen, dann begann vor ihnen, die Erde aufzureißen.
„Ihre Ankunft ist nicht mehr weit", schrie er, dann ebbte das Beben plötzlich wieder ab.
Sie schauten sich alle aufgeregt an und Paulus ging auf seinen Meister zu.
„Herr, gesegnet seist du und alle, die an dich glauben".
„Ja, mein treuer Freund, ja, so soll es sein", antwortete er, dann schaute er wieder auf sie.
„Es ist vollbracht", sagte er und stand auf. Er streckte seine Hände über ihr aus, dann rief er:
„Und nun, stehe auf".
Kaum hatte er fertig gesprochen, da fing der Körper an zu zucken. Zuerst nur einmal, dann noch einmal, bis der ganze Leib in einem fort zitterte.
Sie stöhnten auf, als sie das Wunder sahen, dann traten sie einen Schritt zurück.
„Gott ist mächtig und stark", schrien sie und fielen erneut auf die Knie.
Sie zuckte unaufhörlich weiter, dann auf einmal hörte es auf. Für einen Moment war Ruhe, dann bewegte sie ihre Arme. Zuerst nur langsam und träge, bald aber immer schneller und schneller, bis sie

sie in die Höhe hob und einen markenerschütterten Schrei ausstieß.

„Ja, meine Liebe, steh auf, ja stehe auf", sagte er und reichte ihr die Hand.

Sie gehorchte ihm und reichte ihm die Hand, dann nahm er sie und führte sie langsam und vorsichtig nach oben. Als er sie ganz nach oben gezogen hatte, schaute er ihr sehnsüchtig in ihre verfaulten Augen, dann beugte er sich zu ihr und gab ihr einen Kuss. Als seine Lippen ihre schon am verwesen gewesene Haut berührten, da schrie sie erneut auf:

„LEBEN".

„Ja, du wirst leben, aber ein letzter Schritt muss noch getan werden", sagte er, dann drehte er sich um.

„Paulus, bring Rahel zu mir".

Paulus stand auf und ging zu ihr, dann befreite er sie von ihren Fesseln.

„Lass mich, ich will nicht", schrie sie vor Entsetzen, doch ihre Versuche sich zu wehren, waren vergebens. Sein Griff war eisenhart und er schleifte sie zu ihm, dann trat er hinter sie, damit sie nicht fliehen konnte. Rahel starrte ihn angsterfüllt an und wand ihr Gesicht schließlich von ihm weg.

„So lasst mich doch in Ruhe, ihr seid wahnsinnig. Das ist nicht Gottes Wille", schrie sie.

„Doch", brüllte der Meister, „es ist sein Wille, denn er spricht durch mich zu euch".

Er drehte sich wieder zu seiner Liebsten um.

„Nun nimm deine Hände und empfange den göttlichen Funken", sagte er nur, dann geleitete er sie zu Rahel.

Als Rahel sah, dass dieses grauenerregende Geschöpf ihre Hände nach ihr ausstreckte, schrie sie erneut auf.

„Geh weg, du Abschaum aus der Tiefe der Hölle", dann spuckte Rahel sie an.

Ihre Hände kamen immer näher und Rahel drängte zurück, doch Paulus hielt sie fest und schob sie wieder nach vorne. Sie drehte ihr Gesicht weg und plötzlich roch sie einen widerwärtigen Gestank.

„Lasst mich in Ruhe", schrie Rahel noch einmal, dann fing sie an zu schluchzen.

„Füge dich und dir wird nichts geschehen", sagte er und grinste sie hämisch an.

Sie glaubte ihm nicht, aber in diesem Moment war es auch egal, denn nun fügte sie sich in ihr Schicksal.

Paulus drehte ihren Kopf wieder, so dass ihr Gesicht nach vorne zeigte, dann griffen die dunkelgrauen Hände zu.

Als sie sich an ihre Schläfen legten, schloss sie die Augen und in diesem Moment hatte sie mit ihrem Leben abgeschlossen.

„Nimm ihre Lebenskraft und erstarke", rief er ihr zu und plötzlich fing sie wieder zu zittern an. Um ihre Hände erschien auf einmal ein helles Licht, dass langsam an ihr entlang kroch, bis es nach kurzer Zeit ihren ganzen Körper befallen hatte.

„Nimm ihre Lebenskraft, nimm ihre Lebenskraft, nimm…", schrien sie alle gleichzeitig.

„Ja, nimm und komme wieder zu mir zurück", flüsterte er in ihr Ohr.

Das Licht wurde nun immer heller und heller, sie zuckte und zitterte, dann …

…"Sofort aufhören", schrie auf einmal eine Stimme.

Er drehte sich schlagartig um.

„Wer wagt es?", brüllte er.

Als er sah, wer da oben auf der Empore stand, konnte man das blanke Entsetzen in seinen Augen sehen.

„Nein, das darf nicht wahr sein", schrie er, dann stellte er sich schützend vor sie.

„Los, ergreift ihn und tötet das Monster", schrie der Hauptmann, dann preschten seine Soldaten los. Mit Geschrei stürmten sie die Treppe hinunter und liefen auf die grausame Zeremonie zu. Paulus und die anderen sprangen auf, als sie erkannten, dass Römer ihr Versteck gefunden hatten und nun alles vernichten würden, wenn sie es nicht verhinderten. Sie stellten sich den angreifenden Männern entgegen, doch ihre Bemühungen waren nicht erfolgreich. Die Soldaten fegten durch sie hindurch und stießen sie mit ihren Schwertern und Lanzen zur Seite, dann kamen zwei Soldaten zu ihm. Als sie bei ihm waren, blickte er sie hasserfüllt an, dann stürzte er sich auf sie. Den ersten konnte er noch wegstoßen, der zweite Soldat jedoch schlug ihm mit seinem Schwertknauf auf den Kopf, so dass er bewusstlos zu Boden fiel.

In der Zwischenzeit waren noch mehrere Römer unten angekommen, darunter auch der Hauptmann. Er stürzte sich sofort auf die schreckenserregende Gestalt, dann riss er ihre Hände von Rahel und stieß sie weg. Sie taumelte nach hinten und ein weiterer, unbeschreiblich abscheulicher Schrei entkam ihren Lippen. Sie fauchte und plötzlich riss sie ihre Hände nach oben und kam knurrend auf ihn zu.

„Du Scheusal", schrie er, dann zog er sein Schwert aus der Scheide und hieb auf sie ein. Der erste Schlag trennte den Arm vom Körper, dann folgte der nächste Stich. Er zielte gut, denn sein Schwert durchbohrte sie genau in der Mitte, dann zog er das Schwert wieder aus ihr hinaus. Sie taumelte erneut, fiel aber nicht um.

Egal, was es auch ist, sie ist hartnäckig, dachte er bestürzt, dann drehte er sich zu seinen Männern um.

„Tötet sie", schrie er, dann stürzten sich die Soldaten auf sie. Sie hieben mit ihren Schwertern auf sie ein, trennten ihr den anderen Arm vom Körper, dann schlugen sie auf ihre Beine ein. Von unzähligen Hieben getroffen, stürzte sie zu Boden, dann vollendeten sie ihr grausames Werk an ihr. Eine Traube von Soldaten umringte sie und alle stießen mit ihren Schwertern auf den noch zuckenden Körper ein.

Sie hätten unendlich lange weiter auf den nun leblosen Körper eingestochen, wenn nicht auf einmal ihr Hauptmann zwischen sie getreten wäre und sie aufforderte, endlich aufzuhören.

„Haltet ein", schrie er, erst dann ließen sie von ihr ab.

Keuchend und mit einem irren Grinsen im Gesicht schauten sie auf die Kreatur, dann traten sie beiseite. Der Hauptmann kam zwischen sie und schaute sich ihr Werk an.

„Was im Namen der Götter bist du?", fragte er das zusammengestückelte Bündel Fleisch, das blutend vor ihm lag. Er bekam keine Antwort, denn auf einmal hörten sie einen markenerschütternden Schrei, der die ganze Halle durchdröhnte und dann bebte erneut die Erde. Sie mussten sich festhalten, um nicht um zu fallen, dann bröckelten Gesteinsbrocken von der Decke. Faustgroße Steine fielen auf sie hinab und einige Soldaten, sowie auch Johannes wurde von einem getroffen. Sie stöhnten kurz auf, dann rannten alle, so schnell wie es ging, nach oben.

„Flieht", schrie einer der Soldaten, dann stürmten sie wild schreiend davon.

Der Hauptmann starrte nach oben und sah, dass ein meterlanger Riss in der Decke war, der bedrohlich immer größer wurde. Er wusste sofort, dass sie so schnell wie möglich rauskommen mussten, wenn sie hier nicht lebendig begraben werden wollten. Auch er rannte nun los, dann sah er ihn am Boden liegen. Er entschied sofort.

„He, ihr", schrie der Hauptmann zwei Soldaten zu, „los, nehmt ihn mit".

Er zeigte auf Judas und die Soldaten verstanden sofort. Sie zogen den immer noch bewusstlosen auf die Beine, dann schleiften die Soldaten ihn die Stufen hoch. Sie waren kaum aus der Halle entkommen, da stürzte die Decke mit einem Krachen nach unten und begrub die schrecklich zugerichtete Leiche unter sich.

Plötzlich kehrte Ruhe ein.

Alles war still.

Sie schauten sich gegenseitig an und in ihren Augen konnte man die Erleichterung sehen. Keinem war etwas Schlimmes passiert und so machten sich alle auf den Weg nach draußen.

Jesus hörte den Lärm und sorgenvoll machte er sich Gedanken.

Als er aber kurze Zeit später sah, wie sie heraus kamen, da atmete er erleichtert durch.

Seine Brüder, sowie auch die Römer gingen zu ihm, dann sah er, wie zwei Römer seinen Herrn hinter sich her schleiften. Sie kamen zu ihm, dann warfen sie Judas zu seinen Füßen.

„Mein Meister", sagte er, dann fiel er zu Boden und nahm Judas Hand in die eigene.

„Jesus, du?", sagte er, dann drückte er ihm die Hand.

„Ja, Herr, ich".

Er nickte und in dieser Sekunde wusste Jesus, dass sein Herr wieder in seinen Körper zurückgekehrt war. Er blickte in seine Augen und er sah die Milde, die Wärme und Herzensgüte darin.

„Herr, es tut mir leid, was ich euch angetan habe", schluchzte Jesus und erwiderte den Händedruck.

„Du hast gut daran getan", antwortete Judas und lächelte ihn an.

Der Hauptmann kam zu ihnen.

„Judas von Nazareth, ich nehme euch in Gewahrsam. Eure

Vergehen lautet Ketzerei, Anmaßung und aufrührerische Reden", sagte er, dann nickte er mit dem Kopf zwei Soldaten zu, die bei ihm standen. Sie gingen sofort zu Judas und zogen ihn vom Boden hoch, dann nahmen sie ihn in seine Mitte.

„Nein", schrie Jesus, „lasst ihn. Er war geblendet, er war nicht Herr seiner selbst. Er ist nicht schuld, an dem was passiert ist".

„Jesus, es ist gut", meinte Judas sanftmütig, „deine Tat hat mich errettet. Ich danke dir und mein Vater wird dich dafür belohnen".

„Aber Herr, ich habe euch verraten. Ich bin nicht würdig, diesen Lohn zu erhalten".

Judas schaute ihn an, dann streichelte er sanft seine Wange.

„Kein Verrat kann besser sein, als deiner", sagte er lächelnd, dann führten ihn die Soldaten weg.

Er wollte ihm nachgehen, als der Hauptmann vor ihn trat.

„Hier, dein Lohn", sagte er nur, dann gab er ihm einen Lederbeutel.

„30 Silberstücke".

Mehr sagte er nicht und ging mit seinen Soldaten davon. Jesus Brüder gingen mit ihnen und als Paulus an ihm vorbei kam, schaute Jesus ihn verzweifelt an.

„Das wollte ich alles nicht, ihr müsst es mir glauben, ich wollte doch nur …", erklärte er, dann fiel er auf die Knie.

Paulus lächelte ihn an.

„Dich trifft keine Schuld", sagte er nur und ging.

Jesus ließ sich ganz auf den Boden fallen und hieb mit seinen Fäusten auf die Erde ein.

„Warum Gott, belastest du mein Haupt mit dieser schweren Bürde?", fragte er, doch er bekam keine Antwort.

Es verging eine lange Zeit, in der er Gott immer wieder anrief und fragte, dann …

… Stand ich auf und verließ den Ort des Grauens
Ich wandelte Stunden umher
Und verdammte mich selbst für meine Handlung
Doch er hatte mir verziehen
Und mich gesegnet für meine Tat
So verwerflich sie auch war

Mein Lohn für den Verrat
Vergrub ich im Garten
Dort wo ich selbst bald hin gehen werde
Doch zuvor muss berichtet werden
Wie das Böse versucht hat
Meinen Herrn zu blenden

Dies ist seine Geschichte
Die Geschichte von Judas von Nazareth
Dem Sohn Gottes
Mein Weg wird bald zu Ende sein
Töten werde ich mich selbst
Auf das ich wieder bei ihm bin

Lacombe war am Ende angelangt. Er legte die Schriftrolle auf den Tisch und schaute Gordon an.
„Nun, was sagen sie?".
Gordon sagte nichts, sondern stand auf. Er blickte aus dem Fenster und machte sich seine Gedanken. Sollte tatsächlich stimmen, was in den Schriftrollen stand, dann war die Kirche wirklich am Arsch, aber das war jetzt nebensächlich. Wichtig war alleine nur, dass sie Laura retteten.
Er drehte sich vom Fenster weg und kam wieder auf Lacombe zu.
„Okay, nehmen wir mal an, das alles wahr ist, dann müssten wir ihn da unten suchen, habe ich das richtig verstanden?", fragte er und zeigte nach unten.
„Ganz genau", antwortete er und machte eine kurze Pause, dann sprach er weiter, „und zwar schnell. Ich befürchte, wenn wir ihn nicht stoppen, wird es oder wie auch immer man das Böse nennen will, sein Ziel nach fast 2000 Jahren erreichen".
„Gut, dann lassen sie uns keine Zeit vergeuden. Gehen wir", meinte er und holte aus einer Schublade seine Pistole. Er nahm sie und steckte sie ein, dann ging er zu Lacombe.
Lacombe stand ebenfalls auf und zusammen verließen sie das Zimmer. Als sie auf den Flur kamen, sprach Strachan ihn nochmals an.
„Wissen sie, wie wir da runterkommen?".
„Ja, das weiß ich", antwortete er, „aber es wird schwierig werden,

sie zu finden".

Gordon runzelte mit der Stirn, dann lächelte er.

„Wir haben keine andere Chance, also lassen sie sie uns nutzen", meinte er, dann ging er den Flur entlang.

3.

Sie erwachte aus ihrer Bewusstlosigkeit und wusste im ersten Moment nicht, wo sie war. Als sie die Augen öffnete, sah sie ihn am Boden knien und mit jemandem sprechen.

„Nur noch eine Weile, dann wirst du leben", flüsterte er, dann richtete er sich wieder auf.

Er drehte sich um und bemerkte, dass sie die Augen offen hatte.

„Na, aufgewacht", fragte er süffisant, dann grinste er bis über beide Ohren.

„Leck mich", antwortete sie und wenn sie gekonnte hätte, dann hätte sie ihm noch den Mittelfinger gezeigt, aber das ging nicht. Sie hatte sofort bemerkt, dass sie gefesselt war, denn der Strick schnitt ihr fast das Blut an den Händen ab.

Er kam zu ihr her und beugte sich zu ihr hinunter.

„Vulgäres Weib", sagte er, dann holte er mit seiner Hand aus und gab ihr eine Ohrfeige.

Ihr Ohr begann zu dröhnen und plötzlich bekam sie Kopfschmerzen.

So ein verdammtes Schwein, dachte sie und versuchte sich, zu beruhigen. Wahrscheinlich würde es besser sein, ihn nicht mehr zu provozieren, denn sonst würde er ihr noch mehr Leid zu fügen.

Sie drehte ihren Kopf weg und beachtete ihn nicht mehr.

Er erhob sich wieder und ging weg.

„So eine Schlampe", sagte er leise, dann war er wieder bei seiner Liebsten.

„Du wirst ganz anders als diese Frauen sein", meinte er verächtlich und zeigte auf Laura, „nein, du nicht, denn du bist rein und voller Liebe zu mir. Du wirst mich nicht enttäuschen, denn ich weiß, dass du mich liebst".

Laura hörte, was er sagte und erst jetzt fiel ihr Blick auf den Körper, der da am Boden lag. Mit Erschrecken konnte sie sehen, dass der Kopf fehlte und innerhalb einer Sekunde verstand sie,

was passiert war.
Dieser Perverse hat sich eine Frau gemacht, dachte sie, denn anders konnte sie es nicht ausdrücken. Sie zerrte an ihren Fesseln und plötzlich verlor sie den Mut. In ihrer Situation war sie ihm hilflos ausgeliefert und sie wusste, dass er noch etwas mit ihr vorhatte. Aber was, konnte sie noch nicht erahnen.
Er drehte sich wieder zu ihr um und schaute Laura verächtlich an.
„Ihr seid alles nur Huren und Mistviecher", giftete er sie an, dann spuckte er vor ihr aus.
Sie ließ es über sich ergehen, obwohl sie ihm eigentlich die Meinung sagen und ihm eine reinhauen wollte, aber sie hielt es für besser, den Mund zu halten.
Laura schaute ihn nicht an, als er abermals auf sie zukam.
Er packte sie und zog sie hoch, dann schleifte er sie zu seiner Liebsten hin.
„Da, schau hin, bald wird sie lebendig sein und dann wird sie mit mir über die Welt herrschen", schrie er, dann stieß er sie wieder weg.
Sie fiel hart auf den Boden auf und schlug sich noch den Hinterkopf an.
„Schwachkopf", schrie die Stimme auf einmal".
Er zuckte zusammen.
„Aber sie ist doch eine Schlampe, oder?", fragte er.
„Ja, aber wir brauchen sie noch. Und jetzt fang an".
Er gab keine Antwort, sondern nickte nur.
Für Laura war jetzt klar, dass dieser Mann komplett durchgeknallt war; und er war gefährlich. Sehr gefährlich.
Er ging zu seiner Tasche und holte sein Kostüm heraus, dann zog er es sich an. Kurze Zeit später war er fertig und ging wieder zu seiner Liebsten zurück. Als er dort angekommen war, nahm er den Kopf von Phoebe und hob ihn in die Höhe.
Laura wandte angewidert den Kopf zur Seite, dann schrie er laut:
„Dein Kopf, meine Liebste".
Er fiel auf seine Knie, dann legte er den Kopf an den Leib und richtete sich anschließend wieder auf. Noch einmal starrte er auf Laura, die immer noch auf die Seite blickte, dann richtete er seinen Blick wieder auf sie.
„Und jetzt mach", schrie die Stimme.

Es dauerte nicht lange, da kamen die Tränen. Die Stimme musste ihn gar nicht mehr beleidigen oder provozieren, nein, sie musste ihn nur auffordern und schon musste er weinen.

Die Tränen rannen an ihm herab und als eine davon auf den Hals fiel und eine zweite folgte, da begann schon wieder das Wunder der Vereinigung. Nach nur einem Moment begann das Mysterium erneut und als sich der Kopf mit dem Rumpf verbunden hatte, fing der ganze Raum an, zu vibrieren.

Er stand auf und schrie:

„Bald wirst du kommen und mir meinen Lohn geben, so wie du es mir versprochen hast".

„Ja, bald", sagte die Stimme abfällig.

Er stand auf und ging einen Schritt zurück, dann schaute er gespannt auf das, was nun passierte.

Wie schon vor langer Zeit einmal, fing auch dieser Körper an zu zucken. Die Füße und Hände zitterten und er schaute fasziniert nach unten.

„Ja, komm meine Liebe, komm", spornte er sie an.

„Hilf ihr", schrie die Stimme auf einmal.

„Ja, sofort", sagte er, dann reichte er ihr seine Hand. Sie umschloss die seine, dann zog er sie nach oben. Als sie bei ihm war, roch er ihren betörenden Geruch und als sie ihn mit ihren stechenden Augen ansah, da war es um ihn geschehen. Er kniete sich vor sie, schloss seine Arme um sie und drückte sie innig.

„Du bist endlich da", sagte er dankbar, dann legte sich ihre Hand auf seinen Kopf und er lächelte zufrieden.

4.

Sie hatten den Eingang recht schnell gefunden. Lacombe hatte vor Jahren einmal eine Führung mitgemacht, die ihn in die Londoner Katakomben gebracht hatte, deshalb wusste er, wo der Zugang lag. In einer verlassenen U-Bahn Station, nicht weit von seiner Kirche entfernt, stiegen sie hinab und in weniger als fünf Minuten hatten sie es geschafft. Vor ihnen lag nur noch das schwere Eisentor, das natürlich verschlossen war, aber Strachan hatte vorgesorgt. Er holte aus seiner Tasche einen Dietrich hervor, dann machte er sich sofort an die Arbeit.

„Sie kennen sich aus?", fragte Lacombe und kniete sich neben Gordon hin.

„Nicht wirklich, aber ein paar einfache Schlösser kann jeder aufmachen, glauben sie mir", erklärte er.

Tatsächlich schien es kein Problem zu sein, denn kurz nachdem Gordon den Dietrich in das Schloss gesteckt und ein paarmal darin herumgestochert hatte, hörte er ein leises Klicken.

„Geschafft", sagte Gordon und grinste ihn an.

Lacombe nickte und stand auf. Er umklammerte den Türgriff und drückte ihn nach unten.

Sofort öffnete sich das Tor und Lacombe grinste ihn an.

„Gut gemacht".

Gordon richtete sich auf und steckte den Dietrich wieder zurück in seine Tasche, dann half er Lacombe, die Tür ganz zu öffnen.

Sie ließ sich nur schwer öffnen, aber gemeinsam schafften sie es soweit, dass sie beide hindurch gehen konnten.

Als sie in den Gang traten, umfing sie vollkommene Dunkelheit und ein Geruch nach Moder empfing sie, dann machte Gordon seine Taschenlampe an.

„Hier", sagte er und reichte Lacombe auch eine.

„Danke", sagte dieser und lächelte.

Lacombe machte auch seine Lampe an, dann gingen sie den Gang entlang, bis sie wieder zu einer Tür kamen. Gordon war gerade dabei, erneut seinen Dietrich hervor zu holen, als Lacombe ihn davon abhielt.

„Sie müssten jetzt alle auf sein", meinte er nur und tatsächlich ließ sich die Tür ohne weiteres öffnen.

„Woher wissen sie das?", fragte Gordon erstaunt.

„Vor drei Jahren war ich bei einer Führung dabei, war sehr interessant. Mrs. Collins, unsere Führerin hatte uns erklärt, dass alle Türen offen sind, falls sich einer von uns verlaufen würde und nicht mehr zur Gruppe stoßen konnte. Eine Vorsichtsmaßnahme, sozusagen, aber zum guten Glück ist es noch nie passiert".

„Was hat sie noch erklärt?", fragte Gordon neugierig.

„Lassen sie mich überlegen. Also, insgesamt sind diese Gänge und Tunnel ca. 65 km lang, darunter befinden sich ca. 25 Hallen, die größer als 120 qm sind und ca. 60 kleine Räume mit weniger als 70 qm und zusätzlich unzählige kleinere Räume, die noch nicht erschlossen sind. Tja, dann gibt es noch Verbindungsgräben, die diese Hallen und Räume verbinden, die sind glaube ich auch noch etwa 15 km lang. Dann noch …".

Gordon unterbrach ihn und starrte ihn schockiert an.

„65 km lang?", fragte er, „das schaffen wir doch nie. Dann noch die Hallen und Räume. Scheiße, selbst wenn wir eine Woche hier unten sind, werden wir es nicht schaffen, jeden einzelnen Meter und jeden einzelnen Raum zu untersuchen, verstehen sie das?".

„Natürlich verstehe ich das, aber was bleibt uns denn anderes übrig", meinte Lacombe und ging durch die Tür.

Gordon folgte ihm, dann murmelte er erzürnt noch etwas, was er aber nicht verstand.

Sie gingen durch die Gänge, untersuchten den einen oder anderen Raum, ohne aber etwas Genaueres zu finden. Es war schon eine Stunde vergangen, in der sie wortlos suchten, ohne aber einen geringsten Anhaltspunkt oder Hinweis zu erhalten. Sie waren gerade dabei, wieder eine Halle, die diesmal etwas größer war, zu untersuchen, als Gordon das Schweigen brach.

„Wie viel haben wir geschafft?", fragte er.

Lacombe drehte sich zu ihm um und zuckte mit den Schultern.

„Vielleicht 5, maximal 10 Prozent, mehr nicht", meinte er, dann drehte er sich wieder um und ging weiter.

Gordon packte ihn an der Schulter und schob sich an ihm vorbei, dann stellte er sich ihm in den Weg.

„Wie viel?", fragte er nochmals.

„Wie schon gesagt, vielleicht 10 Prozent, aber ich …".

„Scheiße nochmal", unterbrach er ihn, „so kommen wir nicht weiter. Wir können hier unmöglich etwas erreichen und wenn ich ehrlich bin, glaube ich gar nicht, dass sie hier sind. Vielleicht ist ihre Geschichte nur eine Fälschung und wir vergeuden hier nur unsere Zeit"

„Sie sind definitiv hier. Sie haben es doch selbst gehört, auch wenn sie nicht daran glauben", entgegnete er.

„Das hat doch nichts mit Glauben zu tun", entrüstete er sich.

„Doch natürlich. Was bleibt uns denn anderes übrig, als zu glauben?", fragte er ihn.

„Beweise", antwortete Gordon, „Beweise, mehr nicht".

Lacombe kam einen Schritt auf ihn zu.

„Und, wo sind ihre Beweise?".
Gordon überlegte, gab aber keine Antwort.
„Na, also", meinte Lacombe, dann wollte er sich umdrehen und weiter gehen, doch erneut stellte Gordon sich ihm in den Weg.
„Wir gehen sofort zurück", sagte er.
Lacombe schaute ihn bestürzt an.
„Um Gottes Willen, sind sie verrückt? Jetzt wo wir es fast geschafft haben, wollen sie wieder nach oben. Was wollen sie da?".
„Fast geschafft ist ja wohl die Übertreibung des Jahres. Haben sie nicht selbst gesagt, wir haben gerade einmal 10 % durchkämmt. Selbst wenn wir es schaffen, jeden Raum abzusuchen, bleibt immer noch die Möglichkeit von unzähligen kleineren Räumen, die noch nicht erschlossen oder gefunden worden sind. Das haben sie doch selbst gesagt, oder?".
„Ja, schon, aber ...", verteidigte sich Lacombe, doch Gordon unterbrach ihn erneut.
„Nichts aber, wir gehen sofort zurück".
„Ach so und was machen wir dann?", fragte Lacombe sarkastisch.
„Ganz einfach, wir gehen auf das Revier und bitten um Unterstützung, dann gehen wir alles nochmals in Ruhe durch".
„Ja verstehen sie denn nicht?", schrie Lacombe ihn an, „wir haben keine Zeit mehr. Vielleicht ist es ja längst schon zu spät, aber so wie es aussieht, können wir es noch schaffen, aber dann heißt es hierbleiben und weitersuchen. Vielleicht haben wir Glück und mit Gottes Hilfe werden wir sie finden", erklärte er ihm laut.
„Gott hat uns diesen Scheißdreck eingebrockt", fuhr er ihn an, „warum hat er diese Sachen nicht einfach verhindert, hä. Wo war er denn, als diese Frauen ermordet wurden, warum hat er diesen Schweinehund nicht durch einem Blitz erschlagen, erklären sie mir das doch bitte".
„So einfach ist das nicht. Gott kann nicht überall sein und der Teufel hat hier auch seine Finger im Spiel", meinte Lacombe und versuchte es zu erklären, doch Gordon unterbrach ihn.
„Ja Ja, das ist ja mal wieder typisch. Alles Gute kommt von Gott und das Negative und Böse hat der Teufel verursacht, na Bravo. Was für eine Erklärung", schrie er ihn an.
Lacombe war jetzt auch erzürnt.

„Lästern sie nicht so über Gott. Er kann nichts dafür, so wenig wie der Teufel, aber wenn jeder so leben würde, wie es Gott und die Bibel es lehren, dann würde dieser ganze Schlamassel, nicht auf der Erde herrschen".
„Ach hören sie doch auf. Wer hat denn, wenn man ihren Aufzeichnungen zufolge, mit dieser Scheiße angefangen?", brüllte er und kam herausfordernd zu ihm.
„Ja, das ist wahr", brüllte Lacombe zurück, „also gut, sie haben mich überzeugt. Kehren wir wieder nach oben zurück, aber erklären sie mir noch, wo sie ihn suchen wollen?". Er ließ ihm keine Zeit, eine Antwort zu geben.
„Ja, vielleicht ist er mit ihrer Laura in eine andere Wohnung gefahren und vollzieht gerade das Ritual. Oder aber er ist gar nicht mehr in London. Wann haben sie ihn das letzte Mal gesehen? Das war doch vor ca. 5 Stunden, oder nicht? Seit dem kann er sonst wo sein, also sagen sie mir, wo fangen sie an?".
„Das weiß ich nicht, aber ich habe schon eine Idee. Wir gehen wieder zurück und untersuchen seine Wohnung, dann werden wir noch …".
Diesmal war es Lacombe, der ihn unterbrach.
„Dort werden sie nichts finden, was uns weiter bringt, verstehen sie doch endlich. Er ist hier und wird es vollenden, so wie es in den Schriftrollen geschrieben steht und dann ist es um uns alle geschehen. Wollen sie das wirklich?".
Er schüttelte den Kopf.
„Nein, nein, das will ich nicht, aber wir haben Experten, die können die Wohnung untersuchen und …".
„Oh mein Gott", sagte Lacombe auf einmal.
„Was ist?", fragte Gordon und erst jetzt sah er das erstaunte Gesicht von Lacombe.
„Dort", sagte der nur, dann zeigte er mit seiner Hand genau hinter ihn.
Gordon drehte sich um und als er sah, was da auf ihn zukam, da glaubte er es zum ersten Mal in seinem Leben.

5.

„Binde sie los", schrie die Stimme auf einmal.

Er nickte und löste sich von ihr, dann ging er auf Laura zu und holte sein Messer heraus.

Laura zuckte zusammen, als er grinsend und mit funkelnden Augen auf sie zukam.

„Nein, nicht", bettelte sie.

„Löse ihre Fesseln und bringe sie zu ihr, dann vollende deine Aufgabe", brüllte die Stimme.

„Ja, das werde ich", sagte er flüsternd.

Er bückte sich zu ihr hinunter, dann hielt er ihr das Messer an den Hals. Er liebte es, die Angst in den Augen zu sehen, dann strich er langsam mit der Klinge ihren Hals entlang. Sie zitterte und machte die Augen zu, dann machte sie sich bereit.

„Los, keine Spielchen", schrie die Stimme erneut.

„Schon gut, ich wollte doch bloß …".

„SOFORT".

Er riss die Hände nach oben und verdeckte damit seine Ohren, doch es half nichts. Der Schrei durchfuhr seinen ganzen Körper, dann rollte er sich schmerzgekrümmt auf dem Boden.

Laura verstand nicht, aber das war auch nicht wichtig. Sie musste nun überlegen, wie sie noch heil aus der Sache herauskommen konnte, doch ihr fiel nichts ein. Sie sah, wie er heulend und jammernd auf den Boden lag und sich krümmte, dann schrie er auf einmal:

„Bitte, hör auf, ich mach ja alles was du willst, aber hör auf", bettelte er.

„Dann mach, was ich dir befohlen habe", antwortete die Stimme.

Die Schmerzen verebbten und er nahm die Hände wieder von seinen Ohren. Mit Tränen in den Augen ging er wieder zu Laura, dann schnitt er ihr die Fesseln auf.

„Los, komm hoch, du Schlampe", schrie er sie an und zog sie nach oben.

Sie ließ ihn widerstandslos gewähren. Als sie oben war, packte er sie am Arm, dann zog er sie zu ihr hin.

„Jetzt bist du dran", sagte er hämisch, dann ging er hinter ihr und schob sie nach vorne.

„Nein, bitte nein, hören sie doch auf", flehte sie, doch er lachte nur.

„Es ist zu spät", sagte er nur, dann drückte er Laura immer näher zu seiner Liebsten. Die stand regungslos da und starrte Laura aus ihren stechenden und funkelnden Augen an, dann streckte sie auf einmal ihre Hände aus.

In dieser Sekunde erkannte Laura, was sie machen musste. Als er sich nämlich auf den Boden wälzte, hörte sie auf einmal Männerstimmen. Sie waren zwar noch weit entfernt und sie klangen dumpf, aber sie wusste, wer da draußen nach ihr suchte: Gordon.

Sie musste sich bemerkbar machen, denn sie ahnte, dass er sie nicht finden konnte, wenn sie ihm nicht eine Hilfe schickte, und sie wusste auch wie.

Es war ihre letzte Chance.

Er schob immer stärker und sie ließ es bereitwillig über sich ergehen.

Sie war nur noch zwei Meter von dem Monster entfernt, als sie sich langsam bereit machte. Sie hob langsam ihre Hände, dann, als sie nur noch einen Meter von ihr entfernt war, schnappte sie zu. Lauras Hände umschlossen die ihre, dann machte sie die Augen zu und konzentrierte sich.

Kurze Zeit später war sie schon im Reich der Toten. Sie kam an unzähligen schattenhaften Toten vorbei, bis sie auf Mellie traf, die mit Eve bereits auf sie wartete.

„Ich habe gedacht, du kommst nie", sagte Mellie und lachte.

Deshalb konntest du noch nicht in das Licht gehen", dachte sie, dann trat sie auf sie zu.

„Du musst uns helfen", bat Laura

„Ja, ich weiß", sagte sie nur und nickte, dann bückte sie sich zu Eve nieder.

„Mein Schatz, ich komme gleich wieder. Mami muss kurz weg, aber wenn ich wieder komme, dann werden wir für immer zusammen sein, ja?".

„Sag Papi, dass ich ihn liebe und ihn vermisse", sagte Eve und lächelte.

Mellie strich ihr übers Haar und nickte, dann erhob sie sich wieder und schaute Laura in die Augen.

„Wenn alles vorbei ist, bitte sorgen sie für ihn, ja, denn er hat nun genug gelitten, versprechen sie mir das?", sagte Mellie.

„Ja, das werde ich".

Mellie nickte dankbar, dann glitt sie durch Laura hindurch und als sie sich in ihr auflöste und ihren Weg betrat, spürte Laura in sich plötzlich eine Wärme und Liebe, wie sie sie noch nie zuvor gefühlt hatte.

Du hast ihn sehr geliebt, dachte sie nur, dann verflog das Gefühl wieder.

Sie sah kurz auf Eve, die immer noch lächelte, dann fiel ihr Blick auf eine Gruppe von Frauen, die rasch näher kamen. Als sie bei Laura eintrafen, erkannte sie sofort, wer sie waren.

„Sie werden unsere Hilfe brauchen", sagten sie alle.

„Ja, das werden wir", antwortete Laura nur, dann lachte sie.

6.

Er traute seinen Augen nicht, als sie von der Decke auf ihn zukam, aber er erkannte sie sofort. In strahlendes Licht gehüllt, schwebte sie langsam auf ihn zu.

„Hallo, mein Liebster", sagte sie sanft, dann glitt sie zu ihm hinunter, bis sie kurz vor ihm stehen blieb.

„Mellie?", fragte er überrascht und konnte nicht glauben, was er da sah.

„Ja, ich bin es".

„Aber, aber du bist doch …".

Er vollendete den Satz nicht.

„Wir haben keine Zeit mehr", meinte sie, dann schwebte sie wieder nach oben.

Als sie dort angekommen war, winkte sie ihm zu.

„Komm, sie braucht deine Hilfe".

Sie drehte sich wieder um und glitt dann an der Decke den Gang entlang.

„Warte, ich will nur…", wollte er sagen, als Lacombe ihm seine Hand auf die Schulter legte.

„Später", sagte er nur. Er lächelte und bekreuzigte sich. Gordon verstand.

Sie folgten ihr den Gang entlang, bis sie in einen Raum kamen, der nicht all zu groß war. Dort hielt sie kurz inne, dann schwebte sie nach rechts einem weiteren langen Gang folgend. Als sie dort angekommen war, drehte sie sich wieder zu ihm um.

„Nur noch ein paar Meter, dann hast du sie gefunden", sagte sie und schwebte nach unten. Sie kam langsam näher und als sie so nah war, dass sie ihn mit ihrer Hand erreichen konnte, blieb sie stehen.

„Nun geh und rette sie und mit ihr die Welt", hauchte sie, dann nahm sie ihre Hand und streichelte ihn.

Als die Nebelschwaden ihn berührten, schloss er die Augen und in dem Moment spürte er die Wärme und ihre zarte Hand auf seiner Haut. Tränen kamen ihm in die Augen und wohltuend sog er das Gefühl in sich auf.

Als er die Augen wieder öffnete, hatte sie sich schon wieder von ihm entfernt.

„Bleib bitte hier", flehte er sie an.

„Ich kann nicht und das weißt du".

„Aber ohne dich ist das kein Leben mehr", schluchzte er, dann ging er auf sie zu.

„Das Gefühl wird bald vorbei sein, glaub mir, ich weiß es", sagte sie und schwebte an die Decke.

„Komm zu mir, ich bitte dich, verlass mich nicht schon wieder".

„Ich habe dich nie verlassen, mein Liebster, ich werde immer bei dir sein, solange du lebst, aber jetzt schau nach ihr. Sie braucht dich".

Er nickte, weil er es genau wusste, nur wollte er es sich nicht eingestehen. Ja, er hatte sich in Laura verliebt, aber er empfand es als Verrat an seiner Frau. Dass es das nicht war, hatte sie ihm nun deutlich gezeigt.

„Nur noch einen Moment. Wie geht es Eve, geht es ihr gut?", fragte er noch.

„Ja, sie vermisst dich und ich soll dir sagen, dass sie dich liebt".

Er brach in Tränen aus, als er ihre Worte vernahm. Wieder einmal kamen die schmerzlichen Erinnerungen wieder und er musste sich krümmen. Als er am Boden lag und hemmungslos weinte, da schwebte sie ein letztes Mal zu ihm hinunter.

„Nein, Gordon, es war nicht deine Schuld. Befreie dich davon und lebe", meinte sie, dann schwebte sie nach oben.

Er machte seine Augen wieder auf und sah für einen Moment noch, wie sie ihn anlächelte, dann verschwand sie für immer aus seinen Augen.

„Nein", schrie er, dann sank er wieder zu Boden.
Sie ging wieder zurück und als sie im Reich der Toten angekommen war, sah sie Laura, wie sie bei Eve stand und auf sie wartete.
„Ich glaube, jetzt kann ich gehen", meinte Mellie, als sie bei Laura angekommen war.
„Ja, deine Zeit ist nun gekommen".
Sie lachte sie an und Mellie erwiderte ihre Geste.
„Er liebt sie", meinte Mellie, dann beugte sie sich zu Eve hinunter und nahm ihre Hand.
„Komm, mein kleiner Schatz, wir gehen jetzt zu deinen Kuschelbären", sagte sie, dann gingen sie gemeinsam weg.
Laura konnte noch sehen, wie sie einige Schritte gingen, dann sah sie, wie ein grelles Licht plötzlich vor ihnen auftauchte. Für einen kurzen Moment konnte Laura sie noch schemenhaft erkennen, dann verschmolzen sie und wurden eins mit dem Licht.

7.

Er kauerte am Boden und konnte nicht fassen, was er gerade erlebt hatte. In seinem Herzen fühlte er einen gnadenlosen und nicht in Worte fassbaren Schmerz, aber er war auch dankbar. Dankbar, dass er nach all den Jahren seine Mellie noch einmal sehen und mit ihr hatte sprechen können. Sie hatte ihm verziehen, ja, wenn man es so nennen konnte, aber es gab eigentlich nichts zu verzeihen, denn sie hatte ihm nichts vorgeworfen. Er war derjenige, der sich nach dem Tod seiner Familie Vorwürfe gemacht und sich in seinem Elend gesuhlt hatte. Niemand, nicht einmal die nächsten Angehörigen seiner Frau, hatten ihn verurteilt oder gemieden, nein, sie waren immer auf seiner Seite und hatten ihn solange unterstützt, wie es nur ging, doch er vergrub und ließ niemanden an sich.
Wenn er sich etwas vorzuwerfen hatte, dann das.
Lacombe kam zu ihm und hob ihn hoch.
„Sie haben ihr Wunder gehabt", sagte er zu ihm und streichelte ihn väterlich über die Wange, „jetzt helfen sie mir, dass die ganze Welt ein Wunder erleben darf".
„Ja, sie haben Recht. Los, kommen sie, wir machen ihn jetzt

fertig".

Er holte seine Pistole heraus, dann gingen sie den Gang entlang bis zu einer kleinen Kammer. Dort hatte sich Mellie von ihnen verabschiedet und tatsächlich, kaum waren sie in dieser eingetreten, hörte Gordon auf einmal eine Stimme.

„Lass sie sofort los, du Hure", schrie Joel und schlug auf die Hände von Laura ein.

„Nicht, du Idiot", schrie die Stimme, „du verletzt sie sonst noch".

„Aber sie berührt meine Liebste, das darf sie nicht", entrüstete er sich, dann schlug er ihr nochmals auf die Hand.

„AUFHÖREN", schrie die Stimme.

Er ließ es sofort sein, dann ging er einen Schritt zurück, fiel auf den Boden und hielt sich einmal mehr die Ohren zu.

„Bitte nicht, ich höre ja schon auf", bettelte er.

„Du Jammerlappen, so kurz vor dem Ziel und du benimmst dich wie ein kleiner verzogener Junge. Los, komm wieder hoch und führe die Hände an ihren Kopf", forderte die Stimme ihn auf.

Er nahm seine Hände wieder herunter, dann ging er zu seiner Liebsten und tat, wie ihm geheißen. Er trat hinter sie, dann nahm er ihre Hände und obwohl Laura die Arme fest mit ihren Händen umschlossen hielt, konnte er sie doch leicht an Lauras Kopf führen.

„Gut so, und jetzt leg ihre Finger an ihre Schläfen, los", brüllte die Stimme.

Er nickte nur, dann taxierte er zuerst die Finger der linken Hand an die Schläfe von Laura, dann der rechten. Als er fertig war, ging er einen Schritt zurück.

„Ist es so gut?", fragte er und zeigte auf die beiden.

„Sehr gut. Und jetzt, geh zurück und empfange das Wunder".

„Ja, ich warte", sagte er sehnsüchtig.

Er blickte gespannt auf das Wunder, das noch einen Moment auf sich warten ließ, dann aber begann es. Zuerst kamen aus ihren Fingern kleine blitzartige Strahlen heraus, die sich wabernd um Lauras Kopf legten. Als dies vorbei war, kroch aus den Fingern ein rötlicher Nebel heraus, der sich ebenfalls um Lauras Kopf legte und sie fast verhüllte. Joel beobachtete fasziniert das Schauspiel und er konnte es fast nicht mehr erwarten.

„Ja, mach weiter, meine Liebste. Nur noch wenige Momente,

dann sind wir vereint".
 Während Joel seine Liebste anfeuerte, kamen gerade Gordon und Lacombe aus der Kammer hinaus, dann sahen sie sie schon.
 „Achtung", flüsterte Gordon, dann riss er Lacombe nach unten und sie versteckten sich hinter einem Vorsprung.
 „Sehen sie nur", sagte Gordon und zeigte auf das merkwürdige Schauspiel. Immer noch kam der Nebel aus den Fingern und legte sich um Laura, dann hörte er plötzlich auf. Für Sekunden passierte gar nichts, dann riss sie ihren Kopf nach hinten und aus ihrem Mund kam ein grässlicher Schrei.
 Sie hielten sich die Ohren zu, dann brach der Schrei plötzlich wieder ab.
 Verstört schauten sie sich an.
 „Was ist das?", fragte Lacombe.
 „Das Böse", antwortete er, dann richtete er sich auf und ging auf sie zu. Gordon packte ihn und zog Lacombe sofort wieder hinter die sichere Deckung.
 „Sind sie verrückt", fuhr er ihn leise an.
 Er löste sich von ihm und wollte gerade wieder aufstehen, als das Ding plötzlich etwas sagte.
 „Kajuto no wataye aloho".
 Lacombe stöhnte auf, dann erbleichte er. Gordon sah dies und starrte ihn fragend an.
 „Was hat sie gerade gesagt?", fragte er ernst.
 „Das kann nicht wahr sein", sagte er bestürzt, „das ist doch nicht möglich?".
 „Was? So sprechen sie doch", flüsterte er ihm zu.
 Lacombe sah ihn entsetzt an, dann schüttelte er erschrocken den Kopf.
 „Das ist eine alte Sprache, die kaum bekannt ist", erklärte er, dann schlug er die Augen zu und rieb sich mit der Hand die Stirn.
 Wenn es stimmt, was die Kreatur sagt, dann müssen wir jetzt handeln. Koste es, was es wolle, dachte er, dann machte er die Augen wieder auf.
 Gordon packte ihn am Kragen, dann schüttelte er ihn.
 „Was hat sie gerade gesagt?", sagte er laut und wiederholte seine Frage.
 „Ich bin der einzige Gott", antwortete er, dann ließ Gordon ihn los. Er löste sich von ihm und wandte sich wieder zu Laura und

der Kreatur hin, dann drehte er sich noch einmal zu Gordon um.
„Wir müssen es verhindern, solange noch die Möglichkeit besteht. Los, kommen sie mit", sagte er, dann rannte er los.
„Halt, warten sie", zischte Gordon, doch es war schon zu spät. Lacombe rannte geduckt aus ihrem Versteck weg und hastete hinter einen großen Felsen, der vielleicht 10 Meter von den beiden entfernt war, dort hielt er inne. Gordon kam einige Sekunden später nach ihm an.
Wieder packte Gordon ihn und zog ihn zu sich her.
„Sie bleiben jetzt gefälligst hier", flüsterte er ihm ernst zu, „haben sie verstanden?".
„Nein, wir haben keine Zeit mehr. Sehen sie es denn nicht? Es ist genauso, wie es in den Schriftrollen steht. Es wiederholt sich schon wieder und diesmal wird es ihr gelingen, wenn wir sie nicht davon abhalten".
„Ja, ich verstehe, aber einfach blindlings drauf losstürmen, ist keine Lösung. Wir müssen uns was überlegen, haben sie kapiert".
Lacombe schüttelte den Kopf.
„Töten sie sie einfach, mehr nicht".
Das ist also sein Plan, dachte er, *aber wahrscheinlich hat er Recht.*
Er schloss die Augen, dann atmete er tief durch.
„Bleiben sie dicht hinter mir", sagte er und öffnete seine Augen wieder, dann sprang er auf.
„Sofort Hände hoch, hier spricht die Polizei", schrie er und richtete die Pistole genau auf sie.
Joel drehte sich ruckartig um, dann holte er sofort sein Messer heraus.
„Nein, nicht jetzt", schrie er, dann raste er auf Gordon zu.
„Bleiben sie sofort stehen", brüllte er ihm entgegen, doch Joel hörte ihn gar nicht.
„Mach ihn kalt", giftete die Stimme, „töte ihn, sofort".
„Ja", schrie er und hob sein Messer.
Gordon ging einen Schritt zurück, dann entsicherte er seine Pistole.
„Meine letzte Warnung", schrie er, dann spannte er sich an.
Der Ripper war nur noch fünf Meter von ihm entfernt, als Lacombe an ihm vorbei rannte und auf die Kreatur zuschoss.
Verdammter Idiot, schimpfte Gordon in Gedanken, dann konzentrierte er sich wieder auf den Ripper.

„Bleiben sie stehen, sonst muss ich schießen", brüllte er ihn erneut an.

„Scheißkerl", schrie Joel.

Gordon schoss und traf ihn in die Schulter. Für einen kurzen Moment zuckte Joel und er wäre fast durch den Aufprall der Kugel nach hinten gefallen, doch dann rannte er weiter auf ihn zu. Gordon blieb in den ihm noch verbleibenden Sekundenbruchteilen nichts anderes übrig, als erneut zu schießen.

„Verdammt", schrie er, dann schoss er noch einmal.

Diesmal traf die Kugel Joel in den Bauch und diesmal blieb er stehen. Er wankte kurz und sah dann überrascht auf seinen Bauch. Sofort sah er das Blut, dass aus der Wunde herausströmte. Er ließ das Messer sinken, dann brach er zusammen.

„Aber das kann doch gar nicht sein", sagte Joel und sah ihn verblüfft an.

Gordon kam einen Schritt näher.

„Waffe fallen lassen", brüllte er ihn an, doch Joel hörte ihn schon nicht mehr.

„Du Memme, du Nichtsnutz", schrie die Stimme, „steh auf und bring ihn um".

„Ich... ich... ich kann nicht", sagte er und ließ das Messer fallen, dann fiel er zu Boden und war sofort tot.

Gordon sprang nach vorne, dann nahm er seinen Fuß und stieß ihn an, doch er rührte sich nicht mehr.

Obwohl der Mann mehrere Morde verübt hatte und jetzt für seine Verbrechen gebüßt hatte, hatte er dennoch Mitleid mit ihm gehabt. Er war, so wie Judas geblendet worden.

Er stand auf und verbannte seine Gedanken, dann drehte er sich um.

Lacombe stand neben Laura, die immer noch regungslos da stand und die Kreatur anstarrte.

Was bist du nur? dachte er, dann schrie er nach Gordon: „Strachan, los, kommen sie her".

Gordon hörte seinen Ruf und eilte zu ihm. Als er bei ihnen angekommen war, richtete er erneut die Waffe auf einen Menschen.

Das ist kein Mensch, kam ihm plötzlich in den Sinn, dann ging er einen Schritt zurück.

„Nehmen sie sofort die Hände runter", schrie er sie an, „schießen sie, verdammt, sie versteht sie nicht", brüllte Lacombe, dann trat er zu ihm hin.

„Sie ist kein Mensch, sie ist das Böse. Töten sie sie, sonst sind wir alle verloren".

Er krümmte seinen Finger und wollte gerade abdrücken, als er wieder inne hielt.

„Ich bin mir nicht sicher", schrie er, „verdammt, vielleicht ist sie ja doch ein Mensch, oder?".

„Um Gottes willen, nein, es ist das Böse. Ich flehe sie an, drücken sie ab", bettelte er.

Gordon blickte sie an und wollte gerade abdrücken, als sie sich umdrehte und ihn anstarrte.

„Eijador tok", schrie sie, dann schossen aus ihren Augen feurige Blitze auf ihn zu. Als er sie auf sich zukommen sah, schmiss er sich instinktiv zur Seite und rollte sich auf dem Boden ab, dann krachten die Blitze in die gegenüberliegende Wand ein.

Sofort richtete er sich wieder auf und legte erneut die Waffe auf sie an, dann feuerte er. Der Schuss traf sie genau im Rücken, doch scheinbar machte es ihr nichts aus, denn sie drehte plötzlich ihren Kopf um 180 Grad und blickte ihn mit ihren feurigen Augen an.

„Kameli kosanao tok", schrie sie und diesmal fuhr aus ihren Augen ein grünlicher Strahl heraus, der genau auf ihn zukam. Es gelang ihm nur zum Teil dem Strahl auszuweichen, denn als er sich auf die Seite stürzte, erwischte er ihn am Arm. Seine Jacke wurde aufgerissen, dann spürte er ein heißes und brennendes Gefühl auf seiner Hand.

„Scheiße", schrie er, dann fasste er sich mit der Hand auf die Stelle, an der ihn der Strahl getroffen hatte. Sofort spürte er die blutige Wunde, die sich dort gebildet hatte.

„Du Miststück", schrie er und schaute sie hasserfüllt an, dann nahm er erneut seine Pistole und zielt auf sie. Er verschoss sein ganzes Magazin und mehr als fünf Kugeln trafen die Kreatur, aber es schien ihr nichts auszumachen.

Gordon holte ein neues Magazin aus seiner Tasche und steckte es in seine Pistole.

Lacombe war bei Laura und schaute sie an. Sie bewegte sich nicht und unter dem rötlichen Schleier konnte er erkennen, dass sie ihre Augen geschlossen hatte. Es fiel ihm nichts anderes ein, als sie mit beiden Händen zu packen und sie weg zu ziehen, doch es gelang ihm nicht. So sehr er auch zog und zerrte, sie bewegte sich keinen Zentimeter. Plötzlich drehte die Kreatur ihren Kopf wieder und starrte ihn an.

„Chrere briarch", schrie sie, dann kamen die feurigen Blitze wieder. Sie rasten auf Lacombe zu und trafen ihn genau auf die Brust. Er wurde von der Wucht weggeschleudert, dann prallte er unsanft auf dem steinigen Boden auf. Noch hatte er nicht gesehen, dass ihm die Blitze den Brustkorb aufgerissen hatten, denn er wollte sich gerade wieder aufrappeln, als er seine Hand auf seiner Brust legte. Er spürte sofort die Feuchtigkeit, die das heraustretende Blut verursachte, darauf folgten die Schmerzen.

„Lacombe", schrie Gordon, der das alles beobachtet hatte.

„Verdammt", fluchte Lacombe, dann ließ er sich nach hinten fallen.

Gordon war kurze Zeit später bei ihm und ließ sich ebenfalls neben ihm nieder.

„Was ist?", fragte Gordon und dann sah er es. Es sah nicht gut aus, das erkannte er sofort. Lacombes Jacke war aufgerissen und darunter konnte er das Hemd sehen, dass ebenfalls zerrissen war und sich schon blutrot verfärbt hatte.

„Sieht es schlimm aus?", fragte Lacombe und Gordon nickte ihm zu.

„Ja, leider, aber sie werden es schaffen, das verspreche ich ihnen".

Er holte seine Waffe wieder heraus und bevor er schoss, schrie ihm Lacombe noch etwas zu:

„Sie müssen auf den Kopf zielen".

Gordon nickte. Er wollte gerade abdrücken, als ihn eine Druckwelle zu Boden warf. Als er nach hinten stürzte, überschlug er sich und verlor seine Waffe. Er schüttelte sich, dann sah er wieder zu Laura auf. Sie wurde auf einmal von der Kreatur nach oben gehoben, dann wurde sie weggeschleudert und landete einige Meter von ihm entfernt auf dem harten Boden.

„Laura", schrie Gordon, dann hastete er zu ihr.

Sie lag bewegungslos da, hatte ihre Arme und Beine merkwürdig verschränkt und atmete nicht mehr.

Er schmiss sich neben ihr, dann zog er sie vom Boden hoch und schrie sie an:

„Laura, Laura, sagen sie doch was? Bitte, sprechen sie mit mir".
In seinen Augen konnte man Angst und Panik erkennen, doch sie gab ihm keine Antwort.
Er schüttelte sie, klatschte ihr an die Wange, aber sie regte sich nicht.
„Oh nein, bitte nicht auch noch du?", wehklagte er, dann nahm er sie weinend in den Arm. Er drückte sie an sich und küsste sie auf die Wange.
„Bitte Laura, komm zurück, ich brauche dich doch".
Seine Bemühungen waren umsonst. Er ballte seine Fäuste und hieb vor Wut und Schmerz auf den harten Boden ein.
„Du Miststück", schrie er und starrte die Kreatur hasserfüllt an. Sie stand einfach nur da und bewegte sich nicht.
Er legte Laura sanft auf den Boden, dann stand er auf. Langsam ging er auf sie zu.
„Jetzt vernichte ich dich", versprach er ihr.
Er war jetzt fast bei ihr, als die Kreatur plötzlich hell aufleuchtete. Gordon musste sich die Augen zu halten, so grell war das Licht, dann verformte sie sich auf einmal. Es sah so aus, als ob irgendetwas im Inneren der Kreatur nach außen wollte. Sie blähte sich immer mehr und mehr auf, dann wurde sie in einem grellen Blitz auseinander gerissen. Er riss seine Hände nach oben, um seine Augen zu schützen, doch er war nicht schnell genug. Das Licht blendet ihn und für einige Sekunden konnte er nichts mehr sehen.
„Scheiße, verdammt", schrie er, dann kniff er sich die Augen. Plötzlich hörte er ein knurrendes Geräusch. Er machte langsam die Augen wieder auf und konnte undeutlich etwas Großes, Dunkles erkennen, dass da einige Meter vor ihm regungslos stand. Es dauerte noch einige Sekunden, dann konnte er wieder richtig sehen. Was er dann sah, ließ ihm das Blut in den Adern gefrieren.
„Oh mein Gott", sagte er, als er die Bestie sah.
Sie war vielleicht acht Meter groß und mindestens drei Meter breit. Sie hatte ein rötlich braunes Fell, das schimmerte und auf dem Rücken hatte es zwei schwarze, fledermausartige Flügel. Ihr Kopf war wie der eines Vogels. Die Augen waren an der Seite angebracht und dort, wo die Nase hätte sein müssen, trat ein spitziger Schnabel hervor. Zwischen ihren Augen hatte sie ein

kurzes Horn, auch auf dem Kopf hatte sie zwei, die geschwungen nach oben gerichtet waren. Ihre Beine waren dick und unförmig und am Ende dieser Beine waren krallenartige Zehen, die gräulich aussahen. Hände hatte sie nur kleine und als er sie sah, musste er an den T-Rex denken, der gefährliche Dinosaurier, der zwar Hände hatte, die aber unbrauchbar waren. Diese Bestie sah ekelerregend aus, aber das abscheulichste kam erst noch. Als er sich noch einmal das Fell anschaute, erkannte er, dass es irgendwie lebte. Plötzlich wusste er, was es war, denn auf einmal bewegte sich dieses Fell. Jetzt erst sah er die faustgroßen, schwarzen Spinnen, die langen bräunlichen Asseln und die fingerdicken rötlichen Maden, die auf dem Fell hin und her wuselten. Angeekelt wand Gordon sich ab, dann brüllte die Bestie erneut. Sie reckte sich, dann stand sie auf und entfaltete ihre langen, fast durchsichtigen Flügel. Sie schien damit doppelt so groß, wie sie eigentlich war, dann setzte sie sich wieder hin und hob ihren Kopf. Ein entsetzlicher schriller Schrei entrann ihrer Kehle, dann schüttelte sie ihr Fell. Einige Spinnen und Asseln fielen an ihr herunter und als sie auf den Boden fielen, liefen sie wieder an der Bestie hinauf und versammelten sich sofort mit den anderen auf dem Fell.

Gordon drehte den Kopf wieder der Bestie zu.

Was soll ich denn nun machen? dachte er.

Es fiel ihm nichts ein.

Es war auch schon zu spät.

Hätte ich nur auf Lacombe gehört, dachte er und verdammte sich. Er hatte die Möglichkeit gehabt, aber er hatte zu lange gezögert.

Er hätte es tun können, aber er hatte die Chance verpasst.

Sie kam jetzt auf ihn zu. Langsam, Schritt für Schritt näherte sie sich ihm, dann blieb sie auf einmal stehen und glotzte ihn an.

„Du Erdenwurm", sagte sie auf einmal.

Er erschrak und in diesem Moment wusste Gordon, das Lacombe und seine Schriftrollen Recht hatten. Das Böse, die unheimliche grausame Macht, von der Lacombe immer gepredigt hatte, war auferstanden.

Gordon hatte nun nichts mehr zu verlieren. Er stand auf und stellte sich der Bestie.

„Du elendige Missgeburt", schrie er zurück, dann zeigte er ihr den Mittelfinger. Es fühlte sich gut an, ihr diese Geste zu zeigen, obwohl er wusste, dass sie es nicht verstand.

„Du bist frech, sehr frech, aber das macht nichts, denn du bist sowieso bald tot", sagte sie verächtlich.

„Dazu musst du mich erst einmal kriegen, du Drecksstück".

„Nichts leichter als das", schrie sie, dann schlug sie mit ihrem Flügel nach ihm. Der erste Schlag traf schon und er wurde drei Meter nach rechts geschleudert, dann überschlug er sich auf dem harten Boden, bis er an der gegenüberliegenden Wand liegenblieb. Er hielt sich den Kopf und sofort bemerkte er die Wunde an seiner Stirn, denn als er seine Hand nach oben führte, fühlte er schon die Nässe des Blutes.

„Du Narr", schrie die Bestie und kam näher. Jedes Mal, wenn ihre Beine den Boden berührten, gab es eine kleine Erschütterung. Gordon sah, wie sie auf ihn zukam und er wollte aufstehen, um ihr zu entfliehen, aber es war schon zu spät. Bis er sich aufgerichtet hatte, war sie schon da. Ihr Bein knallte vor ihm auf und ihre Kralle riss ihm den halben Bauch auf. Er kreischte auf, als die spitzige Kralle in seine Haut eindrang und das Fleisch aufritzte.

„Verflucht, nein", schrie er noch, dann wurde er, von Schmerzen gepeinigt, kurz bewusstlos.

Die Bestie nahm ihren Fuß zurück, dann verharrte sie ruhig und wartete, bis Gordon wieder erwachte.

Für ihn waren die wenigen Sekunden, die er besinnungslos war, ein Labsal, aber als er wieder zu sich kam, da überfielen ihn wieder diese gnadenlosen Schmerzen.

„Du nutzloses Subjekt", sagte die Bestie, dann riss sie ihren Kopf wieder nach hinten und ließ einen markerschütternden Schrei los. Gordon hatte mit seinem Leben abgeschlossen, denn er wusste, was solch eine Verletzung bedeutete. Er hatte während seines Polizeidienstes schon unzählige Verwundungen gesehen und selbst auch ein paar Schmerzliche erlitten, aber Bauchverletzungen waren die grässlichsten und auch tödlichsten, die man sich nur vorstellen konnte.

„Leck mich am Arsch", antwortete Gordon keuchend.

„Du bist mutig und zäh, das schätze ich, aber du hast keine Chance gegen mich".

„Geh zurück, wo du hergekommen bist und verpiss dich", schrie Gordon sie an.

„Aber ich bin ja schon da", antwortete sie grimmig, „das ist meine Welt, ich habe sie erschaffen, bevor er kam und sie mir wegnahm".

Sie knurrte wieder und stieß zum wiederholten Male einen Schrei aus, dann beruhigte sie sich wieder.

„Als ich diese Welt gefunden habe, ward ihr noch gar nicht da. Das alles, was ich vor Millionen Jahren erschaffen habe, war meine Welt und sie war nur für mich da. Sie gehörte mir und niemand anderem, aber dann kam er".

Gordon war das ziemlich egal, dennoch wollte er die Wahrheit wissen, bevor er starb.

„Wer hat sie dir weggenommen?", fragte er.

„GOTT", schrie sie nur, dann stampfte sie mit ihren Beinen auf die Erde ein.

„Du bist verrückt", sagte er abfällig.

Sie setzte sich auf den Boden, dann beugte sie ihren Kopf zu ihm hinunter.

„Frag ihn, denn du wirst ihn bald sehen", sagte sie verächtlich, dann stand sie wieder auf.

„Ihr alle werdet ihn bald sehen, denn nun ist meine Stunde gekommen und ich werde wieder über die Welt herrschen, so wie ich es vor unendlichen Jahren schon einmal getan habe. Doch diesmal wird euer Gott nicht kommen und euch erretten, nein, denn er ist ein Feigling und ein Dieb und, er schert sich einen Dreck um euch", schrie sie, dann drehte sie sich um.

„Hahahaha, das ich nicht lache", sagte Gordon, „er wird kommen und dir den Arsch aufreißen".

Sie blieb kurz stehen und drehte ihren Kopf zu ihm um, dann zwinkerte sie ihm höhnisch zu.

„Ich warte auf ihn", lachte sie, dann drehte sie sich wieder um und ging weiter.

Als sie ungefähr in der Mitte der Kammer war, blieb sie stehen und spannte ihre Flügel wieder aus.

„Meine getreuen Geschöpfe, breitet euch aus und macht mir die Welt untertan und vernichtet alle, die sich euch in den Weg stellen", schrie sie, dann schüttelte sie sich.

Die Spinnen, Asseln, Maden und sonstiges Getier flogen von ihr weg und fielen auf den Boden, dann wuchsen sie in rasantem Tempo an. Einige Sekunden später waren sie schon um das Doppelte gewachsen, weitere Sekunden später um das Vierfache.

Gordon konnte nun das Gewusel hören, dass ihre Beine auf dem steinigen Boden verursachten und es hörte sich scheußlich an. Er sah, wie eine Spinne näher kam und dann einen Meter vor ihm plötzlich stehen blieb. Er konnte ihre Giftzangen genau sehen, die gierig fletschten und etwas absonderten, das zäh nach unten floss. Als es auf den Boden aufkam, zischte es kurz, dann stieg leichter Nebel nach oben.

In dieser Sekunde wusste Gordon, dass es wahrscheinlich ein grässlicher Tod werden würde, aber es war ihm egal. Irgendetwas in ihm hatte sich damit abgefunden und er tröstete sich mit dem Gedanken, dass er bald Mellie und seine Eve wieder sehen würde.

„Ja, los du Dreckstück, los komm doch", schrie er angriffslustig. Die Spinne hob ihre Vorderfüße, zischte kurz und dann sprang sie los. Sie war in der Luft und Gordon sah noch, wie ihre spitzigen Zangen mahlten, dann zerplatzte sie auf einmal. Grünlicher Schleim ergoss sich auf ihn und ein Spinnenbein landete auf seinem Bauch, dann sah er das Wunder.

Von überall her erschienen auf einmal Lichter. Sie kamen aus dem Boden und den Wänden, und als er nach oben sah, erkannte er auch dort welche. Sie waren unzählig und stoben in die Kammer, dann machten sie Jagd auf das Getier. Eine Spinne nach der anderen, sowie die Asseln und Maden wurden durch feurige Strahlen getötet, die aus diesen Lichtern kamen.

„NEIN", schrie plötzlich die Bestie, als sie bemerkte, dass ihre Geschöpfe getötet wurden.

Sie richtete sich auf und mit ihrem Schnabel versuchte sie, den Lichtern habhaft zu werden, doch sie waren zu schnell. Auch mit ihren Flügeln, die sie jetzt wieder ausbreitete, konnte sie sie nicht erwischen.

„Nein, nicht, lasst das", schrie sie, doch die Lichter hörten nicht auf sie, sondern führten ihre gnadenlose Hatz fort.

„Ja, macht sie fertig", brüllte Gordon und hob triumphierend die Faust nach oben, „tötet sie alle".

Und sie taten es.

Es dauerte noch einige Sekunden, dann war das letzte Getier getötet. Die Lichter flogen noch kurz umher, dann beruhigten sie sich und sammelten sich alle an einem Punkt.

Die Bestie legte ihre Flügel wieder an, dann stampfte sie mit ihren Füßen auf den Boden. Urplötzlich öffnete sich unter ihr die Erde

und Gordon konnte mit Entsetzen sehen, dass weiteres Getier aus dem Spalt nach oben kam.
Es war noch nicht vorbei, dachte er und er hatte Recht.
Es begann das gleiche grausame Schauspiel von vorne, doch die Lichter blieben an ihrem Punkt und bewegten sich nicht.
„Los, kommt schon", schrie Gordon ihnen zu, doch sie rührten sich nicht.
Vor nicht einmal einer Minute, war er guten Mutes gewesen, doch jetzt drehte sich die Geschichte wieder zum Bösen.
Was er nicht wusste, war, dass das eigentliche Wunder erst jetzt begann.
Die Lichter bewegten sich nun doch, aber langsam und stetig glitten sie nach unten. Gordon wusste nicht, wie viele es waren, aber plötzlich fingen sie an zu wachsen. Sie veränderten und verformten sich, dann fielen einige wieder in sich zusammen, um einen erneuten Versuch zu unternehmen. Nach einigen Sekunden waren sie dann alle soweit und nun konnte Gordon erkennen, was sie waren.
Besser gesagt, wer sie waren.
Die Frauen, die sie getötet hatte.
Sie stürzten sich auf die Bestie, die schrill aufschrie, dann fingen sie an, sie zu attackieren.
„Geht weg und lasst mich in Ruhe", schrie sie, dann riss sie ihren Kopf hoch und schnappte mit ihrem Schnabel nach den Frauen.
Doch auch sie waren zu schnell.
Plötzlich sah Gordon, wie eine Frau, der ein Bein fehlte, auf der Bestie landete und dann mit ihrer Hand auf sie einschlug. Kurz darauf strahlte ein Licht genau an der Stelle, auf die sie eingeschlagen hatte.
„Haut ab, sofort", fauchte sie und schlug hektisch mit ihren Flügeln.
Jetzt ging alles ganz schnell.
Alle Frauen landeten auf dem Leib der Bestie und alle schlugen mit ihren Fäusten und Füßen auf sie ein. Überall kamen nun Lichtscheine heraus und gequält schrie die Bestie auf:
„Nicht, lasst das".
Doch sie hörten nicht auf, sondern hieben unaufhörlich auf sie ein. Bald blutete sie aus unzähligen Wunden und die Lichter

strahlten hell und leuchtend aus ihr heraus, dann stampfte sie wieder wild mit ihren Füssen auf den Erdboden. Die Erde unter ihr brach auf und ein riesiger Spalt tat sich auf. Sie wankte kurz, als ihr rechtes Bein in dem Spalt verschwand, dann konnte sie sich wieder stabilisieren. Sie schwenkte hektisch ihren Kopf hin und her und versuchte dann, mit ihrem spitzigen und langen Schnabel die schemenhaften Gestalten zu vertreiben, doch jedes Mal, wenn sie eine von den Frauen berührte, glitt ihr Schnabel durch sie hindurch. Sie merkte nun, dass sie verloren hatte, denn je öfter die Frauen auf sie einschlugen und sie mehr und mehr verletzten, desto weniger wurden ihre Bemühungen, dem Unausweichlichen zu entrinnen.

„Das ist meine Welt. Ich habe sie erschaffen", schrie sie verzweifelt, „Das ist nicht fair".

Sie stampfte mit ihren Füssen und drehte sich mehrmals um die eigene Achse, dann entfaltete sie ein letztes Mal ihre Flügel. In einem letzten Aufbäumen versuchte sie, die Frauen von ihrem Körper zu vertreiben, doch sie konnte sie nicht erreichen. Nun war ihr ganzer Körper ein einziger Lichtschein und kraftlos ließ sie ihren Kopf sinken, dann verschwand ein Bein in dem Spalt und sie brach zusammen. Die Frauen schwebten von der Bestie weg und versammelten sich wieder, dann warteten sie, was passierte. Als der Körper auf den Boden fiel, bebte die Erde und der Spalt vergrößerte sich dadurch. Sie versank nun immer weiter und weiter, bis nur noch ihr Kopf herausschaute.

„Ihr verdammten Huren", brüllte sie ihre Beschimpfungen zu ihnen, dann rutschte sie weiter ab. Man konnte jetzt nur noch ihren langen Schnabel sehen, der sich hektisch hin und her bewegte, dann stürzte sie vollends ab.

Als sie in den schwarzen und dunklen, ja fast unendlich tief wirkenden Abgrund fiel, da schrie sie noch etwas:

„Es ist noch nicht vorbei, ich werde wiederkooooooooo...".

Als sie verschwand, kroch ihr das Getier hinterher und eines nach dem anderen folgte ihr wie Lemminge in den Spalt, bis auch das letzte verschwunden war.

Stille kehrte ein und Gordon starrte auf die Frauen, die sich an der Decke versammelt hatten und dort regungslos verharrten. Plötzlich schwebte eine von ihnen auf Gordon zu und war kurze Zeit später bei ihm angelangt. Er erkannte sie sofort, obwohl sie wahrscheinlich nicht wusste, wer er war.

„Danke", sagte er nur.

Jennifer antwortete ihm nicht, sondern lächelte ihn strahlend an. Sie drehte sich um und kehrte wieder zu den anderen zurück, dann verwandelten sich alle wieder in die Lichter, die sie vorher gewesen waren. Als sie ihre Transformation beendet hatten, stoben sie noch einen Moment in der Kammer umher, dann verschwanden sie in der Decke und waren kurz darauf nicht mehr zu sehen.

Gordon blieb einfach liegen und bewegte sich nicht. Was er gerade erlebt hatte, würde ihm niemand glauben, aber so wie die Dinge aussahen, würde er es auch keinem erzählen können, denn seine Verletzung war so schwerwiegend, dass er es nicht schaffen würde, alleine aus den Katakomben zu entfliehen. Er schloss die Augen und dachte dann an Laura. Sie hatte es schon geschafft und war wahrscheinlich schon im Reich der Toten oder bereits in das Licht gegangen. Obwohl der Gedanke grausam war, beneidete er sie, denn sie hatte es schon hinter sich gebracht und er musste noch leiden.

Er machte die Augen wieder auf und sein Blick fiel auf Lacombe, der bei Laura lag und wahrscheinlich auch schon tot war.

„Wenn ich schon hier sterben muss, dann bei ihnen", sagte er und versuchte dann aufzustehen. Mühsam quälte er sich hoch und als er stand und losgehen wollte, übermannten ihn die Schmerzen und er musste sich wieder hinsetzen. Es machte keinen Sinn, er würde mit dieser Verletzung nie gehen können, aber er wollte zu ihnen.

„Dann halt so", meinte er sarkastisch und robbte auf allen Vieren los. Obwohl die Schmerzen so nicht wesentlich weniger waren, konnte er sich bewegen und das war ja am wichtigsten. Er brauchte ziemlich lange, bis er bei ihnen war, dann, als er es geschafft hatte, ließ er sich neben Laura nieder.

Wie schön sie doch war, dachte er und schaute in ihr bezauberndes Gesicht. Sie sah so friedlich aus und er hoffte, dass sie keine Schmerzen gehabt hatte, als sie starb. Er strich ihr einige Haare aus ihrem Gesicht, dann streichelte er sie sanft an ihrer Wange.

„Ist... ist es vorbei", sagte plötzlich Lacombe.

Gordon drehte sich erschrocken um.

„Sie leben noch?", fragte er dümmlich.

Er nickte mit schmerzverzerrtem Gesicht, dann lachte er gezwungen.

„Sieht so aus", sagte er, dann richtete er sich auf und lehnte sich an die Wand.

Gordon robbte zu ihm, dann lehnte auch er sich neben ihn an die Wand.

„Ja, ich glaube, es ist vorbei", antwortete Gordon.

„Das ist gut", meinte Lacombe, dann machte er seine Augen zu.

Sie blieben einige Sekunden still und taten nichts, dann meldete sich Lacombe noch einmal.

„Wenn sie nach oben kommen, bitte behalten sie das Geheimnis für sich. Es muss nicht an die Öffentlichkeit gelangen, versprechen sie mir das?", sagte er und ergriff Gordons Hand.

Der erwiderte den Händedruck und ohne viel nachzudenken, beantwortete er ihm seine Frage.

„Ja, ich verspreche es. Bei mir ist ihr Geheimnis sicher, todsicher", sagte er, dann fing er an zu lachen.

Lacombe verstand nicht, warum er lachte, aber das war auch egal. In diesen Sekunden, in denen sie lachten, vergaßen sie für kurze Zeit ihre Schmerzen, dann spürte Gordon, wie der Händedruck von Lacombe immer schwächer wurde, bis er ganz erschlaffte.

Du hast es geschafft, dachte er, dann kamen die Schmerzen wieder. Er krampfte sich zusammen, als sie wieder über ihn einfielen und ihn malträtierten, dann wünschte er sich, dass es bald vorbei sein würde.

Er schloss seine Augen und als er merkte, dass es nun zu Ende ging, da hörte er plötzlich, dass aus dem Spalt etwas kam. Er machte nochmals die Augen auf und starrte ängstlich auf den Spalt, dann hörte er ein Brüllen und Fauchen.

Seine letzten Gedanken waren, dass es noch immer nicht vorbei war, dann übermannte ihn für eine Ewigkeit die Dunkelheit.

8.

Sie wartete und wusste nicht, was sie nun machen sollte. Ein Gefühl sagte ihr, dass es noch nicht soweit war, andererseits hätte sie auch nichts dagegen gehabt, wenn es denn nun heute sein sollte.

Sie sah die schemenhaften Gestalten um sich herumschweben

und in dieser Sekunde wusste sie, dass sie ebenfalls solch ein Geschöpf war.

Plötzlich spürte sie hinter sich jemanden kommen. Sie drehte sich schnell um und sah, dass Norman zu ihr kam.

„Hallo Laura", begrüßte er sie freundlich.

„Norman, schön sie zu sehen", erwiderte sie und lachte ihn an.

„Was machen sie hier?", fragte er und wunderte sich.

„Nun, sieht so aus, als ob ich tot wäre".

„Oh, das tut mir leid. Ich wusste nicht, dass…".

Er sprach den Satz nicht zu Ende.

„Nein, nein, es ist in Ordnung", versuchte sie ihn zu beruhigen, „man kann es sich nicht aussuchen. So wie es ist, so ist es eben".

Sie ging auf ihn zu und gab ihm die Hand.

Er nahm sie dankend entgegen.

„Mein Licht wird bald kommen", sagte er und zeigte auf den Horizont. „Ich bin mir sicher, denn nun habe ich hier nichts mehr zu suchen. Alles, was mich noch hier gehalten hat, hat sich Dank ihnen aufgelöst und nun kann ich gehen".

Sie gab ihm keine Antwort, sondern drehte sich von ihm weg.

Plötzlich sah sie am Horizont ein Licht, dass langsam auf sie zukam. Es war hell und leuchtend und in der Mitte konnte sie etwas pulsieren sehen, dass sie aber noch nicht erkannte.

Sie drehte ihr Gesicht zu Norman um.

„Ihr Licht kommt", sagte sie und freute sich für ihn.

„Nein, es ist nicht meins. Meines sieht anders aus", erklärte er, „jedes Licht sieht anders aus".

Sie stutzte kurz.

„Aber für wen ist es dann?", fragte sie, während sie wieder auf das Licht starrte, dass nun so nah war, dass sie fast nicht mehr hineinschauen konnte.

Norman legte seine Hand auf ihre Schulter.

„Es ist ihres", flüsterte er ihr ins Ohr, dann verschwand er.

„Ja, es ist meines", erkannte sie nun auch.

Sie ließ ihre Arme fallen, dann schloss sie die Augen und ging auf das Licht zu. Als sie es fast erreicht hatte, spürte sie die Wärme und Liebe des Lichts und fast musste sie weinen, so schön war es.

„Ja, das ist mein Licht", sagte sie noch einmal, dann tauchte sie ein und löste sich in ihre Bestandteile auf.

9.

Er wanderte durch die Straßen, vorbei an den zerstörten und noch brennenden Häusern, die das Getier verursacht hatten. Plötzlich hörte er ein Rascheln und er rannte so schnell er nur konnte, hinter eine Ruine, die früher einmal ein Haus gewesen war. Er sah, dass eine große, fette schwarze Spinne auf der Straße entlang lief, auf welche er gerade noch gelaufen war. Er wartete noch einige Sekunden, dann ging er weiter. Er musste vorsichtig sein, denn er war der letzte, der noch übrig geblieben war und sollte auch er sterben, dann hatte die Bestie erreicht, was sie wollte.

Er ging an weiteren Ruinen vorbei, bis er aus der Stadt kam und einen Hügel hinauf ging, wo er eine bessere Sicht hatte. Als er den Berg erklommen hatte und dort in die Weite blickte, da sah er, dass sie ganze Arbeit geleistet hatte. Egal wo er auch hinschaute, überall sah er nur brennende und rauchende Häuser und der Himmel sah merkwürdig gelb aus.

Er drehte sich um und als er auch in diese Richtung nur Zerstörung und Vernichtung sah, waren alle Hoffnungen dahin. Insgeheim dachte er, vielleicht hätten noch andere die Apokalypse überlebt, aber er hatte sich getäuscht.

Er war der einzige und letzte, und die Bestie war auf der Suche nach ihm.

Plötzlich hörte er ihren Schrei und als er sich wieder umdrehte, sah er sie schon auf sich zukommen. Ihre Flügel wehten leicht im Wind, und als sie durch die brennenden Ruinen ging und alles nieder trampelte, was ihr in den Weg kam, da wusste er, dass sie gewonnen hatte.

Sie war jetzt bei ihm angekommen und drehte ihren Kopf, so dass er in ihre kalten Augen schauen konnte.

„Ich habe gewonnen", brüllte sie, dann riss sie ihren Kopf nach hinten.

Er breitete seine Arme aus, dann schloss er die Augen.

Miststück, dachte er, dann fuhr der spitzige Schnabel auf ihn zu. Als sie ihn durchbohrte und ihn dann in die Luft hob, da wusste er, dass es nun vorbei war. In einem letzten Akt der Verzweiflung öffnete er die Augen und spuckte sie an, dann …

… erwachte er schweißgebadet.

Er machte die Augen auf und fand sich in einem Raum wieder, der hell erleuchtet war. Zuerst wusste er nicht, wo er war, dann sah er die Drähte und Schläuche, die an ihm angebracht waren. Noch hatte sein Gehirn nicht realisiert, wo er war, dann aber hörte er links von sich ein gleichmäßiges Piepen. Er drehte seinen Kopf und sah, dass er an einem EKG angeschlossen war.

„Was um alles in der Welt?", krächzte er, dann legte sich eine Hand auf seine Brust.

„Du bist in Sicherheit", sagte sie und lächelte ihn an.

Als er in ihre Augen schaute, konnte er nicht glauben, was er da sah. Er bäumte sich auf und starrte sie ungläubig an.

„Aber… aber… du bist doch tot", sagte er, dann fiel er wieder entkräftet nach hinten.

„Das dachte ich auch, aber ich glaube, sie wollten mich noch nicht haben", scherzte sie und setzte sich auf sein Bett.

„Du musst dich jetzt schonen, bleib ruhig liegen", sagte sie und nahm seine Hand.

Als Laura seine Hand berührte, durchfuhr ihn ein wohliger Schauer und in diesem Moment wusste er, dass er das alles nicht träumte.

Er blickte in ihre kristallblauen Augen, dann zog er sie an sich.

„Laura", sagte er, dann küsste er sie leidenschaftlich.

Sie erwiderte seinen Kuss und für wenige Sekunden, vergaß er das Geschehene. Es war ein Wunder, dass sie noch lebte und dankbar nahm er die Wirklichkeit in sich auf.

Sie löste sich von ihm, dann flüsterte sie ihm ins Ohr:

„Bald wird alles gut werden".

Er nickte, dann schloss er die Augen.

Plötzlich fiel er ihm ein.

„Lacombe?", schrie er.

„Beruhige dich, es geht ihm gut. Er ist nur zwei Zimmer weiter, aber er ist außer Lebensgefahr, so wie du auch", beruhigte ihn Laura.

„Aber wie kann das sein?", fragte er sie erstaunt.

„Das erzähle ich dir ein anders Mal. Jetzt werde erst einmal gesund", sagte sie, dann gab sie ihm noch einen Kuss.

„Ja, das werde ich und dann lass ich dich nicht mehr allein", sagte er und schloss die Augen.

Ja, bis an mein Lebensende, dachte er, dann schlief er wieder ein.
Es dauerte noch einige Wochen, bis er endlich aus dem Krankenhaus entlassen wurde. Die Verletzung am Bauch war fast ausgeheilt und die Ärzte hatten ihm versichert, dass keine bleibenden Schäden zurückbleiben würden. Lacombe, der eine Woche vor ihm entlassen wurde, kam zum Abschied nochmals in sein Zimmer und erinnerte ihn an sein Versprechen.
„Es ist immer noch sicher", hatte er ihm gesagt, dann schwor er es sogar noch.
Lacombe bedankte sich und wollte gerade gehen, als Gordon ihn noch einmal ansprach.
„Pater, vernichten sie die Dokumente", sagte er nur, „sofort".
„Das habe ich schon getan", antwortete er und lachte, dann ging er.
Kaum war Gordon entlassen, da zog er schon bei ihr ein. Sie pflegte ihn noch vollends gesund, dann ging er wieder in den Polizeidienst zurück und machte sich sofort an die Arbeit.
Die Wochen gingen ins Land und nach und nach erholte sich die Welt von den Ereignissen. Bald sprach keiner mehr davon und auch er und Laura redeten nur noch selten über das Erlebte. Geglaubt hätte ihnen doch sowieso keiner. Nur sie wussten, dass es sich tatsächlich so abgespielt hatte, aber das war nun Vergangenheit.
Nur einmal, da hatte er sie gefragt, wie es war, ins Licht zu gehen.
„Es war wunderschön und als ich in dem Licht war, da hörte ich auf einmal seine Stimme. Sie war so rein und voller Güte, und dann sprach er zu mir", erklärte sie.
„Was hat er dir gesagt?", fragte er.
„Das meine Zeit noch nicht gekommen ist und ich zurück muss".
Er schaute sie verwundert an und sie sah es.
Sie beugte sich zu ihm hin und gab ihm einen Kuss.
„Weil du noch am Leben warst und meine Hilfe brauchtest. Deshalb schickte er mich wieder zu dir zurück".
Er nahm sie in den Arm, dann drückte er sie innig.
„Ich werde dich nie mehr verlassen", sagte er und er meinte es auch so.

10.

Einige Monate später:
Er saß an seinem Schreibtisch und machte die verhasste Büroarbeit, als plötzlich die Tür aufging und Glendale, ein neuer Kollege, hereintrat und ihm einen Zettel überreichte.
„Inspektor, hier, kam gerade von einer Streife", meinte er und gab ihm das Schreiben.
Gordon überflog kurz den Inhalt, dann stand er auf und nahm seine Jacke.
Nach einer viertel Stunde war er schon am Tatort angekommen. Sein erster Mordfall, seit er wieder im Dienst war. Als er ausstieg, konnte er schon die Kollegen von der Spurensicherung sehen, die hektisch den Tatort nach Spuren untersuchten.
„Hey Gordon", begrüßte ihn Floyd, „na wie geht's?".
„Gut, also, was haben wir?", fragte er und kam gleich zur Sache.
„Frauenleiche, ca. 20-25 Jahre alt, wurde übel zugerichtet, mehrere Messerstiche, war wahrscheinlich auch die Todesursache. Zeitpunkt des Todes vielleicht so vor vier oder fünf Stunden, aber das kann ich erst sagen, wenn ich sie im Labor habe",
erzählte er kühl.
Gordon nickte, dann ging er zur Leiche.
Floyd packte ihn plötzlich am Arm.
„Hey, erschreck nicht, wenn du sie siehst, es wird dir bekannt vorkommen", sagte er noch, dann ging er weg.
Plötzlich wurde ihm übel.
Er ging auf die Leiche zu, die notdürftig zugedeckt auf einer Wiese lag. Als er bei ihr war, bückte er sich und nahm die Plane in die Hand.
„Bitte lass es nicht wahr sein", bat er flüsternd, dann zog er sie weg.
Als er auf die Leiche starrte und sofort die fehlende Hand bemerkte, da durchfuhr es ihn kalt.
„Es fängt wieder an", hauchte er, dann fiel er auf die Knie.

Wettlauf gegen die Zeit

ISBN- 9783738605013

Bei Ausgrabungen in Mexiko machte man tief unter einem Tempel eine erschreckende und todbringende Entdeckung, die das Ende der Menschheit bedeuten würde. Eine geheime Organisation, die unentdeckt bleiben möchte, scharte Wissenschaftler und Techniker um sich, um Gegenmaßnahmen gegen die drohende Katastrophe zu finden. Bald hatte man eine Maschine entwickelt, die am Tage des Jüngsten Gerichtes die Katastrophe verhindern sollte, doch irgendwas oder irgendjemand war in die Vergangenheit gereist und hatte die Vorahnen der fünf Wissenschaftler, die diese Maschine gebaut hatten, getötet. Nach und nach verschwanden die Wissenschaftler, sowie die Maschine. Das Ende der Menschheit war gewiss. In einer letzten Möglichkeit sandte nun auch die geheime Organisation einen Zeitreisenden in die Vergangenheit, um die Vorahnen zu schützen, damit die Zukunft wieder so werden sollte, wie sie einmal war.

Während Caspar van Horn, der Zeitreisende versucht, die Zukunft zu beschützen, begab sich Joshua Parker, ein Journalist auf die Suche nach der Geschichte seines Lebens. Durch einen Tipp hat er von der Existenz der Maschine erfahren, denn sie birgt ein schreckliches Geheimnis in sich, dass nicht nach außen dringen durfte.

Wird es Caspar van Horn schaffen, auch nur einen Vorahnen in Sicherheit zu bringen? Schafft es Joshua Parker die ganze Wahrheit zu erfahren und es allen mitzuteilen? Und was ist mit uns allen? Woher stammen wir und wird das Artefakt, das seit Jahrtausenden in der Erde schlummert, das Ende der Menschheit bringen? Ein Wettlauf gegen die Zeit beginnt.

Jenseits der Zeit

ISBN: 9783738600735

Jede der in diesem Band versammelten Geschichten zeigt eine Mischung aus Mystery, Phantasie und Realismus.
Jeder dieser Erzählungen entführt den Leser auf eine Reise durch das Reich der Ängste, Hoffnungen, Wirklichkeiten und Alpträume.
Geschichten über Gut und Böse, Liebe und Hass, Hoffnung und Enttäuschung, Neid und Missgunst wechseln sich ab mit Erzählungen, die

von Abenteuer, verpasste Chancen und von Erlösung und Vergebung handeln.

Liebe auf Umwegen

ISBN: 9783735738066

Dieses kleine Buch erzählt die Geschichte zweier Menschen, die vor Jahren schon einmal ineinander verliebt waren. Doch aus unbestimmten Gründen trennten sie sich wieder, ohne sich jedoch aus den Augen zu verlieren. Es entstand eine tiefe Freundschaft, die geprägt war von Treue und liebevoller Verbundenheit. Die Zeit verging und mit einem Mal waren da wieder Gefühle, die sie miteinander verbanden. Nach und nach wuchs erneut ihre Liebe, bis sie wieder "auf Umwegen" zueinander fanden. Eine romantische und liebevolle Erzählung, wie zwei Liebenden sich nach langem Irrweg wieder gefunden haben.